배신 기사의 유쾌한 신의 17

초판 1쇄 발행 2024년 9월 20일

지은이 ㅣ 가언
발행인 ㅣ 최원영
편집장 ㅣ 이호준
편집디자인 ㅣ 박민솔
영업 ㅣ 김민원 조은걸

펴낸곳 ㅣ ㈜ 디앤씨미디어
등록 ㅣ 2002년 4월 25일 제20-260호
주소 ㅣ 서울시 구로구 디지털로32길 30 코오롱디지털타워빌란트 1301-1308호
전화 ㅣ 02-333-2513(대표)
팩시밀리 ㅣ 02-333-2514
E-mail ㅣ seed_dnc@dncmedia.co.kr
블로그 ㅣ blog.naver.com/gnpdl7

ISBN 979-11-6145-665-2 04810
ISBN 979-11-6145-506-8 (SET)

※ 저자와 협의하여 인지는 붙이지 않습니다.
※ 이 책은 ㈜ 디앤씨미디어(시드북스)가 저작권자와의 계약에 따라 발행한 것으로 본사와 저자의 허락 없이는 어떠한 형태나 수단으로도 내용을 이용할 수 없습니다.

배신기사의
유쾌한 식의
17

가언 판타지 장편소설

SEEDBOOKS FANTASY NOVEL

1장. 꼬맹이는 그냥 빠져 있어. · 7

2장. 저는 아무것도 모릅니다. · 83

3장. 잊힌 존재들이 향하는 곳 · 133

4장. 진리를 발견한다는 것은 · 181

5장. 망나니의 몫 · 229

6장. 가장 재미있는 게 뭔지 알아? · 279

1장. 꼬맹이는 그냥 빠져 있어.

꼬맹이는 그냥 빠져 있어.

쿠우웅.

머리 위에서 예사롭지 않은 진동이 울렸다. 그러나 아렌트는 아무런 반응도 하지 않았다. 그저 스산히 가라앉은 황금색 눈동자로 이리스를 가만히 응시할 뿐이었다.

"먼저 규칙을 깬 것은 분명 루체 님이십니다. 우리의 항의는 정당했어요."

이리스가 힘주어 말했다.

"그러나 그분은 규칙 아래에 양도받은 권위로 우리들을 찍어 누르셨고……. 영웅과 성검이라는, 그야말로 조화로운 세상에 걸맞지 않은 존재를 지상에 내리시고 만 것입니다."

가만히 듣던 아렌트가 헛웃음을 터뜨렸다.

"항의 좋아하시네. 결국 전쟁은 그쪽에서 먼저 일으켰다는 거 아냐?"

"루체 님께서 약속을 어기셨으니까요."

성녀가 느긋하게 대답했다.

"방금 말씀드렸을 텐데요. 우리 항의는 한없이 정당했습니다."

"지랄하지 마."

이리스를 노려보는 황금색 눈동자가 한층 더 싸늘하게 식었다.

"본인들끼리 머리채 잡고 물어뜯으면 되는 거지, 왜 아무런 상관도 없는 놈들한테 치고받고 싸우라는 건데?"

"그것이 가장 온건한 방법이니까요."

그러나 이리스는 여전히 여유롭기만 했다. 마치 두 신상을 흉내 내기라도 하듯 그녀가 양팔을 살짝 벌렸다.

"보세요. 고작 드래곤들의 싸움만으로도 한 왕국이 멸망 직전까지 내몰렸습니다."

어쩌면 무대에 선 연극 배우처럼 보이기도 하는 움직임이었다.

그 점을 깨달은 순간 아렌트는 더욱 불쾌해졌다.

살며시 눈을 뜬 이리스가 속삭였다.

"그러니 이 또한 자비일 수밖에요. 무력하게 기다리는 대신 두 손으로 싸워, 우리들이 사랑하는 그분께 이 세상을 바칠 수 있게 되었으니까요."

정령들이 내뿜는 색색의 빛 아래에 선 이리스는 비현실적인 존재처럼 보였다.

"전쟁과 죽음마저도 축복이랍니다."

빙그레 미소 짓는 낯은 신을 위해 목숨 바치는 이들의 수장이 되었다는 사실이 진심으로 자랑스럽다는 듯 보였다.

아렌트는 얼굴을 쓸어내리며 천천히 한숨을 내쉬었다.

"하……."

머리가 지끈대고 속이 메스꺼웠다.

어지럽게 돌아다니는 정령의 빛 때문에 그런지, 아니면 자신을 지그시 응시하는 두 신상 탓인지 알 수 없었다.

"개소리도 가지가지군."

미간을 손으로 꾹 짚으며 아렌트가 툭 내뱉었다.

"전쟁과 죽음이 축복이라고? 누구 마음대로?"

"모든 것은 그분들의 뜻이지요."

"그렇다면 본인들이나 뒈지시던가. 이쪽은 어울려 줄 생각 전혀 없으니까."

손을 거둔 아렌트가 이리스를 싸늘하게 쳐다보았다. 이리스가 고개를 살며시 기울였다.

"태초에 정해진 조화가 어떤 것인지 아시나요? 약한 자는 강한 존재에 순응하는 것이랍니다. 그것이 살아남기에 가장 편하고 합리적인 방법이지요."

"그러니 지상의 벌레들은 닭대가리 같은 신들에게 얌

전히 쪼여 먹히거나, 숭배하거나, 아니면 도망쳐서 숨죽이라는 말인가? 웃기고 있네."

견습 기사가 비릿한 웃음을 터뜨렸다.

"안 됐지만, 그런 구닥다리 이야기는 유행이 지난 지 오래거든."

황금색 눈동자에 노골적인 살기가 깃들었다.

"하극상. 반역. 혁명. 약자의 손에 처단당하는 강자."

또렷한 음성이 조용한 신전을 채웠다.

"신하에게 효수당하는 왕. 이런 것들이 좀 더 재미있을 것 같은데."

쿠우웅.

어디선가 또다시 불길한 울림이 들려왔지만, 그는 아랑곳하지 않았다.

아렌트는 이리스에게 성큼 다가서며 말을 이었다.

"약한 것들은 약한 것들만의 생존 방식이 있어. 가시로 몸을 뒤덮고 몸속에는 독을 품지."

시야가 어지러운 와중에도 아렌트는 이리스를 똑바로 노려보았다.

"세상은 그렇게 만만치 않아. 순한 양이 언제까지나 목장 안에 얌전히 있을 거라 생각한다면 그건 아주 큰 오산이라고."

이리스의 낯에서 점차 미소가 지워졌다.

"풀 대신 양치기의 손을 물어뜯는 양이, 정말 없을 것 같나? 목장견의 이빨에 목이 찢겨나가고, 기르던 양 떼에 짓밟히면 양치기도 결국 한낱 고깃덩어리일 뿐인걸."

영원한 강자란 존재하지 않는다.

그것은 약육강식만큼 당연한 이치였다.

"강한 존재를 찬양하고 따르며 힘없이 희생당한다. 그 또한 축복이다……. 이런 건 너무 재미없잖아. 관객들은 그런 거 안 좋아해."

하지만 반대로 아렌트는 키득대며 실없는 웃음을 흘리기 시작했다.

"가장 천한 것에게 농락당하고 짓밟히는 지배자의 이야기 쪽이 훨씬 더 흥미진진하지 않냐?"

"……당신은 참, 뭐랄까."

잠깐 뜸을 들이던 이리스가 짧게 한숨을 내쉬었다.

"고분고분하지 못한 존재로군요."

어쩐지 질린다는 기색이 느껴지는 어조였다. 은은한 미소만 드리우던 도자기 같은 얼굴에서 드디어 표정다운 표정이 드러난 것이다.

그 점이 아렌트는 제법 마음에 들었다.

"말 잘 듣는 개새끼 같은 성녀보다, 건방지고 고분고분하지 못한 견습 기사 쪽이 희극에 더 잘 어울리지."

한 걸음 뒤로 물러난 아렌트가 짐짓 유쾌한 어조로 덧붙였다.

"네가 알다시피, 나를 끌어들인 건 그쪽이 그렇게도 칭송하는 위대한 신 새끼야. 원망하려거든 태양 쪽으로 침이나 한번 뱉어 보던가."

성녀는 잠시 침묵했다.

눈을 곱게 감은 낯이, 긴 세월을 살아오다 처음 듣는 신성모독에 다소 심란해하는 것 같기도 했다.

그러나 이리스는 순식간에 표정을 지워 냈다.

"뭐어……. 이것은 의미 없는 논쟁이군요. 제가 아무리 세 치 혀를 잘 굴려 봤자, 쉽게 설득할 수 있는 상대도 아닌 듯하고."

이리스는 아렌트에게서 몸을 돌렸다. 그리고는 두 신상의 뒤로 천천히 걸음을 옮겼다.

"제가 아까 말씀드렸지요? 이곳에 온 목적이 따로 있다고."

아렌트는 그녀의 움직임에서 경계 어린 시선을 떼지 않았다.

"그런데?"

"과거를 모두 지우고, 체르니온 님을 이 세상의 유일한 규칙으로 세우자는 니케포르 님의 말씀에는 저 역시 동의했습니다. 더 이상 과거의 약속은 의미가 없어졌으니까요."

조곤조곤한 어조가 이어졌다.

"하지만 꼭 되찾고 싶은 물건이 아직 이곳에 남아 있거든요."

이리스는 몸을 숙여 신상이 놓인 단상을 손끝으로 세심히 더듬었다.

잠시 후.

달칵 소리와 함께 단상 아래 숨겨져 있던 서랍이 열렸다. 그러자 이리스가 환한 미소를 지었다.

그녀는 안에 있던 것을 꺼내 소중히 품에 안았다.

"책?"

아렌트가 인상을 찌푸렸다.

두꺼운 책의 표지는 꽤 고급스러운 가죽으로 감싸져 있었다. 하지만 워낙 오래된 탓에 이제는 제목도 제대로 보이지 않았다.

"이곳에 지내던 시절, 제가 언제나 지니고 다니던 성전이랍니다."

그러나 이리스는 낡아 빠진 책이 마치 천금이라도 되는 것처럼 소중히 손으로 쓸어내렸다.

"과거에는 흔한 물건이었지만, 루체 님의 폭정 아래에 이제는 세상에서 찾아볼 수 없게 되었지요. 지금은 이것 한 권만이 남아 있겠네요."

진심으로 기쁜지, 이리스는 아렌트가 묻지도 않은 말을 스스럼없이 꺼냈다.

"이것만이라도 되찾고 싶었답니다. 많은 추억이 담겨 있는지라……. 지금까지 어울려 주셔서 감사합니다."

생글 미소 지은 이리스가 다시 아렌트를 돌아보았다.

"담소를 나눌 기회가 다시 있다면 좋을 텐데……. 언젠가의 미래를 기약할 수밖에요."

쿠우웅.

머리 위에서 다시금 위협적인 소음이 들려오며 정령들이 불안하게 술렁이기 시작했다.

"시간이 별로 남지 않았으니, 저희는 지금부터 각자의 역할에 충실해 볼까요? 아렌트 경."

이름을 부르는 어조에 묘한 강세가 들어 있었다.

어느새 눈꺼풀 밖으로 드러난 은빛 눈동자가 아렌트의 모습을 고스란히 담아냈다.

두 눈동자에 비치는 제 모습을 마주 보며 아렌트가 비릿한 미소를 머금었다.

"그럼 난 이제부터 당신을 베어 버리면 되는 건가? 견습 기사답게."

"그것도 분명 나쁘지는 않겠습니다만, 그리 썩 좋은 방법은 아닐 듯합니다."

이리스가 후후, 소리 내어 웃었다.

아렌트 역시 반박하지 않았다.

바로 얼마 떨어지지 않은 곳에 체르니온의 신성력에 당해 곯아떨어진 세일럼과 라이더가 있었으니까.

"정을 준다는 것은 결국 약점이 늘어 간다는 뜻이랍니다."

이리스가 눈매를 휘자 은빛 눈동자가 초승달처럼 이지

러졌다.

"좋은 현상이지요. 그림자 속에 숨죽이고 살아온 우리는 그런 사사로운 것을 챙길 여유조차 잃어버렸으니까요."

"……."

여전히 느긋한 음성이었지만 그 속에는 은근한 냉기가 서려 있었다.

하지만 아렌트가 미처 뭐라 대꾸하기도 전, 이리스는 아무렇지도 않은 척 말머리를 돌려 버렸다.

"아시다시피 저는 당신을 직접 해할 수 없습니다. 그리고 당신도 저를 쉽사리 죽일 수 없는 처지인 것은 마찬가지죠. 그러니……."

잠깐 뜸 들이는 척하던 이리스가 빙그레 미소 지었다.

"우리 거래 하나 할까요?"

* * *

방어막은 파괴되었지만, 굳건히 닫힌 성벽을 뚫는 것 역시 쉬운 일은 아니었다.

퍼억!

어디선가 날아든 화살이 신관의 머리를 정확히 꿰뚫었다. 순식간에 절명한 신관이 추락하고 구울들이 그 뒤를 이었지만, 셰키나가 시전한 화염 마법이 곧장 뒤따랐다.

"키에에에엑!"

"캬아아악!"

불덩이가 되어 성벽에서 떨어지는 구울들을 보며 셰키나가 천천히 숨을 골랐다. 직접 화살통을 메고 신관들을 견제하던 라그날드가 급히 다가섰다.

"괜찮습니까?"

"문제없습니다."

셰키나는 그의 부축을 정중하게 거절하고 뒤로 몇 걸음 물러섰다.

"그것보다…… 상황이 좋지 않군요."

퇴각하는 엘프들을 추격하던 적들은 방어막이 뚫리자마자 몸을 돌려 다시 왕궁을 향해 몰려들고 있었다.

라이오스와 3기사단이 최대한 그들을 견제하며 버티고 있었지만, 이대로라면 저들이 성벽을 넘는 것도 시간문제일 것 같았다.

"지금 병력을 물리는 것이 진정 옳은 일인지."

이미 왕족이 피신했다는 것은 저들 역시 알 것이다. 그럼에도 저리 필사적으로 왕궁을 향해 침입하려는 것을 보면 분명 저들이 원하는 것이 저 안에 있다는 뜻이겠지.

라그날드 역시 그녀와 같은 생각인지 얼굴을 딱딱하게 굳혔다.

"전력을 보전하는 것에는 동의합니다만, 패배하고 물러나는 개 꼴은 되고 싶지 않습니다."

그때, 두 엘프가 동시에 입을 다물었다.

갑자기 등줄기가 오싹해진 탓이었다.

우르르릉!

잠깐 잠잠해졌던 마력 돌풍이 다시금 세차게 몰아치기 시작했다.

무심코 시선을 위로 올린 셰키나는 저도 모르게 입을 살짝 벌렸다.

렉시온과 니케포르가 꼭 영역 싸움을 벌이는 짐승처럼 얽혀 있었다.

폴리모프 마법을 반쯤 벗어 던진 그들의 모습은, 뭐라 형언할 수 없을 정도로 기괴하면서도 아름다웠다.

부풀어 오른 팔다리는 아름다운 비늘로 뒤덮여 있었고, 서로의 목을 잡아 뜯으려 애쓰는 손에는 날카로운 발톱이, 이마에는 흉한 뿔이 돋아나 있었다.

활짝 펼쳐진 날개가 끊임없이 폭풍을 일으켰고, 파충류를 닮은 본연의 모습을 그대로 드러낸 눈동자에서는 더 이상 이성이라곤 전혀 찾아볼 수 없었다.

"……."

금빛 찬란한 니케포르의 마력이 렉시온의 살갗을 태우고, 검은 늑대 떼 같은 렉시온의 마력은 끊임없이 니케포르를 물어뜯었다.

거대한 존재들이 벌이는 광란에 찬 싸움에, 셰키나와 라그날드는 본분조차 잊어버리고 넋을 놓을 수밖에 없었다.

저들의 전투를 육안으로 확인할 수 있다는 것은 딱 한 가지를 의미했다.

이곳은 조만간 드래곤들의 싸움에 휘말려 초토화될 것이다.

　　　　　　＊　＊　＊

"단장님."

애써 침착함을 되찾은 리히트가 가까스로 라이오스를 불렀다.

"상황이 영 좋지 못합니다."

어지간한 일에는 이제 놀라지 않게 된 리히트였지만, 그의 목소리에서는 어쩔 수 없는 두려움이 묻어 나오고 있었다.

렉시온은 어떻게든 지상의 병력들에게 피해를 주지 않게 자제하는 듯 보였다.

하지만 미쳐 날뛰는 니케포르에게서 모두를 보호하는 데에는 분명히 한계가 있었다.

"……."

성벽 내부에는 아직 루카인 왕국 소속의 기사들이, 왕궁 어딘가에는 아렌트와 라이더, 그리고 세일럼이 있었다.

그리고 이곳은 얼마 지나지 않아 드래곤의 힘에 초토화될 게 뻔했다.

셋 중 하나는 포기해야 하는 상황이었다.
가만히 전장을 노려보던 라이오스가 드디어 입을 열었다.
"리히트."
"예?"
"기사들을 데리고 퇴각해라. 가능하겠나?"
갑작스러운 명령에 리히트가 멍한 표정을 지었다. 그러거나 말거나 라이오스는 성벽을 지그시 바라보며 말을 이었다.
"적당히 전선을 유지하다가 퇴각해. 이곳에 있는 건 더 이상 의미가 없다."
"예? 아니, 그렇지만 아직 아렌트랑 라이더가……!"
저도 모르게 큰 소리를 내던 리히트가 문득 말을 멈췄다. 라이오스의 얼굴이 차게 식은 것을 알아본 것이다.
"자카르 교관께도 그리 전해. 궁수들도 모두 데리고, 드래곤들의 전투 범위에서 최대한 빠르게 벗어나라고."
라이오스는 적들의 피로 흠뻑 젖은 성검을 꽉 쥐었다.
"나 혼자 남아서 성안으로 돌입하겠다."
"……."
할 말을 잃어버린 리히트가 입을 벙긋거렸다. 한참 뒤에 퍼뜩 정신을 차린 리히트가 다시 입을 열었다.
"지금 당장 그 세 사람의 위치도 파악할 수 없는 상황입니다. 혼자 돌입하셔도 늦지 않게 찾아낼 수 있을지 확신할 수 없습니다."

"찾을 생각은 없다."

라이오스는 말허리를 뚝 자르고 덧붙였다.

"단지 기다릴 뿐이지."

"단장님······."

리히트가 신음처럼 읊조렸다.

얼마 후, 입술을 한 번 꾹 깨문 그가 다시 운을 뗐다.

"그러시다면 저희도 같이 기다리겠습니다."

"너희는 물러서라. 명령이다."

"거부하겠습니다."

라이오스가 단호히 말했지만, 곧장 싸늘한 대꾸가 돌아왔다.

이번에 말문이 막힌 쪽은 라이오스였다.

리히트는 그 틈을 놓치지 않고 빠르게 말을 이었다.

"다른 녀석들도 같은 뜻일 거라 확신합니다. 단장님이 남으신다는데, 누가 물러서려 하겠습니까? 저희를 견습 애송이랑 단장님 등 뒤에 숨는 등신 머저리로 만드실 작정이십니까?"

한 번 숨을 몰아쉰 리히트가 그답지 않게 사나운 어조로 쏘아붙였다.

"아렌트랑 단장님만 고집쟁이인 줄 아십니까? 저희도 고집부릴 줄 압니다. 단장님이 가시면 같이 가는 거고, 여기 남으신다면 함께 남을 겁니다."

"아니……."

미처 라이오스가 대답할 틈도 주지 않고, 리히트가 전장을 향해 고함쳤다.

"단장님이 여기 혼자 남으실 테니, 우리한테 퇴각하라고 하신다! 물러설 놈들은 알아서 엘프 진영에 합류해서 돌아가라! 단장님 명령이다!"

"예? 뭐라고요?"

정신없이 구울을 베어 내던 기사들이 하나 둘씩 고개를 들기 시작했다.

"단장님께서 혼자 남으신다고요? 진심이십니까?"
"돌아가라고 말씀하셨습니까? 단장님을 두고요?"

흉흉한 살기를 띤 눈동자들이 라이오스를 향했다.

당장이라도 자신을 갈아 마실 기세의 부하들을 마주한 라이오스는 할 말을 잃어버리고 말았다.

단장이 된 이후 처음 겪는 단체 명령 불복종 사태였다.

여기에서 조금이라도 다른 말을 하면 그대로 라이오스에게 덤벼들 기세였다.

"본의 아니게 얼핏 들었습니다만. 성안으로 돌입하신다고 하셨습니까? 혼자서요?"

"……."

어느새 슬그머니 다가온 아서가 태연하게 끼어들었.

전신에 상처가 가득했지만, 그 역시 물러설 의지는 전

혀 없어 보였다.

잠깐 입을 다물고 있던 라이오스가 입을 열었다.

"……미안하다. 내가 실언했다."

"그래서, 물러서십니까? 아니면 말씀하신 대로 아렌트를 기다립니까?"

리히트가 그제야 노기를 거두고 차분히 말을 이었다.

"다른 그 어떤 명령이라도 따를 수 있습니다. 하지만 단장님만 이곳에 남겨두고 가는 것은 결단코 거부하겠습니다. 나중에 어떤 벌을 내리셔도 상관없습니다."

단장 명령이라는 말에도 전장을 이탈하는 기사는 단 한 명도 없었다.

그저 묵묵히 제자리에서 적을 베어 내며 다른 명령을 기다릴 뿐이었다.

"……하아."

한참 만에 라이오스가 깊은 한숨을 내쉬었다. 그들의 뜻을 돌릴 수 없다는 사실을 깨달은 탓이었다.

결국 라이오스는 다시 고민에 빠질 수밖에 없었다.

'이미 지클린과 리타도 병력만 남겨둔 채 자리를 뜬 것 같고.'

엘프들은 이미 최전선과 제법 거리를 둔 상태였고, 신관들과 구울들은 어떻게든 꾸역꾸역 성벽을 타 넘으려 애쓰고 있었다.

몇몇은 문을 부수려 화약과 마법을 연신 터뜨리기도 했

다. 엘프들과 세키나가 최대한 원거리에서 그들을 막으려 하고 있었지만 거기에도 한계가 있었다.

적들을 노려보던 라이오스는 마침내 마음을 굳혔다.

"그렇다면 함께 가자."

"따르겠습니다."

화를 쏟아내던 아까와는 달리, 리히트에게서 한 치의 망설임도 없는 대답이 돌아왔다.

헛웃음 날 정도로 빠른 결단이었다.

"최대한 파고들어 저들이 성벽을 넘지 못하게 막는다. 글렌과 다른 이들에게는 엄호를……."

빠르게 명령을 전달하려던 라이오스가 문득 말을 멈췄다.

"단장님?"

리히트가 의아하게 부르는 것마저 듣지 못했다.

라이오스는 급히 먹구름 낀 하늘을 올려다보았다.

격하게 요동치던 마력의 흐름이 갑자기 바뀌고 있었다.

* * *

"원하는 게 뭐야?"

"생각보다 선뜻 응하시는걸요."

아렌트가 까칠하게 묻자 이리스가 피식 웃음을 터뜨렸다.

"만약 제가 아렌트 경께 저와 함께 가 주시길 부탁드린다면, 응하실 건가요?"

"내가 돌았냐?"

단호히 돌아온 대꾸에 이리스가 빙그레 미소 지었다.

"농담입니다. 저도 그런 위험한 모험은 하고 싶지 않으니까요. 당신을 함부로 탐냈던 아이가 어찌되었는지, 저는 똑똑하게 기억하고 있답니다."

레베카에 대한 이야기였다. 이리스는 짐짓 고민하는 척 고개를 기울였다.

"지금 기회에 서리 어린 손길을 넘겨 받는 것도 좋을 듯하나……."

은색 시선이 아렌트를 머리부터 발끝까지 찬찬히 훑어보았다.

"이제 와서는 크게 의미가 없는 듯하고. 그렇다면 이건 어떨까요?"

좋은 생각이 났다는듯, 이리스가 다시 눈꺼풀을 닫으며 환하게 웃었다.

"우리의 목적을, 아렌트 경이 대신 이뤄 주시는 겁니다."

그녀의 말을 제대로 이해하지 못한 아렌트가 인상을 찌푸렸다.

"뭐?"

"아까 말씀드렸다시피……. 우리의 궁극적인 목표는 이 세상에서 루체 님을 완전히 지워 내는 거랍니다."

이리스가 느긋하게 걸음을 옮겼다.

그러자 지금껏 그녀에게 가려져 있던 두 신상이 다시금 모습을 드러냈다.

신전 가운데에 쌍둥이 신은, 마치 그 자식들 같은 정령들에게 둘러싸여 신비로운 빛을 머금고 있었다.

평화롭기 그지없는 광경 위에 이리스의 이질적인 음성이 얹혔다.

"그러니, 아렌트 경이 직접 이곳을 파괴해 주세요."

"……."

아렌트가 얼굴을 딱딱하게 굳히자 이리스는 아렌트를 향해 소리 없이 한 걸음 다가갔다.

"고대의 다른 신전들은 이미 모두 파괴했고, 이곳이 마지막 남은 신전이랍니다. 선대 영웅의 만행 탓에 루체 님께서 지배하시기 이전의 세상은 흔적조차도 찾을 수 없게 되었습니다. 기록도 거의 다 파기되고 그 시절을 아는 이들도 모두 숨을 거두었으니……."

사락, 사락.

그런 와중에도 로브가 바닥에 끌리는 소리가 유난히도 거슬렸다.

이리스는 아렌트에게서 딱 두어 걸음 떨어진 곳에 멈춰 섰다.

"이제 그런 시대가 존재했다는 것을 아는 존재는 이제 저와 니케포르 님, 그리고 아렌트 경뿐이지요."

"……."

비교적 젊은 드래곤인 렉시온은 이런 신전이 존재했다는 것도 모르고 있었으니, 아렌트는 루체 진영에서 홀로 고독한 진실을 떠안은 셈이었다.

그제야 아렌트는 이리스가 자신을 이 장소까지 데려온 진짜 이유를 깨달았다.

"체르니온 님이 짜맞추신 세계의 파편."

이리스의 입술 사이에서 아렌트가 예상한 대사가 흘러나왔다.

"당신이 고향을 포기하고 이 전장에 남기로 결심한 순간, 제게 그 파편의 기억이 계승되었습니다."

낡아빠진 성전을 소중히 품에 안은 성녀는 조용히 말을 이었다.

"당신에게서 모든 것을 앗아간 루체 님이 원망스럽겠지요. 그래서 언젠가는 신성제국을 루체 님의 손에서 빼앗을 셈이고."

정령들이 노니는 버려진 신전에 잔잔한 목소리가 울렸다. 어느 순간부터 미묘하게 바뀐 호칭을 알아차린 아렌트가 살짝 눈썹을 찌푸렸다.

"비록 루체 님과는 현재 적대하는 관계이긴 하나, 더러운 이방인이 신성모독을 저지르는 모습을 더 이상 지켜보는 것도 내키지는 않는지라."

"……."

"우리에게 패배하시더라도, 그분은 끝까지 신답게 물러서셔야 합니다. 그러니……."

이리스가 조용히 읊조렸다.

"그대의 손으로 직접 그분들의 과거를 지우는 겁니다. 그리고 오늘 당신이 본 것에 대해서는 영원히 함구하세요. 이것이 제 조건입니다."

견습 기사는 한동안 침묵을 지켰다.

지금껏 신들에게 지독하게 시달리는 와중에도 버틸 수 있었던 것은 목표를 향한 실마리가 하나둘씩 손에 들어온 덕이었다.

그러다 가까스로 여기까지 다다랐으나…….

지금 이리스는 간신히 육안으로 확인한 증거를 스스로 파괴하라 명령하고 있었다.

루체와 체르니온의 뒤를 캐던 노력이 한순간에 물거품이 되어 버린 것이다.

"……하."

한참 만에 그가 '아렌트 폰 에크하르트'와는 그다지 어울리지 않는 허탈한 웃음을 터뜨렸다.

"재미있네."

무섭도록 서늘한 목소리가 뒤따라 흘러나온 찰나.

서걱.

싸늘한 기운이 이리스를 스쳐 지나갔다.

"……."

검은 머리칼 몇 가닥이 잘려나가 바닥에 후두둑 쏟아졌다.

조금 놀란 표정이 된 이리스는 손으로 자신의 뺨을 쓸어 보았다.

얕게 베인 상처에서 피가 조금씩 새어나오고 있었다.

새삼스러운 기분으로 자신의 피를 손으로 만져 보던 찰나.

쿠웅.

곧 등 뒤에서 무언가가 쓰러지는 소리를 들을 수 있었다.

깔끔하게 허리가 잘린 체르니온 신상이 맥없이 쓰러지는 소리였다.

"무슨 목적으로 그런 소릴 지껄이는지는 충분히 알겠다만……."

색색의 정령들이 순식간에 도망칠 구석을 찾아 자리를 빠져나가고, 신전 내부는 삽시간에 어두워졌다.

길을 찾지 못한 하급 정령들만이 천장 주위에서 헤매며 어렴풋이 빛을 밝혀 줄 뿐이었다.

"고작 이 정도 따위로 날 막을 순 없을걸."

한층 짙어진 어둠 사이에서 샛노란 눈동자가 형형한 빛을 냈다.

"……."

그를 멍하니 응시하며, 이리스는 피가 흘러나오는 흰

뺨을 괜히 한번 더 만져 보았다.

잠시 후.

그녀가 작게 웃음을 터뜨렸다.

"그대가 영원한 어둠 속에서 고통받길 바랍니다, 아렌트 경."

옅은 피비린내와 서늘한 냉기, 그리고 혼란스러워하는 정령들 사이에서 성녀는 견습 기사에게 저주를 내렸다.

"광기에 잠식당해 파멸할 때까지, 부디 멋진 무대를 보여 주세요."

"엿이나 처먹어. 신이니 뭐니 하는 건 실컷 모욕당하고 비웃음이나 사면 돼."

그리고 아렌트는 서리 어린 손길의 힘을 최대한 끌어올리는 것으로 화답했다.

"빛의 신이든 어둠의 신이든, 몇천 년을 묵은 성녀든……."

콰드드득!

그의 검이 섬뜩한 소리를 내며 바닥 깊숙이 처박혔다.

"너희들은 그냥 우스꽝스러운 희극의 싸구려 소품일 뿐이야. 그 점 똑똑히 기억해."

* * *

사방이 고요해졌다.

이따금 천장을 울리던 소음이 완전히 멎었다.

이리스는 어둠 속에 녹아들듯 사라지고, 소란스럽던 정령들도 어느새 모두 사라져 버렸다.

흰 서리에 뒤덮인 신상이 쩌억 소리를 내며 갈라졌다.

화려하게 장식된 바닥도, 하늘을 표현한 둥글고도 높은 천장도 전부 새하얀 얼음에 잡아먹혔다.

마치 이곳에만 혹독한 겨울이 찾아든 것 같은 이질적인 광경이었다.

우드득, 우드득.

극한의 냉기를 버티지 못한 루체와 체르니온의 신상이 조금씩 진동하기 시작했다.

그리고 잠시 후.

쨍그랑!

두 신상이 동시에 산산조각 나며 새하얀 얼음 조각이 되어 바닥에 쏟아졌다.

이제 쌍둥이 신은 한 줌의 얼음 모래가 되어 은은한 은빛을 머금을 뿐이었다.

"……."

견습 기사는 자신이 만들어 낸 그 모든 것에 둘러싸여 있었다.

더 이상 서 있을 기력조차 없었다.

주저앉은 채 바닥에 깊이 박힌 검에 가까스로 의지한 그는, 천천히 숨을 몰아쉬는 데에만 온 신경을 집중하고 있었다.

 얼마나 그러고 있었을까.

 아득한 곳에서 웅웅대는 목소리들이 들려왔다.

 "야! 아렌트, 어디에 있어?"

 "아렌트 경! 괜찮으십니까? 아렌트 경!"

 다급함을 한껏 품은 음성들이 어쩐지 낯설게 느껴졌다.

 저게 누구더라.

 배우는 멍하니 생각했다.

 저들이 부르는 건 또 누구지. 아, 나던가?

 '여기는 또 어디더라.'

 신전. 마지막으로 남아 있던 고대의 산물. 그리고 언제 발 밑이 무너질지 모르는 낡아빠진 무대.

 자신의 입맛대로 배역을 멋대로 교체하고 대본을 바꿔 버린, 자신이 겨우겨우 쌓아 올린 무대였다.

 '나는 틀리지 않았어.'

 홀로 모든 진상을 알고 있는 배우는 자신에게 되뇌듯 읊조렸다.

 '틀리지 않았다고.'

 이곳은 빌어먹을 무대. 망할 세상.

 마음에 드는 것 하나 없지만, 그럼에도 손을 뗄 수 없는 그런 무대였다.

 검을 쥔 손에 힘이 꾹 들어갔다.

 "야, 이 새끼야! 무사해? 대답 좀 해 보라고!"

때마침 통로를 찾아낸 라이더와 세일럼이 급히 신전 안으로 뛰어들었다.

"아렌트 경! 어디……."

다급하게 외치던 세일럼이 저도 모르게 입을 다물었다. 라이더 역시 세일럼과 같은 광경을 발견하고는 자연히 걸음을 멈춰 세웠다.

"……."

눈이 시릴 정도로 흰 세상이 두 사람의 시야를 가득 채웠다.

차가운 한기가 한가운데에 그들이 찾아 헤매던 견습 기사가 조용히 숨죽이고 있었다.

서리가 쌓인 세상에 놓인 아렌트는 그 여느 때보다도 더욱 새하얗게 보였다.

그의 입술 사이로 흰 입김이 흘러나오는 것이 보였다.

얼어붙은 검자루를 쥔 손 위에도 서리가 내려앉아 있었다.

창백하게 질린 낯에서는 핏기라곤 전혀 찾아볼 수 없었다.

그러나 황금색 눈동자만큼은 또렷한 빛을 머금고 있었다.

어둠 속에서 영원히 빛을 잃어버리지 않는 달빛처럼.

"……."

자신이 만들어 낸 폐허를 앞두고 무릎을 꿇은 그는, 자신만의 굳은 맹세를 읊는 기사 같았다.

라이더와 세일럼은 한참 동안 그 자리에서 얼어붙은 듯 움직이지 못했다.

당장 그에게 달려가 어깨를 잡아 흔들며 괜찮냐고 물어야 했지만 어쩐지 발이 떨어지지 않았다.

저곳을 감히 자신들이 침범해서는 안된다는 막연한 직감이 들었기 때문이었다.

꼭 그대로 시간이 멈춘 것 같다는 착각이 들려던 순간.

아렌트가 천천히 고개를 들었다.

그와 눈을 마주친 라이더가 움찔했다.

"아렌트?"

"이런…… 씨……."

힘겹게 입술을 뗀 아렌트가 휘청휘청 몸을 일으켰다.

그는 독기 그득한 눈으로 라이더를 쏘아보며 간신히 말을 이었다.

"도움 안 되는 선배 같으니라고……. 가만 안 둘 겁니다, 진짜……."

그 한 마디를 마지막으로 아렌트는 그 자리에 픽 쓰러졌다.

라이더와 세일럼은 얼이 빠지고 말았다.

기절하는 와중에도 끝까지 이를 박박 갈아 댄 아렌트의 꼴에 어처구니가 없어진 탓이었다.

하지만 잠시 후.

"으아아악! 야, 이 자식아! 정신 차려!"

퍼뜩 정신을 차린 라이더가 기함하며 그에게 급히 달려갔다.

* * *

하늘을 찢을 듯한 소음이 한순간에 뚝 멎었다. 필사적으로 성벽을 공략하려던 신관들과 구울들도 갑작스레 움직임을 멈추고 넋이 나간 눈으로 하늘을 응시하고 있었다.

어떻게든 기사들의 앞을 막으려던 놈들 역시 마찬가지였다.

마치 주인을 잃은 꼭두각시처럼, 모든 적들이 순식간에 움직임을 멈췄다.

기괴하기 짝이 없는 광경이었다.

"……어떻게 된 거야, 이게?"

글렌이 넋이 나가 중얼거렸다.

당황한 것은 니케포르를 막아서던 렉시온 역시 마찬가지였다.

미친개처럼 달려들던 니케포르가 갑자기 공격을 멈추고 거리를 벌린 것이다.

"……."

렉시온은 경계를 가득 담아 니케포르를 노려보았다.

니케포르 역시 인간이나 엘프의 것과는 상당히 멀어진

눈동자에 증오를 가득 실은 채 렉시온을 가만히 응시했다.

하지만 그것도 잠시.

니케포르가 천천히 눈을 감았다.

"……우리의 성녀께서 거래를 나누셨군."

이성을 잃고 덤벼들던 때와는 달리 차분한 음성이 흘러나왔다.

다시 검은 하늘 아래에 드러난 니케포르의 눈동자에서는 그를 잠식했던 분노가 씻은 듯이 사라져 있었다.

렉시온이 얼굴을 구겼다.

"무슨 개소리야?"

"설마 그분께서 이리 가까운 곳에 계실 줄은 몰랐는데."

그러거나 말거나 니케포르는 언짢게 읊조리며 흐트러진 머리칼을 쓸어올릴 뿐이었다.

"좋지 못한 모습을 보여 드렸어. 위험하니 직접 나서시는 것만은 참아 달라 그리 부탁드렸건만."

태연하다 못해 한탄마저 섞인 음성이었다.

렉시온은 지상 역시 비슷한 상황임을 알아차렸다.

방금 전까지 서로를 전멸시킬 기세로 전투에 임하던 구울과 신관들이 새카만 개미 떼처럼 우르르 후퇴하고 있었다.

갑자기 싸울 적을 잃어버린 기사들과 엘프들은 당황해 그 광경을 멍하니 바라만 보고 있을 뿐이었다.

꼬맹이는 그냥 빠져 있어. ⟨37⟩

"이미 목적을 이루었다 말씀하시니, 우리는 물러설 수밖에."

딱히 아쉬운 기색도 없이 말한 니케포르가 렉시온을 힐끗 보았다.

"그리고 이건 어쩌면 쓸데없는 참견일지도 모르겠으나……."

렉시온 역시 다시 고개를 들고 니케포르를 마주 보았다.

그와 시선을 마주친 니케포르가 짧게 내뱉었다.

"그 꼬마는 참으로 가엾게 되었구나. 적이지만 어쩔 수 없이 동정하게 되는군."

"뭐?"

렉시온이 인상을 구기며 묻자 니케포르가 담담히 덧붙였다.

"너의 무지가 짐이 되어 꼬마의 작은 어깨 위에 얹혔으니……. 이를 어쩌면 좋을까. 그분께서도 참 짓궂으시지."

니케포르는 마지막으로 렉시온을 일별한 뒤, 그대로 텔레포트를 시전해 홀연히 사라져 버렸다.

잠깐 일렁이던 금빛 마력이 흔적도 없이 소멸했다.

잠시 그 자리를 물끄러미 응시하던 렉시온이 천천히 한숨을 내쉬었다.

"후……."

검은 마력이 그의 몸을 한차례 휘감았다가 흩어졌다.

한껏 부풀었던 체격이 다시금 줄어들었다.

손발을 뒤덮었던 비늘이 사라지고, 이마에 돋아난 뿔 역시 흔적도 없이 사라졌다.

"……그 빌어먹을 애송이. 또 무슨 짓을 한 거야."

피가 달라붙은 머리칼을 짜증스레 헝클어 버린 렉시온이 가만히 탄식을 흘렸다.

잠시 얼이 빠진 채 있던 기사들과 엘프들이 급히 부상자 수습에 나선 것이 보였다.

지상은 피에 물들어 엉망이었다.

신관들과 구울들의 시신이 눈에 닿는 곳마다 널브러져 있었다.

왕궁 내부 역시 신음하는 부상자들과 시신이 서로 뒤엉켜 엉망이었다.

"쯧."

썩 낯설지만은 않은 광경이었다.

과거의 전장을 떠올리게 하는 모습에 렉시온이 언짢게 혀를 찼다.

잠시 기다리자 아렌트를 들쳐 업은 라이더와 세일럼이 급하게 왕궁 밖으로 뛰어나오는 것을 볼 수 있었다.

'나의 무지 때문이라고?'

문득 니케포르가 마지막으로 던진 한마디가 떠올랐다.

하지만 렉시온으로서는 미처 그 뜻을 모두 이해할 수 없었다.

드래곤의 싸움에 크게 흔들린 대기가 수분을 머금기 시

작했다.

조만간 비가 쏟아질 것 같았다.

   * * *

어마어마한 사상자가 난, 사상 초유의 사태였다.

초반 진압 때 시신조차 남기지 않았던 조치 때문에 채 다 파악하지 못한 사망자까지 포함한다면 피해자의 수는 더욱 늘어날 터였다.

전투가 끝난 지 3일째.

창문 밖에서 쏟아지는 빗소리와 함께, 라이오스와 빅토르는 에드거 기사단장의 그런 처참한 보고를 묵묵히 들었다.

"……그리고 왕궁 아래에 있던 지하 공간은 고대의 유적으로 추정됩니다."

두 사람의 눈치를 한 번 살핀 에드거가 말을 이었다. 그런 그의 얼굴에도 이곳저곳 상처가 고스란히 남아 있었다.

"르웰린 왕자님께서 직접 조사에 나서 주셨습니다만, 핵심 공간으로 추정되는 곳이 완전히 파괴된지라……. 정확한 용도는 밝혀낼 수 없다고 합니다."

"……나는 정말 아무것도 몰랐군."

입을 꾹 다물고 있던 빅토르가 입을 열었다.

"난 왕궁 지하에 그런 공간이 있다는 것도 미처 파악하지 못했어. 내 사람들이 빠르게 적의 손에 넘어갔다는 사실도 마찬가지고."

"저하께서 잘못하신 것이 아닙니다."

라이오스가 차분히 대답했다.

"대전쟁 이후 누군가가 의도적으로 은닉한 것이라 추측됩니다. 악신교의 나이 많은 드래곤만이 고대 신전의 존재를 알고 있었을 겁니다."

"……."

그의 무뚝뚝한 위로에도 빅토르는 좀처럼 고개를 들지 못했다.

잠깐 망설이던 에드거가 다시 운을 뗐다.

"아직도 그곳의 얼음이 녹지 않았다고 합니다."

이번에는 라이오스가 침묵을 지킬 차례였다. 눈을 데굴데굴 굴리던 빅토르가 조심스럽게 물었다.

"아렌트 경은 좀 어떠십니까?"

"아직 깨어나지 못했지만, 상태가 나쁘지는 않습니다. 순조롭게 회복 중이니 괜찮을 겁니다."

라이오스가 담담히 대꾸했다. 그러나 그의 얼굴은 썩 개운치 않았다.

언젠가부터 아렌트에게는 루체 신의 신성력이 거의 통하지 않게 되었다.

게다가 렉시온 역시 심한 부상을 입고 모습을 감춘지라,

셰키나의 마법과 치료사의 의술에만 의존해야 하는 상황이었다.

'게다가 셰키나 님도 부상 중이시니……'

마법을 무한정으로 퍼부을 수 없는 이상, 회복이 상당히 더딜 수밖에 없었다.

아렌트만이 아니었다.

아무렇지도 않은 척 수습 작업에 끼어들려던 리히트와 아서는 라이오스에게 호되게 혼난 뒤 치료실에 끌려갔다.

멀쩡하다며 고집을 부리던 그들은, 주장하던 말이 무색하게도 꼬박 하루를 앓고 나서야 겨우 움직일 수 있게 되었다.

'하나같이 골치 아픈 놈들.'

관자놀이를 꾹꾹 누르던 라이오스는 뒤이어진 빅토르의 목소리에 정신을 차렸다.

"일단 아렌트 경이 눈을 떠야……. 지하에서 무슨 일이 있었는지 알 수 있겠군. 세일럼 님도, 라이더 경도 기억나는 것이 거의 없다고 하니까."

라이오스가 고개를 끄덕였다.

"예. 그래서 일단은 수습에 전념하며 느긋하게 기다리려고 합니다."

라이더는 자신이 어처구니없이 당했다는 사실에 상당히 의기소침해져 있었다.

어떻게든 기억을 되짚으려 애썼지만 세일럼과 마주친

이후는 아무것도 생각해내지 못한 그였다.

'세일럼 님은 아시는 게 있는 눈치였지만…….'

어째서인지 말하는 것을 꺼려하는 듯해, 라이오스도 굳이 캐묻지 않았다.

세일럼이 입을 다문 데에는 그만한 이유가 있으리라 여겨졌기 때문이었다.

"결국 진상을 파악하려면 아렌트 경을 기다릴 수밖에 없군."

빅토르가 착잡하게 말했다.

지하 공간의 정체와 그곳을 파괴한 이유, 그리고 갑자기 적이 물러난 까닭까지.

많은 것들이 견습 기사의 말 한마디에 달려 있었다.

"예. 그렇습니다만……."

잠깐 뜸을 들이던 라이오스가 또박또박 덧붙였다.

"아까 말씀드렸다시피, 느긋하게 기다려 주시면 감사드리겠습니다. 그는 지금 휴식이 절실한 상태라."

에드거와 빅토르가 멈칫했다. 그의 어조에 뼈가 들어 있는 것을 알아차린 탓이었다.

"부상자를 재촉하는 것이 도리가 아닌 것은 나 역시 잘 알고 있어. 그리고 다른 것보다……. 그가 눈을 뜨면 제일 먼저 건네야 할 말이 따로 있으니까."

무릎 위에 놓인 손을 몇 번 꼼지락거린 빅토르가 쓴 미소를 지었다.

꼬맹이는 그냥 빠져 있어. 〈43〉

"우선은 감사 인사를 해야겠지."

결국 그의 행동 하나하나는 피해자를 줄이기 위함이었으니까.

라이오스는 대답하는 대신, 묵묵히 왕세자를 향해 고개를 숙였다.

말없는 감사 인사를 받은 빅토르는 비가 쏟아지는 창문 밖을 향해 시선을 던졌다.

한때는 고즈넉한 아름다움을 지니고 있었지만, 지금은 황폐해진 왕궁의 정원이 눈에 들어왔다.

쏴아아아.

하염없이 쏟아지는 비가 숱한 이들이 흘린 피를 씻어 내렸다.

하지만 루카인 왕국을 뒤덮은 혈향은 당분간 가시지 않을 터였다.

'이제 어찌해야 하나…….'

가슴이 답답해졌지만, 빅토르는 치고 나오는 한숨을 어떻게든 집어삼켰다.

이제 돌아갈 길도, 숨을 곳도 없었다.

남은 것은 가련한 두 동생과 반역죄로 뇌옥에 갇힌 어머니뿐.

지금이야말로 자신이 루카인 왕국의 모든 것을 짊어질 때가 온 것이다.

　　　　　　＊　＊　＊

 몸이 천근만근 무거워진 것을 느끼며 눈을 떴다.
 멍한 정신에 눈만 끔뻑이던 아렌트는 문득 느껴지는 한기에 몸을 부르르 떨었다.
 "끙……."
 이불을 더욱 감싸고 몸을 웅크리려는데, 바로 옆에서 어이없다는 목소리가 들려왔다.
 "깼으면 일어나, 이 자식아. 식사는 해야 할 거 아냐."
 아서였다.
 아렌트는 이불을 둘둘 만 채 눈도 뜨지 않고 투덜거렸다.
 "……싫어요. 귀찮습다."
 "아오, 진짜. 애새끼 티 내는 것도 아니고. 당장 안 일어나?"
 이불 밖으로 언뜻언뜻 은색 머리칼만 보이는 꼴에 속에서 열불이 솟아올랐다.
 결국 아렌트는 아서에게 이불을 빼앗기고 나서야 부스스 몸을 일으켰다.
 "아, 진짜 성가시게 하네……. 왜 이렇게 귀찮게 굴어요?"
 "누가 쉬지 말래? 밥은 처먹으라고. 너 지금 며칠째 굶은 지나 알아? 하늘 같은 선배가 손수 챙겨다 주는데 고마운 줄도 모르냐?"

"그런 걸로 고마워하면 당장 치료사한테 끌고 갈 거잖습니까……. 하암."

하품을 쩍 한 아렌트가 침대머리에 등을 툭 기댔다.

"사람은 죽을 때나 되어야 변한다잖아요. 전 아직 오래 살 예정이라."

헛소리를 지껄이면서도 아렌트는 아직 잠이 덜 깬 듯 느리게 눈을 끔뻑였다. 아서는 그의 앞에 쟁반을 놓아 주며 타박을 놓았다.

"너덜너덜한 꼴로 말은 잘 한다, 이 새끼야."

"며칠 됐어요?"

"나흘."

아서의 짧은 대꾸를 듣는 둥 마는 둥 하며, 아렌트는 어떻게든 잠에서 깨 보려 애썼다.

그 모습을 물끄러미 보던 아서가 살짝 눈살을 찌푸렸다.

"상태 안 좋냐?"

"좋겠냐고요."

"이상하네, 겉은 멀쩡해 보이는데 왜 그렇게 골골대지?"

"골골대는 게 아니라 잠이 안 깨는 거라고요. 누가 약골 선배랑 똑같은 사람인 줄 아나."

눈을 반쯤 감은 채 아렌트가 짜증스레 대꾸했다.

아주 오랜만에 악몽도 꾸지 않고 푹 잔 기분이었다.

'뭔가 꿈을 꾼 것 같기도 한데.'

꽤 험한 꼴을 보고 난 뒤 기절한 것 치곤 제법 평화로운 잠자리였다.

 천근만근인 몸을 무엇인가가 완전히 감싸 안아 주던 감각만이 어렴풋이 떠올랐다.

 시간 가는 줄도 모른 채 은은히 부서지는 햇살만 멍하니 바라보다가…….

 다시 눈꺼풀이 무거워지려 했다.

 "……야, 야. 졸지 마. 밥 먹고 자라고!"

 "아."

 아렌트가 퍼뜩 다시 고개를 들자, 아서는 한숨을 푹 내쉬며 그 앞에 뜨거운 스프가 올라간 쟁반을 내려 주었다. 그러고는 아직도 정신 못 차린 후배의 손에 스푼까지 들려 준 뒤 의자를 끌어당겨 앉았다.

 아렌트는 제 손에 들린 스푼을, 정확히는 그것을 들고 있는 제 손가락을 멀뚱히 보았다.

 모든 손가락에 붕대가 감긴 것이 미라 꼴이 따로 없었다.

 "뭐야. 어쩐지 움직이기 힘들더라니. 내 손 꼴 왜 이래요?"

 "동상이래. 평범한 사람이었으면 손이 떨어져 나갔을걸. 참고로 발도 그런 꼴이니까 한동안 걸을 생각 하지 마라."

 아서의 상냥한 설명에 아렌트가 황당하게 중얼거렸다.

 "진짜 환장하겠네."

 "하여튼 독한 새끼 같으니. 어떻게 그 꼴이 될 때까지 버틸 수가 있냐? 지금은 렉시온 님도 없으니까 알아서 몸 사려. 그리고 당분간은 아티팩트 사용 금지야, 너."

그렇게 말하는 아서 역시 멀쩡한 꼴은 아니었다.

평소라면 며칠 만에 없어졌을 상처를 아직도 주렁주렁 달고 있는 데다가, 손은 심한 화상 때문에 붕대가 둘둘 감겨 있었다.

아닌 척하고 있었지만, 한쪽 다리를 움직이는 게 어색한 것을 보아하니 뼈가 부러진 게 아직도 덜 붙은 모양이었다.

"선배도 꼴 한번 봐 줄 만하네요. 왜 일하러 안 나가고 여기서 노닥거리나 했더니."

"적어도 너한테는 그런 말 듣기 싫거든, 이 자식아. 제일 너덜너덜해진 놈이 지금 무슨 소릴 지껄이는 거야?"

"상관없잖아요. 그래도 잘생겼으니까."

아렌트는 그제야 식사를 시작했다.

입안 가득 따뜻한 스프를 떠넣은 아렌트가 물었다.

"어떻게 돌아가고 있어요? 여기 왕궁이죠?"

"신경 끄고 먹고 자기나 해. 졸려 뒈지겠다면서."

"잠 다 깨워 놓고 이제 와서 뭔 소리래요."

투덜거리면서도 아렌트는 스프를 빠르게 비워 냈다. 한번 입에 먹을 것이 들어가니 갑자기 허기가 진 탓이었다.

그제야 아서는 조금 안심한 얼굴로 빈 그릇을 치워 주었다.

다시 침대에 등을 기댄 아렌트는 이불을 목 끝까지 끌어당겼다.

"으으, 추워. 어쨌든 뭐가 어떻게 되고 있는지나 좀 말해봐요. 벌써 왕궁으로 돌아온 걸 보니 어느 정도 수습은 끝난 것 같고……."

눈동자를 데굴데굴 굴린 아렌트가 아서를 보았다.

"왕세자 저하께서 결정하신 거예요?"

"왕궁을 오래 비워 두는 것도 썩 바람직하지 않은 일이니까. 그리고 언제 다시 적들이 쳐들어올지 모르고."

아서가 풍한 얼굴로 대답을 내어 주었다.

"왕궁을 빼앗기는 것보다야, 포위당하는 한이 있더라도 이곳을 사수하는 게 낫겠지. 빅토르 왕세자님의 뜻이야. 우리 단장님도 찬성하셨고."

"그 고철 왕세자, 나름대로 힘 좀 내셨네요. 꽤 오래 걸릴 줄 알았더니."

이불에 푹 파묻힌 채 아렌트가 어깨를 으쓱였다.

전장 한가운데였던 왕궁으로 바로 돌아온다는 것은 결코 쉬운 결단이 아니었을 것이다.

'한동안은 피해자 노릇을 할 줄 알았더니.'

그가 예상했던 것보다는 좀 더 빨리 지휘관의 자리에 오를 생각인 모양이었다.

"왕실 내부 배신자는 왕비 전하와 귀비였어. 귀비는 왕세자 저하를 덮치려다가 그 자리에서 즉결 처분당했고,

왕비 전하……. 이제는 반역자가 되셨지만. 여튼 그분은 지하 감옥에 수감 중. 어느 정도 수습이 끝난 뒤에 재판이 열릴 거야."

사실상 그녀 역시 당장 처분당해도 싼 입장이었지만, 왕실의 어른이었으니 나름의 예우를 차려 주는 거였다.

무엇보다도 왕비는 왕세자의 친모니까.

"왕자님과 공주님은 일단 네펠레 왕국 근처에 있는 별장으로 이동하시기로 했어. 아무래도 이곳에 계시는 것보다는 잠시 요양하시는 편이 낫겠지."

아서가 심란한 얼굴로 덧붙였다.

루이스 왕자와 리에타 왕녀 두 사람 다 정신적인 충격이 극심한 상태였다.

사태가 사태인 만큼 어쩔 수 없는 일이었다.

가만히 듣던 아렌트가 살짝 인상을 찌푸렸다.

"별장으로 가신다고요?"

"왜. 뭐 문제 있어?"

잠깐 생각하던 아렌트가 고개를 내저었다.

"아뇨, 딱히. 그나저나 렉시온 님은요?"

"……갑자기 사라지셨던데."

괜히 찜찜한 표정을 하면서도 아서는 답을 내어 주었다.

"나중에 스텔이 와서는 자리를 비우신다고 말해 주고 갔어. 아마 회복하시러 레어로 들어가신 게 아닌가 싶다만."

두 드래곤이 벌인 싸움은 무시무시했다. 조금만 더 늦

었더라면 왕성이 전부 다 박살 났을 게 뻔한 상황이었으니 말 다 한 셈이었다.

왕궁은 방어막 덕분에 거의 상한 곳 없이 온전했지만, 주변의 번화가나 민가는 대대적인 보수 공사를 거쳐야만 다시 사용할 수 있을 것 같았다.

"꼭 심한 태풍이라도 지나간 것 같다니까. 그래서 일단 주민들은 임시 거처에 머물게 하고 있는데……."

질렸다는 어조로 말을 잇던 아서가 슬쩍 아렌트를 보았다.

잠깐 망설이던 그가 조심스럽게 물었다.

"무슨 일이 있었던 거냐?"

"뭐가요?"

아렌트가 시치미를 뚝 떼자 아서가 곧장 인상을 와락 구겼다.

"뭐긴 뭐야, 이 자식아. 네가 뭔가 한 거 아냐? 그게 아니면 갑자기 그 많던 적이 한순간에 떠나 버릴 리가 있어? 갑자기 렉시온 님이랑 니케포르도 싸움을 멈췄고."

"내가 그렇게까지 대단한 놈일 것 같아요?"

까칠한 대꾸가 돌아왔다.

어쩐지 싸늘하게 늘리는 음성에 아서가 멈칫했다.

잠시 후, 짧은 후회가 슬그머니 고개를 들었다.

'……괜히 말 꺼냈군.'

뭔가 심상찮은 일이 벌어졌다는 것만은 확실했다.

라이더는 아무것도 기억을 못 하는 데다, 세일럼이 입을 다물어 버렸다는 것만 봐도 충분히 짐작할 수 있었다.

하지만 그렇다 해도 아직 쉬어야 하는 놈에게 꺼내기에는 적절치 못한 말이었다.

"됐어. 피곤하면 그냥 잠이나……."

"뭐, 당연히."

아서가 머쓱하게 말머리를 돌리려는 찰나, 아렌트의 태연한 목소리가 끼어들었다.

"그만큼 대단한 사람이 맞죠."

"……."

우뚝 움직임을 멈춘 아서가 뻣뻣하게 굳은 고개를 돌렸다.

도롱이 벌레 같은 모습으로 이불에 파묻힌 견습 기사가 멀뚱멀뚱 그를 응시하고 있었다.

"뭐, 뭐라고?"

"그만큼 잘났다고요, 내가. 두 번 말하게 하지 마요. 입 아프니까."

"……."

뭐라 할 말이 없었다.

넋을 놓은 아서를 앞에 둔 아렌트가 어깨를 으쓱했다.

"뭘 새삼. 당연한 거 아닙니까? 내가 대단한 게 하루 이틀도 아니고."

"진짜 이 새끼를 어쩌면 좋지?"

선배가 황망하게 중얼거리든 말든, 아렌트는 붕대에 완전히 감싸인 손에 턱을 괴었다.

'분명 기절하기 직전엔 기분이 최악이었는데……'

지독히도 선명하게 느껴지던 이질감과 낭떠러지에 떠밀린 듯한 불안감. 거기에 신들을 향한 증오까지.

한꺼번에 많은 감정이 휘몰아친 탓에 정신을 차릴 수가 없었다.

라이더와 세일럼을 발견한 뒤 어찌저찌 대사를 짜낼 수 있었던 게 기적처럼 느껴질 지경이었다.

하지만 지금은 이상할 정도로 머리가 맑았다.

비록 몸은 말도 안 되게 아프고, 서리 어린 손길의 부작용 때문에 속에서는 자꾸만 한기가 끼쳤지만…….

정신 상태만 멀쩡하다면 이 정도야 충분히 견딜 수 있었다.

"어쨌든, 선배 말고도 그걸 궁금해하는 인간들이 한 수레는 있겠네요. 그걸 또 하나하나 상대해야 한단 말이지."

편하게 몸을 기댄 아렌트는 눈동자를 소리 없이 도르륵, 굴렸다.

"이거 재밌게 됐네요."

황금색 눈동자에 어쩐지 생기가 도는 게, 영 불안했다.

"……야."

"왜요."

"너 왜 또 눈알을 그렇게 굴려? 완전 사고 치기 직전

낯짝인데?"

 아서가 꺼림칙하게 묻는 말에 아렌트가 감탄을 터뜨렸다.

 "이야, 선배도 다 컸네요. 그 정도 눈치도 챙길 줄 알고."

 "원래 너보단 컸어, 이 새끼야! 그리고 내가 널 하루 이틀 보냐? 속 시커먼 꿍꿍이 꾸미는 낯짝을 못 알아볼 것 같아?"

 결국 아서가 복장을 터뜨렸지만, 아렌트는 당연히 들은 척도 하지 않았다.

 "일단 오늘은 얌전히 있을 테니까 심부름이나 몇 가지 좀 해 줘요."

 "심부름? 심부름이라고?"

 상상을 초월하는 건방진 단어 선택에 아서는 더더욱 어처구니가 없어지고 말았다.

 "뭐, 싫으시면 내가 직접 움직이고요. 그것도 나쁘지 않겠네요."

 "……."

 하지만 뒤이어진 한 마디에 아서는 얌전히 입을 다물 수밖에 없었다.

 "일단 벽난로 불 좀 더 피워 달라고 전해 주세요. 추워 죽겠으니까. 그리고 군것질할 과자도 좀. 입이 심심하네요."

"……아주 그냥 선배를 혀끝으로 부려먹는군."

한숨을 푹푹 내쉰 아서가 자리에서 몸을 일으켰다.

"알겠다, 이 망할 자식아. 시종들한테 말해 놓을게."

"아, 그리고 제일 중요한 거."

막 방에서 빠져나가려는 그를 아렌트가 다시 불러 세웠다. 아서가 뒤를 돌아보자 아렌트가 짧게 툭 내뱉었다.

"세일럼 녀석 좀 여기로 오라고 해요. 지금 당장. 그리고 선배는 다른 볼일이나 보러 가요. 방해하지 말고."

"하여튼 말하는 싸가지 하곤……. 세일럼 님은 왜?"

아서가 의아하게 물었지만 역시나 삐딱한 대꾸만이 돌아왔다.

"알아서 뭐 하게요?"

"아오, 진짜. 물은 내가 멍청이지."

다리를 절며 방 밖으로 나갔다.

쿵.

문이 닫히고, 혼자 남은 아렌트는 욱신대는 상처를 붙잡고 다시 몸을 베개 사이에 푹 기댔다.

"자, 이제 어쩐다……."

한숨과 함께 혼잣말이 흘러나왔다.

숙면을 취한 덕에 머리는 꽤 맑아졌지만, 상황이 영 좋지 못한 건 변치 않았다.

한낱 견습 기사에 불과한 그의 말에 설득력을 더해 줄 증거가 영영 무대에서 사라져 버렸다.

꼬맹이는 그냥 빠져 있어. 〈55〉

심지어 이리스의 압박에 그것을 제 손으로 직접 부숴 버렸으니, 그 상황에 대해 해명도 해야 했다.

 '막막하네.'

 게다가 이리스에게 입단속까지 단단히 당했다.

 그녀와의 약속을 어길 수 없다는 건 누구보다도 잘 알았다.

 사방의 어둠이 이리스의 눈과 귀가 되어 감시할 테니까.

 '하지만……..'

 그는 방법을 찾아낼 것이다.

 얼기설기 엮은 이 무대 위에서 언제나 그래 왔듯이.

 일단 지금은 잔뜩 움츠러들었을 꼬맹이와 잠시 면담을 나누는 게 우선일 듯싶었다.

* * *

 "……마침 있다니 다행이네요. 경비는 저한테 청구하라고 전해 주세요."

 세일럼이 조심스레 방 안에 들어갔을 때, 아렌트는 침대에 파묻힌 채 통신구로 누군가와 대화 중이었다.

 -예, 알겠습니다. 제발 몸조리 좀 잘하시고요. 무사하시다니 다행입니다만, 자꾸 이러실 때마다 노인네 심장이 덜컥 내려앉습니다.

세일럼을 힐끗 본 아렌트가 그를 향해 고갯짓했다. 자리에 앉으라는 뜻이었다.

"걱정 마세요. 노이만 상단주님께 맡겨 둔 돈 다 쓰기 전까지는 죽을 생각 전혀 없거든요."

-당연히 그러셔야지요. 참고로 아렌트 경께 불상사가 벌어진다면, 아렌트 경의 자산 대부분은 에크하르트 백작님께 상속됩니다.

"……."

뭐라 대꾸하려던 아렌트가 입을 꾹 다물었다. 그때를 놓칠세라, 노이만이 빠르게 말을 이었다.

-그러니 몸 좀 사리십시오. 제발. 부탁하신 것들은 빠짐없이 처리해 두겠습니다. 이만 쉬시지요.

그 한 마디를 마지막으로 노이만은 먼저 통신을 뚝 끊어 버렸다.

"다들 갈수록 왜 이렇게 잔소리가 느는 거야? 상단주님도 나이가 드셨나."

불 꺼진 통신구를 바라보며 아렌트가 황당하게 투덜거렸다. 잠깐 입을 다물고 있던 세일럼이 황당하게 물었다.

"……보자마자 이런 걸 묻는 것도 좀 그렇지만, 통신구는 도대체 어디서 나신 거예요?"

검과 통신구, 서리 어린 손길은 라이오스가 압수해 간 상태였다. 아렌트가 눈을 뜨자마자 일을 하겠다며 찾아댈 게 분명하다는 까닭에서였다.

꼬맹이는 그냥 빠져 있어. 〈57〉

결국 라이오스의 추측은 정확히 맞아떨어진 셈이었지만……

"장작 넣으러 온 시종한테 돈 슬쩍 찔러 넣어 주고 부탁했는데. 하여튼 어설픈 인간들 같으니."

결국 아렌트를 막는 데는 실패하고야 만 모양이었다.

그의 뻔뻔한 대꾸에 세일럼은 떨떠름한 표정이 되고 말았다.

"그래도……."

하지만 그것도 잠시, 세일럼이 웅얼거리며 시선을 아래로 내리깔았다.

"무사하셔서 다행입니다. 걱정 많이 했어요. 정말로."

무릎 위에 손을 얹은 채 눈도 마주치지 못하는 꼴이 영락없이 풀죽은 어린애였다.

"결국 저는 아무런 도움도 되지 못했습니다. 괜히 나섰다가 발목만 잡은 것 같고……."

아렌트는 아무런 대꾸도 하지 않고 그를 물끄러미 바라보기만 했다. 제 주인의 속을 알지도 못하는지, 두 정령은 천진난만하게 방 안을 나풀나풀 날아다닐 뿐이었다.

"그냥 아렌트 경이 처음 말씀하셨던 대로 르웰린 님과 함께 진지에 남아 있어야 했는데……."

잠깐 우물대던 세일럼이 고개를 푹 숙였다.

"죄송해요."

세일럼이 말을 끝낸 뒤에도 아렌트는 아무런 대꾸도 하

지 않았다.

　방 안에 무거운 침묵이 흘렀다.

　더울 정도로 세게 불을 피워 둔 벽난로에서 이따금 탁, 타닥 장작이 타오르는 소리만이 들려올 뿐이었다.

　"그러니까, 제가……."

　결국 정적을 이기지 못하고 고개를 든 세일럼은, 자신을 빤히 응시하는 황금색 눈동자와 정면으로 눈을 마주쳤다.

　"……왜, 왜 그렇게 쳐다보십니까?"

　턱을 괸 아렌트가 시큰둥하게 대꾸했다.

　"조그마한 게 어디까지 땅을 팔까 싶어서 구경 중인데. 이미 너 하나 정도는 충분히 파묻을 수 있을 정도로 판 거 아냐?"

　"네? 아니, 사람이 진지하게 말하는데……!"

　"아님 뭐, 날 파묻고 싶냐?"

　세일럼이 억울하게 항변했지만, 아렌트는 귀를 긁는 시늉을 하며 뚱하니 대꾸했다.

　"안 됐지만 보다시피 팔팔해서 내 관짝 묻을 생각은 안 해도 돼. 그렇게까지 훈련하기가 싫었나 봐? 네가 가르쳐 달라고 매달려 놓곤."

　"지금 그런 농담이 나오십니까?"

　결국 세일럼이 왈칵 신경질을 터뜨렸다.

　놀란 정령들이 후다닥 날아올랐다가 다시 세일럼의 어

깨 위에 내려앉았다.

하지만 아렌트는 여전히 뻔뻔했다.

"완전 잘 나오는데."

"……."

세일럼은 할 말을 잃어버리고 말았다. 황망하게 허공을 보는 그를 보며 아렌트가 혀를 쯧쯧 찼다.

"한심하긴. 야. 내가 널 그렇게 가르쳤냐?"

"네?"

세일럼이 얼빠진 소리로 되물었다.

"딱 한 번만 말해 준다. 잘 들어."

아렌트는 등에 받쳐 둔 베개에 몸을 기대며 툭 내뱉었다.

"잘되면 내 덕. 안 되면 남 탓."

"……."

"순진해 빠진 엘프들이야 잘 모르겠지만, 인간 세상에서 살아남으려면 기본적으로 갖춰야 할 덕목이지."

저게 지금 기사로서 할 말인가.

세일럼의 텅 빈 시선이 허공을 헤맸다. 그러거나 말거나 아렌트는 뻔뻔하게 어깨를 으쓱였다.

"애초부터 꼬맹이한테 큰 걸 바란 것도 아니고. 기껏 불러다 앉혔더니 미안하니 뭐니 하면서 혼자 삽질하는 쪽이 더 민폐라고. 시간 낭비니까."

"아……."

그러자 단박에 세일럼이 다시 고개를 푹 떨어뜨렸다.
"네……. 죄송합니다."
"너 방금 내가 한 말 듣긴 했냐?"
짜증스레 내뱉은 아렌트가 한숨을 푹 내쉬었다.
"그러고 보니 아까 심부름해 줬던 시종이 말이야."
약간 누그러진 목소리에 세일럼이 살며시 시선을 들었다. 흘러내리는 머리칼을 아무렇게나 방치한 아렌트가 그를 향해 무심한 시선을 던지고 있었다.
"왕실 기사단이 사람을 찾고 있다던데."
"네?"
세일럼이 멀뚱멀뚱 되묻자 아렌트가 고개를 비스듬히 기울였다.
"당장 옆 사람도 못 챙길 난리 통에 누군가가 부상자들을 치료해 줬다면서. 덕분에 목숨 건진 사람이 한둘이 아니라더군."
"……."
아렌트는 그의 눈을 똑바로 바라보았다.
"전투가 마무리되어 가려던 찰나, 갑자기 어느 순간 의식을 잃었대. 그 뒤 깨어나 보니까 누군가가 부상자들을 안전한 곳까지 옮겨서 응급처치까지 해 놨다던데. 혹시 아는 거 있냐?"
"……."
그의 말이 이어질수록 세일럼의 눈이 점점 커졌다. 아

렌트는 답을 기다리지 않고 퉁하니 덧붙였다.

"바보 같은 짓이지. 한 치 앞도 모를 전장에서 다른 사람들을 살필 여유가 있다니 말이야. 하지만……."

무심한 듯하지만 묘한 힘이 있는 음성이 또박또박 이어졌다.

"덕분에 많은 사람들이 목숨을 구했어. 그 자리에 누군가가 없었더라면 불가능했던 일이야."

"……."

세일럼이 멍한 얼굴로 눈을 몇 차례 깜빡였다.

"여하튼, 에드거 기사단장이 그 사람을 찾고 있다더라. 전부 다 기절한 바람에 은인이 누구인지도 모른다면서 기사단 전원 속상해한다고."

아렌트가 시큰둥하게 말했다.

"일개 시종까지 나한테 물어보는 걸 보아하니 제법 난리가 난 것 같은데……. 안 봐도 뻔해. 의기소침해져서 방 안에만 처박혀 있었지? 그러니 뭐가 어떻게 돌아가는지 알 턱이 있나."

"죄, 죄송합니다."

뒤이어진 타박에 세일럼이 퍼뜩 정신을 차렸다. 그러자 아렌트가 인상을 찌푸렸다.

"사과하지 말라고 했잖아. 시간 낭비라고. 내 말을 도대체 어디로 들은 거야?"

"아, 그, 죄송……."

화들짝 놀란 세일럼이 습관처럼 버벅거리다 이내 입을 꾹 다물었다.

"어쨌든 넌 실수한 거 없어. 아니면 검이랑 정령술을 배우기 시작한 지 얼마 되지도 않은 널 여기까지 끌고 온 날 탓하고 싶은 거야?"

"아, 아닙니다! 당치도 않습니다."

세일럼이 기함을 터뜨렸다.

팔짱을 낀 아렌트가 뚱하니 말했다.

"당연하지. 난 실수 따위 안 하니까. 내가 잘못한 게 없으니, 너도 잘못한 거 아무것도 없어. 이해했어?"

아렌트라는 사람답게도 참 뻔뻔하면서도 오만한 말이었다.

그럼에도 듣고 있자니 심장 한구석을 꽉 틀어막았던 응어리가 스르륵 풀리는 것 같았다.

세일럼이 얼떨떨하게 고개를 끄덕이자 아렌트가 만족스런 얼굴로 과자를 하나 입안에 톡 던져 넣었다.

"그럼 다시 본론. 어디까지 기억해? 라이더 선배는 아무것도 모르는 눈치던데. 너도 입 다물어 버렸다면서?"

"⋯⋯아렌트 경과 마주쳤던 때까지는 생생하게 기억해요."

잠깐 망설이던 세일럼이 입을 열었다.

"그 여자랑 동행하다가⋯⋯. 아렌트 경께 가려고 했는데, 그 순간부터 기억이 끊겼어요."

"보고는 왜 안 했어?"

아렌트의 물음에 세일럼이 잠깐 망설이다 답했다.

"뭐랄까……. 그래야 할 것 같은 기분이 들어서요. 그 뒤로 아렌트 경께 무슨 일이 있었던 건지도 잘 모르겠고. 라이더 경은 그 사람이 저랑 같이 있었던 것도 제대로 기억하지 못하시는 눈치라."

"흐음."

아렌트가 고개를 끄덕였다.

아직까지 베일에 숨어 있던 악신교의 1인자, 성녀가 직접 나타났다.

그런 와중에 세일럼은 자신이 함부로 입을 놀리면 안 된다는 것을 직감한 것이다.

제법 마음에 드는 판단이었다.

"왕궁 안에서 무슨 일이 있었는지, 처음부터 끝까지 말해. 최대한 자세히."

명령조의 말에 세일럼이 얼른 고개를 끄덕였다.

아렌트는 한동안 세일럼이 들려주는 이야기를 가만히 듣고만 있었다.

세일럼이 말을 마쳤을 때, 아렌트는 인상을 구긴 채 가볍게 생각에 잠겨 있었다.

"……뭐 문제라도 있습니까?"

"아니. 그런 건 아냐."

세일럼이 조심스레 묻자 아렌트가 짧게 대답했다.

잠깐의 침묵이 흐른 뒤, 망설이던 세일럼이 다시 입을 열었다.

"……루나랑 레이는 그 사람을 왜 그렇게 따랐던 걸까요?"

아렌트가 고개를 들자 세일럼이 느릿느릿 말을 이었다.

"정령은 순수한 존재라서 불결하고 사악한 것은 가까이하지 않아요. 하지만 그 사람은……."

"악한 존재니까, 정령들이 따르는 건 말도 안 된다고?"

세일럼이 조금 놀란 얼굴로 고개를 끄덕였다.

"네."

"네가 말하는 불결하고 사악한 것이라는 것들의 정의에서 벗어난 존재겠지."

아렌트는 그를 보지 않고 무심히 대답했다.

"자연재해 때문에 사람이 죽어 나간다고 하더라도, 그걸 사악하다고 말하진 않잖아."

"……."

"게다가 그 여자는 직접 사람을 해친 적은 단 한 번도 없으니까."

정령들은 피 냄새가 짙은 존재를 피하지만, 결국 직접 검을 휘두르는 건 이리스가 아닌 그녀를 따르는 '부서진 심장의 검'이었다.

'이리스의 손이 더러워질 일은 없었겠지.'

이 빌어먹을 세상에서 신이란 곧 자연이었다.

자연의 존재인 정령들이, 몇 번의 생을 거듭하며 신과 밀접한 관계가 된 이리스를 따르는 것도 이상한 일은 아니었다.

세일럼이 눈을 내리깔고 중얼거렸다.

"그런가요……."

결정적으로, 결국 이리스와 체르니온을 절대적인 악이라고 말할 수는 없을 것이다. 루체가 결코 정의로운 존재가 아니듯이.

체르니온과 이리스 역시 이 세상을 이루는 구성 중 하나인 이상, 순진한 정령들은 그들을 악이라 여기지 않을 터였다.

하지만 이 고민 많은 어린애에게 거기까지 말해 줄 생각은 없었다.

머리가 복잡해지는 건 자신 혼자면 충분하니까.

"그 녀석들, 나는 싫어하지만, 라이오스 단장님을 좋아하잖아. 그놈한테서 신의 냄새가 나니까 더 그랬던 거겠지."

아렌트는 단정적으로 말해 버리고는 화제를 돌렸다.

"그나저나……. 일이 그렇게 됐단 말이지. 르웰린이랑은 만나 봤어?"

"네. 안 그래도 아렌트 경이 깨어나시기만을 오매불망 기다리고 계셨습니다. 다른 분들도 마찬가지긴 하지만요."

세일럼이 얼떨떨하게 고개를 끄덕였다.

안에서 무슨 일이 벌어졌는지 모두가 궁금증에 가득 찬 것이다.

"라이오스 단장님은?"

"저도 잘 모르겠는데……. 아렌트 경을 괴롭히지 말라고 엄포를 놓으셨다고는 들었습니다. 아직 쉬셔야 한다고요."

"하여튼, 오지랖은."

짧게 투덜거린 아렌트는 다시 가벼운 생각에 잠겼다.

'어떻게든 해명할 필요는 있을 것 같고.'

지금 당장 세일럼도 잠자코 있긴 했지만, 궁금해 죽겠다는 기색을 숨기지 못하고 있었다.

워낙 대형 사고이니 적당히 둘러대는 것으로는 넘어가지도 못할 것이다.

게다가…….

놈의 술수에 곧이곧대로 어울려 줄 생각은 전혀 없었다.

결론을 내린 아렌트가 입을 열었다.

"일단 넌 계속 입 다물고 있어."

"네?"

"지금 당장은 아무것도 기억 안 난다고 해. 나중에 적당히 때가 됐을 때 슬그머니 언질 정도나 흘리던지. 내가 알아서 할 테니까."

꼬맹이는 그냥 빠져 있어. 〈67〉

잠깐 멍하니 있던 세일럼이 경악하며 벌떡 자리에서 일어났다.

"아니, 아렌트 경께 다 떠넘기고 싶지는 않습니다! 그럴 순……."

"방해하지 말란 뜻이야, 바보야."

하지만 아렌트가 그의 말허리를 중간에 뚝 잘라 버렸다.

"재미있는 생각이 났거든."

황금색 눈동자가 은은하게 반짝였다.

시종일관 무표정이던 입가에도 슬쩍 장난스러운 미소가 드리웠다.

"꼬맹이는 그냥 빠져 있어. 남은 건 어른이 알아서 할 테니까."

"……."

뭐라 말하려던 세일럼은 그냥 입을 다물어 버렸다.

끼어들었다가는 큰 봉변을 당할 것 같다는 직감이 든 탓이었다.

* * *

대화를 마무리한 뒤, 아렌트는 쉬겠다며 세일럼을 쫓아내듯이 내보냈다.

방에 다시 혼자 남은 아렌트는 이불을 더욱 끌어 올리고 짧게 욕을 내뱉었다.

"아오, 씨. 추워 죽겠네 진짜."

난로에서 활활 타오르는 장작이 무색하게도 몸이 덜덜 떨릴 정도의 한기가 느껴졌다.

'망할 드래곤이 경고한 부작용이 이건가.'

마력 부족 때문에 내상을 입을 일이 없어졌지만, 서리 어린 손길의 기운을 과하게 받아들인 몸이 덩달아 체온을 빼앗긴 것이다.

속으로 혀를 쯧 찬 아렌트는 이불을 더욱 끌어당겼다.

'그것보다……'

일단 그건 그렇다 치고.

'나 왜 멀쩡하냐.'

물론 몸 상태는 최악이었지만, 머리가 이상할 정도로 맑았다.

신상을 부술 때는 전보다도 더 심하게 시달릴 각오까지 한 그였다.

게다가 성녀는 떠나기 전 체르니온의 이름을 건 저주를 건네기까지 했다.

'대부분 이럴 때는 어떤 식으로든 후폭풍이 왔는데……'

시달리기는커녕 숙면이라니.

물론 달가운 일이긴 했지만, 마음 한구석이 찝찝했다.

'짚이는 곳이 있긴 한데.'

신전 복도에 서 있던 네레이스의 신상을 만진 것.

역시 우연은 아닌 것 같았다.

오랜만에 숙면을 취할 수 있었던 건 그것과 관련이 있을지도 몰랐다.

'기회가 있을 때마다 간섭해 오는 것 같단 말이지.'

엘프 왕국 네레이스의 신전에서도 그렇고, 이번 일도 마찬가지였다.

아무래도 네레이스 역시 그에게 볼일이 있는 듯했다.

'일단은 적대감이 느껴지지 않는다는 게 다행인가.'

체르니온은 자신을 없애려 이를 북북 가는 중이고, 루체는 발칙한 애새끼를 구경하느라 즐거워 어쩔 줄을 몰라 하고 있었다.

그런 와중에 또 다른 존재가 따라붙는다니.

목적을 제대로 알지 못하는 이상 썩 달가워할 수만은 없는 노릇이었다.

아렌트는 느릿느릿 움직여 더욱 이불 깊이 파고들면서도 생각의 끈을 놓지 않았다.

'대본이 성녀의 손에도 들어갔다면······.'

체르니온이 쥔 파편을 이리스에게 건네주었다 했으니, 이리스는 지금껏 자신들이 왜 실패했는지도 절절히 깨달았을 것이다.

그녀의 정제된 몸가짐과 음성, 몸짓 하나하나에서는 어떠한 감정도 드러나지 않았다.

하지만 그녀가 마지막으로 건넨 저주 한마디에서, 아렌트는 자신을 향한 증오를 선명히 느낄 수 있었다.

'악의지, 그건.'

모든 걸 역사 아래 덮어 버리고 체르니온만의 세상을 만들겠다 선언한 니케포르보다, 부드럽게 미소 지으며 진실 앞으로 등을 떠민 이리스가 더욱 위협적으로 느껴졌다.

그가 루체와 약속을 나눈 존재인 이상, 이리스는 그에게 직접 해를 끼치지 못할 것이다.

그러니 스스로 나가떨어지도록 꾸준히 압박을 가해 올 것이란 사실은 분명했다.

'인생이 좀 더 고달파질지도 모르겠는데.'

그럼에도 희망은 분명 있었다.

성녀가 신을 찬양하며 읊어 댄 말이 힌트였다.

이리스는 신들이 직접 나서지 않는 이유가, 세상을 지키기 위해서라 말했다.

함부로 힘을 사용하면 약한 존재들이 흔적도 없이 바스라질까 염려해, 신도들을 앞세워 전쟁을 벌이는 것이라고.

어쩌면 이리스는 진심으로 그리 믿는지도 몰랐다.

하지만 아렌트는 그렇게 생각하지 않았다.

'분명 놈들의 권위에도 한계가 있는 거겠지.'

신전에서 마주했던 체르니온은 루체와는 달리 상당히 망가진 상태였다.

그것이 전쟁에서 패배해, 신앙을 대거 잃어버린 대가라면…….

어쩌면 그놈들이야말로 신앙 없이는 살아갈 수 없는 존

재일지도 몰랐다.

'이리스가 말한 신화도 처음부터 끝까지 믿을 만한 건 아닐 테고.'

결국 그녀 역시 신에게 주입받은 이야기 그대로 믿고 따를 뿐일 테니까.

거기까지 생각이 미친 아렌트는 문득 이리스가 지나가는 말처럼 읊조린 한 마디를 떠올렸다.

'정을 줄수록 약점이 늘어난다, 라…….'

점점 눈꺼풀이 무거워졌다.

'웃기고 있네.'

그 괴물 같은 놈들을 약점 따위로 여길 생각은 전혀 없었다.

그러나 최근 들어 생긴 한 가지 문제점은…….

'정을 준 건 내가 아니라…….'

그러나 아렌트는 더 생각을 이어 가지 못했다.

자꾸만 눈이 감겨 온 탓이었다.

한참 뒤, 라이오스와 르웰린이 방에 들어왔을 때 아렌트는 이불에 완전히 파묻힌 채 곯아떨어져 있었다.

* * *

어쩐지 몸이 둥실둥실 떠다니는 것 같은 부유감이 들었다.

느리게 눈을 깜빡이던 아렌트는 자신이 깊은 물에 가라앉아 있다는 것을 알아차렸다.

'바다?'

수면에 부딪혀 부서진 빛이 일렁이며 바닷속을 푸르게 물들이고 있었다.

티끌 한 점 없이 맑은 물에서 청량함이 느껴졌다.

살짝 추운 것 같았지만, 부드러운 파도가 일렁이며 그의 몸을 편안히 쓰다듬으며 온기를 전해 주었다.

이게 얼마만의 휴식인지.

점점 몸이 아래로 가라앉고 있었지만, 딱히 발버둥 칠 생각도 들지 않았다.

단지 이 나른함에 몸을 맡기고 다시 잠들기만을 기다릴 뿐이었다.

"……."

밀려드는 졸음에 저항하지 않고 그는 다시 눈을 감았다.

그러자 누군가의 다정한 손길이 가만히 이마를 쓰다듬어 주었다.

그렇게 다시 의식이 수마에 가라앉으려던 찰나.

'어?'

갑자기 번쩍 정신이 들었다.

놀란 탓에 폐부에 모여 있던 산소가 한꺼번에 빠져나갔다.

머리맡에서 느껴지는 인기척을 반사적으로 밀어낸 아렌트가 급히 몸을 일으켰다.

아니, 일으키려 했다.

하지만 물속에서 급히 중심을 잡는 것은 쉽지 않았다.

잠깐 허우적대며 가까스로 자세를 바로잡은 그는 곧 얼마 떨어지지 않은 곳에 있는 한 엘프 아이를 발견했다.

'뭐야, 이건?'

얼떨떨한 기분이었다.

엘프 아이가 놀란 표정을 지은 채 그를 빤히 바라보고 있었다.

아렌트는 잠시 상황을 파악하기 위해 애썼다.

눈앞의 아이는 인간 나이로 치면 겨우 10살쯤 되었을까, 세일럼보다도 훨씬 어려 보였다.

루체와 체르니온이 그렇듯, 중성적인 외모였지만 소녀 쪽에 좀 더 가까워 보였다.

물결처럼 푸르른 머리칼이 햇빛을 받은 바닷물과 거의 동화된 채 파도와 함께 일렁였다.

작은 몸을 감싼 흰 천이 마치 지느러미처럼 움직였고, 그 아래로 드러난 피부에는 비늘이 돋아 있었다.

낯설지 않은 모습이었다.

'네레이스?'

무심코 입 밖으로 목소리를 내려던 아렌트가 멈칫했다. 이곳이 물 속이라는 것을 자각한 탓이었다.

그러나 네레이스에게는 그것만으로도 충분했던 듯했다.

네레이스가 열심히 고개를 끄덕였다. 그리고는 물갈퀴와 비늘이 달린 손으로 열심히 손짓하기 시작했다.

'소리를 못 내는 건가?'

아렌트는 어떻게든 자세를 바로잡고 네레이스를 마주 보았다.

네레이스는 여전히 아무런 말도 없이 그를 빤히 바라볼 뿐이었다.

잠깐 네레이스를 마주 보던 아렌트는 문득 네레이스가 바다의 신, 물의 신이라는 사실을 깨달았다.

물에 사는 것들은 대부분 소리를 내지 않다.

그리고 울음소리를 낸다 하더라도 음파에 가까운 소리일 테니, 인간의 몸으로는 알아듣지도 못할 것이다.

'뭘 원하는 거야?'

점점 숨이 막히고 있었지만, 아렌트는 어떻게든 눈앞의 상대에 집중하려 애썼다.

멍하니 아렌트를 보던 네레이스는 화들짝 놀란 표정을 하고는 급하게 손을 내저었다.

'빨리 떠나라고?'

다시금 고개를 크게 끄덕인 네레이스는 작은 손으로 등을 마구 떠밀기 시작했다.

앳된 얼굴에 걱정하는 기색이 역력했다.

꼬맹이는 그냥 빠져 있어. 〈75〉

아렌트 역시 슬슬 한계에 달하는 것을 느끼고 있었다.

'숨 막혀.'

하지만 아렌트는 고집스럽게 버텼다.

모처럼의 기회를 놓칠 수는 없었다.

잠시 허우적대던 아렌트는 다짜고짜 손을 뻗어 네레이스의 어깨를 움켜쥐었다.

'용건부터 밝혀.'

아렌트의 뜻을 읽어낸 네레이스가 질렸다는 표정을 지었다.

하지만 더 지체할 수 없다는 것을 깨달았는지 그에게서 조금 떨어져 급히 자신의 품을 뒤지기 시작했다.

잠시 후, 네레이스는 하늘하늘한 옷 사이에서 뭔가를 꺼내 손에 쥐여 주었다.

딱히 별날 것도 없는 작은 진주였다.

"……?"

아렌트가 무심코 진주를 받아들었다.

그러자 이제 볼일은 다 끝났다는 듯 네레이스가 다시 그를 마구 수면 위로 밀기 시작했다.

아렌트 역시 굳이 더 버티지는 않았다. 여기에 조금이라도 더 머물렀다간 익사해 버릴 것 같았기 때문이었다.

하지만 그마저도 여의치 않았다.

위를 향해 조금 헤엄쳐 보려 했지만, 수면과의 거리는 전혀 좁혀지지 않았다.

아무래도 이곳이 진짜 바다가 아니라, 아렌트의 꿈과 네레이스의 힘이 합쳐져 만들어진 공간인 탓인 듯했다.

"……!"

네레이스가 아차 하는 표정을 지었다.

아렌트는 황당해지고 말았다.

'이 멍청한 신은 뭐지?'

어째 하는 짓이 어딘가의 엘프 꼬맹이와 비슷했다.

아, 어린애들은 원래 다 똑같았던가.

그런 쓸데없는 생각을 하는 와중에도 호흡은 점점 한계에 달하고 있었다.

'환장하겠네.'

아렌트는 제 입과 코를 손으로 틀어막았다.

어디선가 웅웅대는 소리가 들려오는 것 같았다.

"……떠!"

익숙한 목소리였다.

그때를 놓칠세라, 네레이스가 다시 급하게 아렌트를 마구 떠밀기 시작했다. 아렌트는 그냥 눈을 질끈 감아 버렸다.

그리고 다음 순간.

"눈 뜨라고, 이 자식아!"

벼락같은 고함 소리가 멍한 정신에 파고들었다. 그와 동시에 갑자기 막혔던 숨통이 탁 트이고 시야가 확 밝아졌다.

"……!"

아렌트가 숨을 크게 들이켜며 상체를 벌떡 일으켰다. 뒤늦게 위기를 감지한 아서가 눈을 크게 떴지만, 미처 피할 틈은 없었다.

빠아악!

머리통 두 개가 정면으로 충돌하며 거창한 소리가 터져 나왔다.

"……"

눈을 질끈 감았다 뜬 리히트는 사고 현장을 확인하고선 질렸다는 표정을 지었다.

아서와 아렌트가 각자 이마를 부여잡은 채 바들바들 떨고 있었다.

"끄윽……. 미, 미친놈아……. 갑자기 왜 벌떡 일어나고 난리야?"

"아오, 씨……. 누가 머리통을 그렇게 들이밀고 있으랬어요? 누가 돌머리 아니랄까 봐, 아파 죽겠네."

졸지에 봉변당한 아서가 왈칵 신경질을 터뜨렸다.

"잘 자다가 네놈이 갑자기 숨을 안 쉬니까 그런 거잖아! 기껏 가위눌린 걸 깨워줬더니, 뭐? 돌머리?"

"그럼 돌머리한테 돌머리라고 하지, 뭐라 그래요? 솔직히 말해요. 나 암살하려고 온 거죠?"

"암살할 거면 칼 들고 왔지 머리로 들이받겠냐? 이걸 확 쥐어팰 수도 없고!"

"때릴 수 있으면 해 보던가요. 자신 있으면 연무장에서 한판 붙던가."

"오냐, 이 자식아. 너 황궁으로 돌아가서 보자."

둘 다 이마가 새빨갛게 익어선 아웅다웅하는 꼴이 웃기지도 않았다.

그 꼴을 한심하게 지켜보던 리히트가 한숨을 푹 내쉬었다.

아서의 뒷덜미를 잡아당겨 익숙하게 두 사람을 떼놓은 리히트가 아렌트에게 말했다.

"괜찮아 보이니 다행이군."

"선배도 눈이 삔 것 아니에요? 이게 지금 괜찮아 보이십니까?"

아렌트는 이마를 몇 차례 문지르며 짜증스레 대꾸했다.

무심코 제 손아귀를 확인했지만, 당연히 진주 같은 것은 쥐여져 있지 않았다.

'뭐냐고, 진짜.'

열심히 입을 뻥긋대던 네레이스의 모습이 아직도 선명했다.

하지만 그가 자신에게 보인 것이 순전한 호의라는 것만은 확실해졌다.

그 난리를 친 뒤에도 꽤 깊이 숙면할 수 있었던 것 역시 네레이스가 루체와 체르니온의 시선으로부터 그를 잠시나마 숨겨 준 덕이었다.

꼬맹이는 그냥 빠져 있어. 〈79〉

"꼬박 이틀을 자더군. 꽤 오래 잠들어 있어서 걱정했다. 몸 상태는 어떻지?"

"그럭저럭 나쁘진 않아요."

리히트의 물음에 아렌트가 퉁명스레 대꾸했다.

푹 쉰 덕분인지 지독하게 느껴지던 한기도 한결 가신 뒤였다. 얼굴에도 제법 혈색이 도는 덕에 리히트 역시 작게 안도했다.

"그렇다면 마침 물어볼 게 있다만. 왕세자 저하랑 단장님이 오늘 아침부터 기함하셨다. 도대체 무슨 짓을 한 거지?"

"오. 벌써요?"

하품을 쩍 한 아렌트가 씨익 웃었다.

"역시 노이만 상단주님. 빠르시다니까."

"……어느새 손을 쓴 건지는 모르겠다만. 하여튼 재빠르긴."

리히트가 떨떠름하게 말하자 아렌트가 어깨를 으쓱였다.

"제가 좀 잘났죠. 둔한 여러분들과는 달리."

"……."

리히트의 시선이 잠시 허공을 향했다.

마지막에 가위에 좀 눌리긴 했지만, 잘 자고 일어난 얼굴로 뺀질뺀질하게 구니 어째 평소보다도 더 얄미웠다.

"제 옷이나 갖고 오라고 해요. 언제까지 이러고 있을

수도 없고. 너무 누워 있었더니 좀이 쑤시네."

"괜찮겠냐?"

인상을 찌푸리고 몸을 일으킨 아서가 물었다.

"전부 다 네 입이 열리는 것만 기다리고 있는데."

복귀하는 순간, 아렌트에게는 숱한 관심이 집중될 것이다. 수수께끼에 빠진 진상의 열쇠가 그에게 쥐여져 있으니까.

그러나…….

고개를 든 견습 기사가 뚱하니 말했다.

"나 누군지 몰라요?"

덕분에 아서와 리히트는 잠시 말문이 막히고 말았다.

그는 아렌트 폰 에크하르트였다.

한동안 입을 다물고 있던 리히트가 한숨을 푹 내쉬었다.

"검은 단장님이 가지고 계시니 못 돌려준다만, 제복은 이미 수선이 끝났으니 이쪽으로 가지고 오게 하지. 하지만 그 전에……."

말끝을 늘인 그가 아렌트를 똑바로 쳐다보며 단호히 덧붙였다.

"식사."

"……."

"식사부터 해라."

꼬맹이는 그냥 빠져 있어. 〈81〉

2장. 저는 아무것도 모릅니다.

저는 아무것도 모릅니다.

 아렌트가 복귀했다는 소식에, 빅토르는 그날 저녁 느지막이 회의를 소집했다.
 사실 마음 같아서는 당장 불러다 이런저런 질문을 던지고 싶었었지만, 좀 더 휴식을 취할 수 있도록 배려한 거였다.
 덕분에 아렌트는 야무지게 식사를 챙겨 먹고 과자까지 한아름 얻어 회의실에 들어설 수 있었다.
 그러나 빅토르에게는 그것이 마냥 좋은 일만은 아니었다.
 이래저래 몸 상태가 최고조에 다다른 아렌트가 처음 만났을 때보다 한결 더 건방짐을 내뿜은 탓이었다.
 "……."

일단은 부상자라 소파에 앉게 했지만, 설마 느긋하게 다리까지 꼰 채 과자를 냠냠댈 줄은 미처 몰랐다.

빅토르는 왕세자로서 체통을 어떻게든 지켜내려 애쓰며 입을 열었다.

"……그, 일단은. 많이 회복한 듯 보여서 다행이야, 아렌트 경. 덕분에 왕궁을 사수할 수 있었다. 예를 표하지."

"돈으로 주실 것 아니면 인사치레는 생략하셔도 괜찮습니다. 성가신 건 딱 질색인지라."

하지만 그 노력은 수포로 돌아가고 말았다.

그렇지, 이런 자였지. 잠깐 잊고 있었다.

빅토르의 시선이 허공을 헤매기 시작했다. 그의 뒤에 선 에드거 기사단장 역시 애써 시선을 피하며 헛기침을 두어 번 했다.

가만히 지켜보던 라이오스가 침착하게 지적했다.

"아렌트. 공식적인 자리에서는 말버릇에 주의하라고 몇 번이나 말했을 텐데."

"제가 뭘 어쨌다고요. 쉬는 사람 불러다 앉혀 놓고서 쓸데없는 말부터 꺼내신 게 누군데."

그러거나 말거나 아렌트는 우아하게 차나 홀짝일 뿐이었다.

호위 겸 문 앞을 지키고 선 리히트와 아서는 별로 놀란 기색도 보이지 않았다.

짧게 한숨을 내쉰 라이오스는 그냥 화제를 돌려 버렸다.

"……일단 먼저 물어볼 게 있다만. 나와 왕세자 저하 이름으로 전달된 구호 물품은 도대체 뭐지?"

"뭐긴 뭐겠어요? 섬세함이라곤 눈곱만치도 없는 단장님이랑 저하 대신 제가 일한 거지."

아렌트가 찻잔을 내려놓으며 덧붙였다.

"민심 달래기, 모르십니까?"

"당연히 안다만, 너무 과했다. 왕세자 저하께서 알아서 하셨을 일인 데다가 굳이 내 이름을 붙일 필요도 없었을 텐데."

"이런 건 과할수록 좋은 겁니다. 결국 사람들은 눈에 보이는 것에 집중할 수밖에 없는 거니까요."

바로 어제, 아렌트가 한참 단잠에 빠져 있었을 무렵이었다. 전쟁으로 터전을 잃은 이들의 임시 거처에 대량의 구호 물품과 복구를 도와줄 인력이 도착했다.

빅토르와 라이오스가 의뢰한 것이라며 노이만 상단에서 사람을 보낸 것이다.

그들은 엉성하던 임시 거처를 순식간에 튼튼하게 손봐 주었고, 생활에 불편함이 없도록 그 안을 숱한 식재료와 생필품으로 가득 채워 주었다.

주로 귀족들을 상대하는 노이만 상단이 공수한 것인 만큼, 당연히 물건은 하나하나 최고급이었다.

덕분에 사람들은 때아닌 호사를 누리며 편하게 지내고 있었다.

"마침 근처에 노이만 상단으로 향하는 행상이 있대서요. 물건이랑 인력을 이쪽으로 공급해달라고 요청했습니다."

아렌트가 시큰둥하게 말을 이었다.

"당장 루카인 왕궁이 쑥대밭이 됐으니, 왕국 내부에서 물건이랑 인력을 구하는 데에도 한계가 있을 테고. 지금 와서 주변국에 도움을 청해 봤자 너무 오래 걸릴 게 뻔하잖아요. 그래서 가볍게 손 좀 썼습니다."

"가볍게……."

넋이 나간 에드거가 멍청히 중얼거렸다.

고작 그 정도 단어로 이 상황을 표현할 수 있는 담대함이 존경스러울 지경이었다.

"왕국이 개판이 났으니, 지금껏 손 놓고 있던 왕세자 저하에 대한 여론도 썩 좋지만은 않았겠죠. 하지만 팔아먹을 이름이 하나 더 있으니까……."

아렌트의 시선이 슬쩍 라이오스에게 닿았다.

"성검의 영웅이 인정한 차기 국왕이라고 소문 좀 내면 그래도 조금은 안정될 겁니다. 나머지는 알아서 하세요. 자존심 좀 상하셔도 어쩔 수 없는 일입니다. 당장 저하의 입지가 고작 그 정도……. 읍."

말이 끝나기 직전, 르웰린이 과자를 하나 집어 아렌트의 입에 쑤셔 넣었다.

"죄송합니다, 형님. 제가 대신 사과드리겠습니다."

"……예? 아니, 아니, 아닙니다. 괜찮습니다."

멍청히 앉아 있던 빅토르가 화들짝 놀라며 대답했다.

"솔직히 아렌트 경의 말이 옳으니까요. 괜히 숙부님을 의심했던 것도 그렇고."

"……저는 틀린 말 안 합니다. 고철 덩어리 같은 분을 고철이라고 부르는 것뿐, 읍."

꿋꿋하게 제 할 말을 떠들어대는 견습 기사의 입에 르웰린이 다시 과자를 처넣었다.

"송구합니다, 진심으로."

라이오스가 고개까지 숙였지만 이미 늦은 뒤였다.

애써 침착함을 가장하는 빅토르의 동공이 사정없이 뒤흔들리고 있었다.

그리고 불충하게도 에드거 기사단장 역시 견습 기사를 나무라는 대신 슬그머니 외면해버리는 쪽을 선택했다.

괜히 말을 얹어서 될 상대가 아니라는 사실을 함께 싸우면서 이미 터득한 탓이었다.

한참 만에 정신을 가다듬은 빅토르가 관자놀이를 꾹꾹 누르며 말했다.

"……일단 뜻은 알겠어. 미처 내가 헤아리지 못한 부분까지 신경 써 줘서 고맙군. 나중에 경비는 따로 청구하도록 해. 상황이 정리되는 대로 왕실에서 지급하지."

"됐습니다. 나중에 황태자 전하께 받아 낼 거거든요. 그쪽이 좀 더 비싸게 쳐줄 것 같아서."

"……."

"수수료 명목으로 덤터기도 좀 씌울 예정입니다. 루카인 왕실보다야 칼리온 제국 황태자 전하 쪽이 좀 더 부자잖아요. 이것도 제 나름의 장사니까 방해하지 마시죠."

진짜 할 말이 없었다.

빅토르는 그냥 생각을 포기해 버렸다.

아서가 질색하며 소곤댔다.

"저 자식, 방금 덤터기라고 말하지 않았습니까?"

"내버려둬라. 하루 이틀도 아니고."

리히트 역시 질렸다는 표정을 지으며 입술을 달싹였다.

그러거나 말거나 아렌트가 말을 이었다.

"굳이 성의 표시를 하고 싶으시다면, 여기까지 와서 악적들을 물리친 라이오스 단장님이나 크게 치하해 주시죠. 승전 연회를 열든, 뭘 하든."

감히 왕세자에게 명령조로 말하는데도 전혀 위화감이라고는 없는 모습이었다.

"눈치가 상당히 없으신 편인 듯해서 미리 말씀드리자면, 제 이름이 조금이라도 나오는 순간 다 뒤집어엎을 거니까 그리 아십쇼. 저는 성가신 건 딱 질색이라."

달그락, 아렌트가 찻잔을 내려놓았다.

"그리고 악신교에 가담한 죄인들도 공개적으로 처벌하시고."

"……"

얼이 빠진 채 듣고 있던 빅토르가 멈칫했다.

어쩐지 그 한 마디에서 뼈가 느껴진 탓이었다.

그 죄인들 중에는 자신의 모친 역시 포함되어 있었다.

'아니지.'

단지 포함되었다는 정도만으로는 설명할 수 없었다. 그녀는 국왕을 살해한 핵심적인 반역자니까.

빅토르의 낯빛이 순식간에 어두워졌다. 르웰린 역시 슬그머니 눈치를 보기 시작했다.

왕세자를 일별한 아렌트가 아무렇지도 않게 말했다.

"아 참, 그리고 말씀 안 드린 게 있는데. 루이스 왕자님과 리에타 왕녀님이 향하신 곳에 경호를 한 명 붙여 뒀습니다."

"뭐?"

뜬금없는 말에 빅토르가 퍼뜩 정신을 차렸다.

"경호라니? 루이스와 리에타는 지금 숙부님과 함께한다만. 숙부님의 기사들도 함께하는 중이고."

미들턴 공작은 현재 루이스 왕자, 리에타 왕녀와 함께 왕궁을 떠난 상태였다.

왕실이 어지러운 와중에 국왕의 후계 문제로 더욱 뒤숭숭해질 것을 염려한 탓이었다.

"그러니 아렌트 경이 굳이 고생하지 않아도 문제없을 듯하다만."

"이래서 안 된다니까."

쯧 혀를 찬 아렌트가 소파에 등을 툭 기댔다.

저는 아무것도 모릅니다. 〈91〉

"미들턴 공작님과 왕자님, 왕녀님은 결백하다 치자고요. 한데, 만에 하나 그분들을 수행하는 사람들 중에 체르니온 교의 끄나풀이 남아 있으면 어쩔 건데요?"

"……."

빅토르는 말문이 막히고 말았다. 아렌트는 그럴 줄 알았다는 듯 어깨를 으쓱였다.

"믿을 만한 녀석을 붙여 뒀습니다. 혹시 이변이 생기면 그쪽에서 바로 연락이 올 거예요."

"믿을 만한 사람이라면 누군데?"

르웰린이 의아하게 묻자 아렌트가 간단히 답을 내어 주었다.

"냉동 늑대 한 마리. 그 정도면 허접한 기사들이랑 비교도 못 할 일당백이지."

"냉동 늑대?"

알 수 없는 단어에 빅토르가 어리둥절하게 물었다.

그러나 왕세자와 에드거 의외의 다른 이들에게는 그 한마디로 충분했다.

르웰린이 신음처럼 중얼거렸다.

"워렌도 고생이라니까."

"발은 빠른 녀석이니, 칼리온 제국에서 출발하지만, 일주일 안에 합류할 수 있을 겁니다."

아렌트가 담백하게 덧붙였다.

갈수록 골치가 아파지는 기분에 빅토르가 관자놀이를

꾹꾹 눌렀다.

"일…… 단, 알겠어. 숙부님께 놀라지 마시라고 미리 전해드려야겠군."

"하여튼 징그러울 정도로 철저한 녀석 같으니."

르웰린이 투덜거리는 것을 마지막으로 회의실에 잠깐 정적이 흘렀다.

전쟁 후 수습에 매진하다 벌어졌던 소동에 대해서는 이제 모두 해명이 끝났다. 이제 남은 것은 지하 유적에서 벌어진 일을 논하는 것뿐이었다.

"……."

지금껏 편한 분위기에서 잡담하듯 떠들어댔지만, 어쩐지 빅토르는 새삼 입이 바싹 마르는 것 같았다.

차로 목을 축인 왕세자가 어렵게 화두를 열었다.

"그리고 다음 사안 말인데……. 왕궁의 지하 유적에 대한 건이다만."

그러자 아닌 척하고 있던 르웰린 역시 슬그머니 아렌트를 보았다.

"르웰린 왕자가 직접 나서서 조사해 주셨지. 지금껏 발견되지 않은 양식의 고대 신전으로 결론 내렸다만, 가장 중요한 곳을 경이 파손해서 정확한 정체를 파악할 수 없었어."

빅토르가 짐짓 차분하게, 하지만 한편으로는 조심스레 물었다.

"혹시 무슨 일이 있었는지 말해 줄 수 있나?"

무려 왕세자나 되는 자가 일개 견습 기사에게 이런 식으로 권유하듯 말하는 것도 웃긴 일이긴 했다.

하지만 왕세자는 그런 세세한 것쯤은 신경 쓰지 않기로 했다.

애초에 아렌트가 왕국에 입성한 뒤부터 지금까지 상식 내에서 벌어진 일이라고는 단 하나도 없었으니까.

"……."

회의실에 침묵이 흘렀다.

다소 긴장된 시선들이 아렌트에게 모였다.

아렌트는 당장 답을 내어 주는 대신, 제 입이 열리기만을 기다리는 이들을 물끄러미 마주 보았다.

'객관적으로 봤을 때는 꽤 곤란한 상황이긴 하지.'

어떠한 상황이었든 중요한 증거를 파손했다는 것부터가 충분히 문책당해도 쌀 일이었다.

하지만 지금껏 해 온 일들이 있기에 이 정도의 대우를 받는 게 가능한 거였다.

'지금은 당장 해명하지도 못하니까.'

지금 이 순간에도 방안의 그림자에 숨죽인 어둠이 그를 감시하고 있었다.

성녀와의 계약을 깬다면 어떤 후환이 닥칠지 쉽사리 예상할 수 없는 상황이었다.

그러니 함부로 입을 놀리는 것도 썩 좋은 선택은 아닐

것이다.

결국 이러지도 저러지도 못하는, 끔찍한 함정이었다.

잠깐 시선을 아래로 내리깔았던 아렌트는 곧 천천히 얼굴을 쓸어내리며 얕은 한숨을 내쉬었다.

잠시 후.

"……저는."

그에게서 착 가라앉은 음성이 흘러나왔다.

"저는 아무것도 모릅니다."

"뭐라고?"

빅토르가 제 귀를 의심하며 되묻자 아렌트가 또박또박 한 번 더 되풀이해 주었다.

"아무것도 모른다고 말씀드렸습니다. 여기서 더 설명할 수 있는 것도 없고요."

여전히 당돌했지만, 말을 잇는 목소리 끝이 다소 갈라졌다.

마치 심하게 불안해하는 사람의 것처럼.

"적과 조우해서 전투를 치렀고, 그 과정에서 공간이 다소 훼손된 것뿐입니다. 거기에는 원래 아무것도 없었습니다."

시종일관 여유롭던 아렌트의 황금색 눈동자는 어느 순간부터 경계심을 잔뜩 드러내고 있었다.

손을 뻗으면 당장이라도 물어뜯을 듯한 기세가, 꼭 구석에 몰려 공포에 질린 들개 같았다.

갑자기 변해 버린 분위기에 빅토르와 에드거는 낯빛을 딱딱하게 굳힐 수밖에 없었다.

그의 역린을 제대로 건들었다는 직감이 든 탓이었다.

"……."

회의실 안에 마치 찬물을 끼얹은 것 같은 찬 공기가 흘렀다.

그리고 아렌트에게 집중한 빅토르의 시야 밖.

"아이고……."

아서가 작게 탄식을 흘렸다.

리히트는 조용히 고개를 내저었으며, 르웰린은 감을 잡았다는 듯 눈에 이채를 드리웠다.

그리고 마치 못 볼 꼴을 봤다는 듯 눈을 질끈 감은 라이오스가 명치 위에 손을 얹었다.

"……위장약 준비해 놓으라고 미리 말할 걸 그랬습니다."

아서가 입술만 달싹여 읊조린 말에 리히트 역시 속삭이듯 대꾸했다.

"회의가 끝나면 바로 공수해 오도록. 단장님보다 저하께서 시급히 필요하시게 될 것 같다."

"옙."

아렌트의 입이 터진 이상, 지금은 일단 지켜보는 것만이 능사일 것이다.

* * *

"……."
"……."

왕세자와 아렌트 사이에 기묘한 대치가 벌어졌다.

사실상 잔뜩 긴장한 건 빅토르뿐이었지만, 어쨌든 겉보기에는 그랬다.

빅토르가 더듬더듬 물었다.

"그, 그게 무슨 말이지? 아는 게 없다니."

"말씀드린 그대로입니다. 저는 아무것도 모르고, 드릴 수 있는 말씀도 없습니다."

곧장 날아든 날카로운 대꾸에 빅토르는 할 말을 잃어버리고 말았다.

"적을 조우했고 전투 과정에서 현장이 다소 손상되긴 했습니다만, 원래 그곳에는 아무것도 없었습니다."

"말이 되는 소리를 해, 아렌트 경. 유적지에서 전투가 벌어졌던 흔적은 전혀 발견되지 않았어."

결국, 듣다못한 에드거가 그를 다그치기 시작했다.

"유적지에 남아 있었던 건 오직 얼음뿐이었다. 르웰린 왕자님께서 직접 확인해 주신 사실이야."

"저는 르웰린, 아니. 르웰린 왕자님의 안목을 저평가하지는 않습니다만."

서늘한 시선이 르웰린을 일별했다.

"왕자님께서 뭔가 착각하신 모양입니다."

아예 대화를 거부하겠다는 태도였다. 덕분에 에드거 역시 말문이 막히고 말았다.

다시금 회의실에 묵직한 침묵이 내려앉았다. 예상했던 것 이상으로 날카로운 반응이 돌아온 탓에, 어디서부터 운을 떼야 할지 갈피를 잡을 수 없게 된 것이다.

굳어버린 빅토르를 본 아렌트가 속으로 짧게 한숨을 삼켰다.

그리고 잠시 후.

"윽!"

르웰린이 반사적으로 터져 나온 비명을 가까스로 삼켰다. 가만히 있다가 테이블 아래에서 기습적으로 정강이를 걷어차인 거였다.

놀란 빅토르가 그를 돌아보았다.

"왕자, 왜 그러십니까?"

"……아오, 씨, 아닙니다. 형님."

억지로 통증을 삼킨 르웰린이 아렌트를 노려보았다.

"내가 착각한 거라고? 웃기지 마. 착각하고 뭐고 할 것도 없이, 그 정도는 현장에 남아 있는 것만 봐도 알 수 있어."

"네가 알긴 뭘 아는데?"

아렌트가 눈에 띄게 얼굴을 구기며 쏘아붙였다.

"어차피 거기에 있었던 건 나뿐이고, 내 증언을 믿지

않겠다면 거기서 끝이지. 아니면 뭐, 견습 기사 주제에 곧이곧대로 보고하지 않는다고 책망이라도 하게?"

갑자기 분위기가 험악해지기 시작했다. 당황한 빅토르가 두 사람을 만류했다.

"잠깐……. 일단 진정하세요. 감정적으로 대응할 일이 아닙니다."

"저는 늘 그랬듯 침착하고, 있는 그대로의 사실을 말할 뿐입니다. 지금 감정적인 건 제가 아니라 여러분이겠죠."

그러나 돌아온 것은 역시 차가운 대꾸뿐이었다.

잠시 아렌트를 노려보던 르웰린이 짧게 한숨을 내쉬었다.

"그렇게 나온단 말이지."

다음 순간, 르웰린의 옆에 앉아 있던 라이오스가 움찔했다.

르웰린이 빅토르가 보지 못하는 곳에서 그의 옆구리를 꾹꾹 찌르고 있었다.

혼자는 버거우니 빨리 참전하라는 뜻이었다.

그의 성화에 라이오스가 어색하게 입을 열었다.

"……뭔가 말 못 할 사정이라도 있는 건가?"

"그런 거 없습니다."

아렌트가 딱 잘라 대꾸했다.

그제야 라이오스는 자신이 어떻게 해야 할지 슬슬 감을 잡기 시작했다.

"책망할 생각은 전혀 없다. 하지만 솔직하게 대답해 줬으면 좋겠군."

아까보다는 조금 더 자연스러운 대사가 흘러나왔다.

"한창 전투가 벌어지던 도중 드래곤들이 갑자기 싸움을 멈췄지. 그리고 적들은 갑작스레 퇴각하기 시작했다. 그것 역시 너와 관련이 있다 판단했다만. 정말로 아는 바가 없나?"

"제가 그걸 어떻게 압니까?"

라이오스의 취조에도 견습 기사는 여전히 날을 잔뜩 세웠다.

"뭔가 나름 대로의 사정이 생겨서 철수했겠죠. 아니면 철수할 만한 이유가 있었다거나. 어차피 니케포르라는 드래곤도 누군가의 똘마니일 뿐이잖습니까."

그러자 라이오스의 얼굴이 딱딱하게 굳었다.

"……아렌트. 방금 말에는 틀림이 없나?"

"제가 언제 빈말하는 거 본 적 있으십니까?"

아렌트가 라이오스를 똑바로 노려보며 대꾸했다.

"아니면 이제 와서 제 말을 새삼 의심하기라도 하시는지? 아무짝에도 쓸모없는 사람들을 데리고 무슨 개고생을 해 왔는지 뻔히 아시는 주제에……."

정제된 분노가 싸늘한 음성에 고스란히 드러나기 시작했다.

"이제 와서 제 말을 믿지 못한다 말씀하신다면, 제가

여기에서 뭘 더 어떻게 해야 합니까?"

점점 더 험악해지는 분위기에 빅토르가 자리에서 엉거주춤 몸을 일으켰다.

"잠깐, 아렌트 경. 진정해. 아렌트 경을 의심한다는 것이 아냐. 경이 왕국을 위해서 힘써 줬다는 사실은 내가 누구보다도 잘 알아."

"저는 지극히 차분하고 이성적입니다. 하지만 같은 말을 몇 번씩이나 되풀이하게 만드시는 것은 다소 불쾌하군요."

"아렌트 경. 예의를 지켜. 왕세자 저하 앞이다."

결국 보다 못한 에드거 역시 정중하게 경고했다. 그러나 아렌트는 그냥 비웃음을 흘릴 뿐이었다.

"예, 대단하신 왕세자 저하 앞이죠. 저도 잘 압니다. 그러니 당장 자리를 박차고 나가지 않는 겁니다. 그것만으로도 저는 예의를 다 하고 있다 생각합니다만."

팔짱을 낀 아렌트가 소파에 몸을 푹 파묻었다.

그 건방진 모습에 에드거는 속이 긁히고 말았다.

"그렇다면 함께 계셨던 세일럼 님과 라이더 경께서 당하신 건 어떻게 설명할 거지? 기억이 없으시단 부분은?"

"두 사람이 멍청해서 당한 것뿐입니다. 그걸 왜 제게 따져 물으십니까?"

아렌트가 기다렸다는 듯 까칠하게 대꾸했다.

그러자 에드거의 낯이 더더욱 구겨졌다.

"아렌트 경. 경이 뛰어나다는 것은 인정하나, 그래도 동료에게 말이 너무 심하군."

"전 언제나 사실을 말할 뿐입니다. 에드거 단장. 제가 뛰어난 것도, 그 두 사람이 제게 짐이었다는 것 역시 사실입니다."

아렌트의 말에 르웰린이 눈썹을 휘었다.

"짐이었다고?"

"도움이 되기는커녕, 발목만 잡았으니까. 이번에도 그렇지. 그 사람들은 결국 아무것도······."

다소 충동적인 어조로 쏘아붙인 아렌트가 멈칫했다.

그리고 잠시 후, 그가 얼굴을 구기며 제 입가를 매만졌다.

"······방금 말은 잊어 주시죠. 실언했습니다."

"아렌트 경······."

빅토르가 신음처럼 읊조렸다.

그가 얼마나 단단한 사람인지는 왕세자 역시 잘 알았다.

온갖 일을 앞에 두고도 전혀 긴장한 티를 내지 않던 그가 이런 반응을 보인다는 게 놀라운 한편, 마음이 아팠다.

그가 진 마음의 짐이 얼마나 크고 무거운지 새삼 깨달은 탓이었다.

'오랫동안 최전선에서 싸워 왔다고 했던가.'

게다가 라이오스 단장과 함께 악신교의 주적으로 낙인 찍히기까지 했다.

아무리 강인한 사람이라도 그냥 버티기는 힘들 터였다.

"어쨌든 제가 말할 수 있는 것은 이게 전부입니다."

빅토르의 눈을 슬쩍 피한 아렌트가 말머리를 돌려 버렸다. 한동안 생각에 잠겨 있던 르웰린이 다시 입을 열었다.

"……네펠레 왕국에서 벌어진 전투 이후부터 많은 일을 해 왔지. 그 모든 것은 결국 적과 맞서 싸우기 위함이었어."

르웰린이 차분하게 말을 이었다.

"특히 난 네 말을 믿고 많은 지원을 했고, 직접 사방팔방으로 뛰어다니기까지 했어. 그런데 이제 와서 입을 다물어 버리겠다고? 이렇게 중요한 순간에?"

아렌트는 한동안 그를 가만히 바라보기만 했다. 친우의 황금색 눈동자를 마주 보며 르웰린이 또박또박 물었다.

"지금까지 내가 해 온 걸 전부 다 무의미하게 만들어 버릴 셈이냐?"

"쓸데없는 일은 빠르게 접는 게 현명하지."

아렌트가 딱 잘라 대꾸했다.

"더 할 수 있는 게 없다면 괜히 시간 낭비하지 않는 편이 좋아. 특히나 지금 같은 전시 상황에서는."

유난히도 또렷하게 들리는 목소리가 또박또박 이어졌다.

"목숨 아까운 줄 안다면, 몸 사릴 줄도 알아야지."

"……."

르웰린은 그만, 할 말을 잃어버린 듯 입을 꾹 다물어 버리고 말았다.

서슬 퍼런 음성에 빅토르와 에드거는 함부로 끼어들 생각조차 하지 못했다.

한동안 회의실에 정적이 흐른 뒤. 아렌트가 다시 운을 뗐다.

"이 정도면 충분한 것 같습니다만."

빅토르가 제 귀를 의심하며 고개를 들었다.

"……?"

방금까지 한껏 날을 세우던 태도는 어디로 가고, 아렌트는 다시 느긋하게 몸을 기대며 다리를 꼬았다.

"더 필요해요? 슬슬 귀찮아졌는데요."

무심하게 말하는 모습이 꼭 얼굴을 순식간에 갈아 끼운 것 같았다.

빅토르는 완전히 넋이 나가 버렸다. 뭐가 어떻게 돌아가는지 이해하지 못한 에드거 역시 멍청히 눈만 끔뻑였다.

뭔가, 뭔가 잘못된 것 같았다.

하지만 문제가 무엇인지 정확하게 짚어 말할 수가 없었다.

그러나 다른 이들에게는 퍽 익숙한 일이었다.

이마를 짚은 라이오스가 한숨을 푹 내쉬었다.

"이만하면 충분하다. 나가 봐라."

"하여튼 성격 나쁜 자식……."

르웰린 역시 질색하며 투덜대는 꼴이 이렇게 될 줄 알았다는 것 같은 태도였다.

라이오스가 마지막으로 물었다.

"뭐 필요한 건 없나?"

"제 검이나 돌려주시죠. 세일럼 녀석 훈련 좀 봐주게."

"그건 안 된다. 방으로 간식거리랑 책을 넣어 줄 테니 가서 쉬기나 해라. 넌 아직 부상자라는 걸 잊지 말도록."

"쳇."

건성으로 묵례한 뒤 자리에서 일어난 아렌트가 문득 빅토르를 보았다.

"저하께서는 눈치 좀 더 챙기시는 게 좋겠습니다. 살다 살다 단장님보다 더 둔한 인간은 또 처음 보네. 그래서야 어떻게 정치를 하시겠다고."

"……."

"어디 가서 사기나 안 당하시면 다행이겠네요. 어쨌든 갑니다."

쿵.

회의실의 문이 매정하게 닫혔다. 그와 동시에, 빅토르는 진실을 깨닫고 말았다.

아렌트는 지금까지 단지 연기를 했을 뿐이며, 자신이 거기에 완벽하게 놀아났다는 사실을.

"……."

살면서 처음 겪는 종류의 불경함이었다.

끓어오르는 속을 진정시키려 조용히 명치 위에 손을 얹는 빅토르에게, 기사들과 르웰린이 동정 어린 시선을 보냈다.

그리고 에드거는 그냥 입을 다문 채 허공을 올려다보는 쪽을 선택했다.

'아렌트 경도 그렇지만.'

이 자리에 있는 다른 이들도 정상적으로 보이지는 않았다.

그 점을 자각하는 사람은 아무도 없는 것이 애석할 따름이었다.

"……도대체 뭐가 어떻게 돌아가는 겁니까?"

기를 쏙 빨린 빅토르가 다 죽어 가는 목소리로 물었다.

"저 녀석은 티 나는 거짓말은 하지 않습니다."

르웰린이 머쓱하게 뺨을 긁적이며 대답했다. 빅토르가 창백해진 얼굴을 들자 그가 덧붙였다.

"애초부터 아렌트가 작정하고 숨기려 든다면, 우리는 그 낌새도 알아차리지 못했을 겁니다. 그런 녀석이니까요."

"……."

뭐라 대꾸하려던 빅토르가 입을 다물었다.

"즉, 저놈은 아예 처음부터 대놓고 선언을 한 셈입니다. 지금부터 자신은 거짓말을 할 예정이고……."

잠깐 말꼬리를 늘이던 르웰린이 눈동자를 옆으로 데굴데굴 굴렸다.

"자신은 누군가에게 입막음 당한 상태라고."

"입막음……. 말씀이십니까?"

"예. 그렇습니다."

라이오스가 고개를 끄덕이자 다시금 빅토르의 얼굴이 딱딱하게 굳었다.

"그렇다면 설마, 아렌트 경이 일부러 거칠게 토로한 것도 입막음을 당한 탓입니까? 함부로 진실을 말할 수 없기 때문에?"

"……뭐어, 그것도 있겠습니다만."

어색하게 대답한 르웰린이 슬그머니 시선을 피했다. 라이오스 역시 빅토르와 눈을 마주치지 않기 위해 슬쩍 눈동자를 아래로 떨어뜨렸다.

이상한 기색을 알아차린 빅토르가 미간을 찌푸렸다.

"다른 이유가 있는 겁니까?"

하지만 좀처럼 르웰린과 라이오스는 대답해 줄 기미가 없었다.

그때, 지금껏 조용히 서 있던 아서가 슬그머니 끼어들었다.

"아마……. 저 녀석이라면 다른 방법도 충분히 찾아낼 수 있었을 듯한데……."

눈치를 살피던 아서가 기어들어 가는 목소리로 말했다.

"굳이 이렇게까지 한 건, 단순히 저하를 놀리고 싶었던 것이 아닌가 싶습니다만……. 아시다시피 상당히 성격이

나쁜 놈이라."

"……."

몇 번 입을 뻥긋대던 빅토르는 그냥 제 이마를 탁 소리 나게 치고 말았다.

짧게 한숨을 내쉰 리히트가 조용히 손을 들어 쓸데없이 솔직했던 아서의 뒤통수를 빠악, 내리쳤다.

아서가 비명을 삼키며 주저앉든 말든, 라이오스는 여전히 침착하기만 했다.

"필요한 정보는 모두 전달받았습니다."

"……아렌트도 아렌트지만 말이야. 난 가끔 단장이 제일 이상한 사람처럼 보여."

르웰린이 질린 목소리로 중얼거렸다.

왕세자는 넋을 놓고, 왕실 기사단 단장은 참견하기를 포기했으며 문 앞을 지키는 부하들 사이에 가벼운 폭력 사태가 벌어졌다.

하지만 라이오스는 그 모든 것들을 익숙하게 무시해 버리고 화제를 돌려 버렸다.

"아무래도 상정했던 것보다 사태가 더욱 심각한 듯합니다."

"……심각하다니요?"

겨우겨우 정신을 추스른 빅토르가 관자놀이를 꾹꾹 누르며 눈앞의 기사들을 바라봤다.

여기에서 더 복장을 터뜨려 봤자 자신만 손해라는 사실

을 깨달은 거였다.

턱을 괸 르웰린이 투덜거렸다.

"어지간해서는 저 녀석의 입을 틀어막을 수는 없습니다. 드래곤 앞에서도 서슴없이 도발을 해대는 놈이니까요. 그런 녀석을 이런 귀찮은 방법으로 돌려 말하게 했으니 사태가 심각할 수밖에요."

"……외람되오나 여러분의 말씀대로라면, 사실상 입을 막는 데는 실패한 것 아닙니까?"

가만히 듣던 에드거가 저도 모르게 끼어들었다.

비밀을 지키기는커녕 겸사겸사 왕세자까지 실컷 놀려먹은 미친놈인데.

가까스로 그런 상스러운 말은 억눌렀지만 단지 표정만으로도 충분히 전달된 듯했다.

잠깐 어색하게 침묵하던 라이오스가 다시금 왕세자에게 고개를 숙였다.

"조만간 제가 다시 교육시키겠습니다."

"이제 그건 됐으니, 어떤 이야기였는지 내게도 전해 주면 고맙겠군. 눈치 없는 나는 무슨 말인지 도통 알아듣지 못했으니까."

빅토르가 이마를 짚으며 손을 휘휘 내저었다. 아무래도 이제 다 포기해 버린 모양이었다.

르웰린이 끙, 앓는 소리를 냈다.

"일단……. 아렌트는 유적지에서 불상의 인물을 마주

쳤고, 그에게 라이더 경과 세일럼 님을 인질로 잡혀 입막음 당한 것 같습니다."

언제나 쓸모없고 무능하다며 구박하는 것은 일상이었지만, 자신이 정한 선은 철저하게 지키는 아렌트였다.

그런 그가 굳이 짐이라느니, 발목을 잡느니 하는 말까지 입에 올린 점에서 어렵잖게 유추할 수 있었다.

"라이더 경과 세일럼 님이 거의 동시에 기절하셨다 했으니, 아마 그때였겠죠."

"그렇다면 적은 세일럼 님과 먼저 동행하다가 라이더 경, 아렌트 경 일행과 마주쳤고……."

빅토르가 확신이 없는 어조로 말을 이었다.

"라이더 경이 채 기억도 하지 못할 찰나의 순간, 아렌트 경을 제외한 두 사람을 동시에 제압했다는 겁니까? 그게 현실적으로 가능한가요?"

의구심이 담긴 물음에 르웰린이 고개를 끄덕였다.

"그러니 사태가 심각하다는 겁니다, 형님. 그 정도로 강대한 적과 조우했다는 말일 테니까요."

라이오스가 시선을 아래로 내리깔며 운을 뗐다.

"드래곤 역시 누군가의 부하일 뿐이다, 따로 이유가 있으니 철수했을 것이다. 아렌트는 그리 말했습니다. 자신이 조우했던 게 니케포르에게도 명령을 내릴 수 있는 존재였다는 의미일 겁니다."

게다가 라이더와 세일럼, 지상에 있던 기사들까지 한

번에 잠재울 수 있는 인물.

거기까지 생각이 다다른 빅토르의 낯빛이 곧 사색이 되었다.

그의 짐작이 맞아떨어졌다는 것을 증명이라도 해주듯, 르웰린이 신음처럼 읊조렸다.

"니케포르는 체르니온 교단의 2인자 정도 되는 존재라고 했으니…… 그보다 높은 존재라면 딱 하나밖에 생각이 안 나는데."

뒤이어 라이오스가 쐐기를 박았다.

"지하 유적지에 성녀가 나타났던 겁니다."

담담한 어조와는 달리, 그의 새파란 눈동자는 혹한의 설산처럼 싸늘하게 식어 있었다.

순식간에 회의실이 쥐 죽은 듯 조용해졌다.

"성녀는 세일럼 님과 라이더를 인질로 잡고서 아렌트에게 유적지에 있던 그 방을 파괴하라고 명령했습니다. 그리고 공간이 파괴된 것을 확인한 성녀가 드래곤 및 부하들에게 철수 명령을 내린 겁니다."

"아마 체르니온 교단이 왕궁을 점거하려 했던 목적이 지하의 유적을 파괴하는 거였겠죠. 목적을 달성했으니 미련 없이 철수한 거예요."

르웰린이 설명을 덧붙여 주었다.

빅토르는 점점 더 아연해질 수밖에 없었다.

'확실히…….'

성녀쯤 되는 존재라면 그 아렌트를 협박하는 것도 가능했을 테지만, 어쩐지 현실감이 느껴지지 않았다.

함께 있는 이들이 기이할 정도로 침착한 탓에 더욱 그랬다.

라이오스가 말을 이었다.

"그리고 그 유적의 정체 말입니다만. 최근 아렌트와 르웰린 왕자님이 함께 조사하던 것들과 결을 같이 하는 존재였던 듯합니다."

"네펠레 왕국 외에서도 이곳저곳에서 몇 군데 발견되긴 했는데……. 죄다 파괴되어 있어서 알아낼 수 있는 게 얼마 없었어요."

르웰린이 짜증스럽게 머리칼을 헝클었다.

"그게 이 왕궁 지하에 온전히 남아 있었던 겁니다. 그리고 목숨이 위험하다는 말은……. 본인이 그 공간의 정체를 확인했고, 함부로 파헤쳐서는 안 될 부분이었다는 걸 알려주는 거겠죠."

금기된 영역.

짚이는 부분은 있었다.

최근에 아렌트가 파고들던 것 중 가장 위험한 분야.

어쩌면 이 세상의 절대선을 자처하는 루체 신의 뒷면을 까발릴지도 모를 증거.

하지만 이 자리에서 입 밖으로 꺼내도 되는지 확신이 들지 않았다.

르웰린은 슬쩍 라이오스의 눈치를 살폈다.

비슷한 것을 떠올린 아서 역시 조금 초조하게 자신의 단장을 살폈다.

그들의 시선을 알아차린 듯, 라이오스가 먼저 입을 열었다.

"대전쟁이 벌어지기 이전 시대의 신전이었을 겁니다. 잊혀진 채 왕궁 지하에 파묻혀 있던 것을, 체르니온 신이 파괴하라 자신의 수족들에게 명한 것입니다."

이 정도로 충분했다.

지금 당장 빅토르에게 자세히 보고하기에는 지나치게 위험한 주제였다.

그렇잖아도 빅토르는 혼란스러운 왕국을 정비하기에도 벅찰 테니까.

"그나저나……. 저 자식이 형님께 시비 건 이유도 대충 알 만하네요. 그토록 알아내려던 걸 제 손으로 없애버린 꼴이니……."

르웰린이 자연스럽게 화제를 돌렸다.

"게다가 우리 추측이 맞다면 답지 않게 협박까지 당한 상태고. 저 녀석 성질머리에 상당히 배알이 뒤틀렸을 게 뻔한데, 저도 몸 사려야겠어요. 잘못 걸렸다간 뼈도 못 추리겠네."

마치 가벼운 농담을 던지는 듯한 어조였다.

무려 견습 기사가 악신교의 성녀와 홀로 맞닥뜨렸다는

저는 아무것도 모릅니다. ⟨113⟩

엄청난 사태와는 전혀 어울리지 않았다.

"……그리 가볍게 말씀하실 부분이 아닌 것 같습니다만."

잠깐 침묵하던 왕세자가 짧게 한숨을 내쉬었다.

"솔직히 조금 당혹스럽습니다. 다들 과할 정도로 침착하셔서. 제가 이상한 겁니까?"

"허둥대는 것보다는 객관적으로 상황을 살피는 편이 나을 테니까요."

르웰린이 누군가를 흉내 내는 것처럼 어깨를 으쓱했다. 담백하기 그지없는 대답에 빅토르가 천천히 시선을 내리깔았다.

"……그렇군요."

이 기묘하게 느껴지는 침착함마저도 그 견습 기사의 영향일 것 같다는 생각이 들었다.

'그만큼 서로 가깝다는 뜻이겠지.'

아렌트는 이들이 자신을 의심할지 모른다는 생각은 추호도 하지 않은 것 같았다.

그러니 뻔뻔한 연기까지 펼치면서 거짓된 보고를 줄줄 늘어놓을 수 있었을 터였다.

'게다가 이들이 자신의 의도를 정확히 파악해 줄 거라는 것 역시 믿어 의심치 않았어.'

그 누구도 쉽사리 믿지 않을 것처럼 굴던 태도를 생각하자면 상당히 모순적인 일이었다.

'이들 역시 그 사실을 당연하게 받아들이는 것 같고.'

아직 어린 견습 기사가 큰일을 겪고 당황해 잘못된 판단을 내릴지도 모르고, 자신이 불리한 부분을 숨길 수도 있는 일이었다.

히지만 라이오스를 비롯한 이들은 모두 그런 가능성 따위는 전혀 고려하지 않는 듯 보였다.

누가 봐도 상식 밖의 신뢰 관계였다.

그 모습을 지켜보자니 어처구니가 없으면서도, 한편으로는……

"조금 부럽습니다."

충동적으로 꺼낸 말에 르웰린이 고개를 갸웃했다.

"예? 뭐가 말씀이십니까?"

"아닙니다, 아무것도."

하지만 빅토르는 그냥 고개를 내저어 버렸다.

"일단은 대외적으로 알리는 건 어렵겠으나, 성녀가 재출몰할 가능성이 있다는 것을 염두에 두고 수습 작업에 임하겠습니다."

"제국에도 그리 보고하겠습니다. 그녀가 직접 움직였다는 것은 결코 좌시할 만 한 일이 아닙니다."

라이오스가 침착하게 대답했다.

"생포한 신관들은 기사단이 심문하겠습니다. 깨어나는 순간 기억을 잃을 확률이 높습니다만, 일단은 한 명씩 깨워 문초할 예정입니다."

전장에서 살아남은 적들은 기절시켜 수면초로 잠재워 둔 상태였다.

어쩌면 기억 상실을 조금 늦출 수 있을지도 모른다는 생각에서였다.

리히트와 아서에게 사로잡힌 로저의 수족, 아인 역시 거기에 포함되어 있었다.

"교단에 가담했던 이들은 네펠레 왕국에서 마련한 교화시설로 인계할까 합니다. 괜찮으시겠습니까?"

"수습에까지 손을 보태 주다니, 이 은혜를 어떻게 갚으면 좋을지."

빅토르가 쓴 미소를 지었다.

"다시 한번 도움에 감사를 표하지. 그대들이 아니었다면 나는 정말 아무것도 할 수 없었을 거야."

"그저 해야 할 일을 했을 뿐입니다."

겸손히 답하는 라이오스에게 빅토르가 웃으며 말했다.

"앞으로도 루체 님의 가호가……."

하지만 그는 문장을 채 끝맺지 못했다.

언제나 익숙하게 입 밖으로 내던 짧은 축복이 어째서인지 목 끝에서 턱 걸린 탓이었다.

문득 지금 지하 감옥에 갇혀 있는 모친의 얼굴이 떠올랐다.

그녀는 아들과 남편, 그리고 루체 신마저 자신에게 무심했다 말했다.

그래서 소원을 들어줄 존재를 찾아 체르니온에게 귀의했다고.

'어쩌면 틀린 말이 아닐지도 모르지.'

한숨을 어떻게든 꾹 눌러 담으며, 빅토르가 간신히 덧붙였다.

"가호가 함께하길."

"……."

그러나 라이오스는 대답하지 않았다. 르웰린 역시 마찬가지였다.

그저 애매한 미소를 흘리며 가볍게 묵례할 뿐이었다.

회의실 안에 어색한 침묵이 흘렀다.

"……."

까닭은 알 수 없었지만, 빅토르는 어째서인지 말실수를 한 것 같다는 직감이 들었다.

성검의 선택을 받은 영웅에게 루체 신의 이름으로 축복을 건네는 것은 당연한 일임에도 불구하고.

"……당분간 기사단도 왕국에 머무르며 수습 작업을 돕겠습니다. 잘 부탁드립니다."

정적을 깬 것은 라이오스였다. 사실상 회의가 끝났음을 알리는 한마디였다.

"어어, 나야말로 잘 부탁하지."

빅토르는 얼떨떨하게 고개를 끄덕이고 말았다.

* * *

아렌트의 장난질로 시작했던 회의가 묘한 분위기로 끝난 뒤.

라이오스는 다시 수습 작업을 지휘하러 떠나고, 리히트와 아서는 자유 시간을 얻었다.

둘만 남은 뒤 리히트가 문득 입을 열었다.

"아서. 지금부터 혹시 할 일이 있나?"

"예?"

자연스럽게 아렌트의 방으로 향하려던 아서가 걸음을 멈췄다.

"아니요……. 저희는 부상 중이라고, 단장님이 다른 일도 안 주셨잖습니까. 딱히 할 일은 없습니다만."

"그렇다면 잠깐 나랑 이야기 좀 하자."

상당히 갑작스러운 제안이었다. 아서는 어리둥절해져서 눈을 깜빡였다.

"갑자기 무슨 말씀이십니까?"

"묻고 싶은 것이 있다만."

리히트의 얼굴이 딱딱하게 굳어 있었다.

그제야 아서는 뭔가가 잘못되어 간다는 것을 깨달았다.

그리고 마침내 리히트의 입에서 아서가 우려하던 질문이 흘러나왔다.

"왕자님과 아렌트가 조사하던 것의 정체 말이다만. 너

는 알고 있나?"

아서는 꿋꿋하게 표정을 관리하며 대답했다.

"아뇨, 당연히 저도 잘……."

"물론 나는 너희들이 생각하는 대로 눈치도 없고, 사람을 의심할 줄도 모른다."

몇 번 입술을 달싹이던 아서가 입을 꾹 다물어 버렸다.

"그래도 내가 보고 들은 것을 토대로 판단하는 것쯤은 얼마든지 가능해."

"……."

"왕궁 지하에 있는 유적의 정체에 대해선 단장님도, 왕자님도 그냥 흐지부지 넘어가시더군."

정확한 지적이었다.

리히트는 얼어버린 아서와 눈을 똑바로 마주치며 또박또박 말했다.

"위험하다는 게 어떤 의미지? 최근 아렌트가 심한 불면증에 시달리던 것과도 관련이 있는 건가?"

"아니, 그건……."

"단장님이 우리에게도 쉽게 말씀하시지 못할 사안이라는 것은 잘 안다. 그래서 지금껏 잠자코 있었지."

아서가 뭐라 변명하려 했지만, 리히트가 아예 말허리를 잘라 버렸다.

"하지만 지켜보는 데도 한계가 있군."

생사를 넘나든 지 얼마나 되었다고, 급기야 아렌트가

홀로 적의 수장과 조우하는 최악의 사태가 벌어졌다.

아렌트는 물론이고 세일럼, 라이더마저도 목숨을 잃었어도 이상하지 않은 상황이었다.

"나에게도 내가 따르는 단장님이, 그리고 책임져야 하는 후배들이 무엇과 맞서는지 알 권리는 있다고 생각한다."

이런 상황에서 더 이상 좌시하고만 있을 수는 없었다.

"그러니까 말해라. 혹여 문제가 생긴다면 내가 책임질 테니."

피투성이가 되어 숨이 끊어져 가는 후배 앞에서 무력감에 몸을 떠는 일은, 두 번 다시 겪고 싶지 않았다.

* * *

당연하게도, 회의실을 빠져나온 아렌트는 방으로 돌아가지 않았다.

슬그머니 생활 구역을 벗어난 그는 한창 수습 작업이 이뤄지는 곳을 기웃대기 시작했다.

방해꾼이 될 법한 3기사단은 왕궁 안팎에서 일에 정신없이 치이는 중이었다.

딴 길로 새기에는 지금이 절호의 기회였다.

'가장 요주의 인물들은 한동안 회의실에서 나오지 못할 테니.'

그새 아렌트가 칼리온 제국 황태자의 측근이라는 소문이 퍼진 건지, 견습 기사 주제에 여기저기 참견하고 다녀도 앞을 막는 사람은 아무도 없었다.

덕분에 그는 큰 방해 없이 어슬렁어슬렁 왕궁을 활보할 수 있었다.

"아인을 생포했다고?"

"네. 리히트 경과 아서 경께서 제압하셨고, 전투가 끝난 뒤 압송했습니다."

지하 감옥 앞을 지키던 병사가 친절하게 답을 내어 주었다.

아서와 리히트는 큰 부상을 입어 가면서도 그를 죽이는 대신 제압해 이곳까지 압송했다.

"어쩐지 그 두 사람도 너덜너덜하더라니."

"하하……."

무심한 한 마디에 병사가 어색하게 웃었다.

엄중한 경계 아래에 감옥에 갇힌 이들 사이에서 흐느끼는 소리가 심심찮게 들려왔다.

그래도 지금 울고 있는 놈들은 사정이 좀 나을 터였다.

세뇌당한 것도 아니고 온전히 자신의 의지만으로 반역을 꿈꾼 주제에, 마지막 순간에 마음을 돌린 덕분에 가까스로 목숨을 건질 수 있었던 이들이었으니까.

'마음을 바꾸지 않은 놈들은 죄다 처분되었고.'

그들은 체르니온 본교에 가담한 뒤 실종되었다고 처리

됐다.

 그러니 유족들은 찾기는커녕 연좌제를 물지 않는 것만으로도 왕궁을 향해 절을 해야 할 노릇이었다.

 '듣자 하니 보상금도 넉넉하게 지급해 준 것 같고.'

 왕궁이 완전히 풍비박산 났으니, 그들의 죄가 얼마나 중한지도 충분히 전해졌을 터였다.

 그런 와중에 위로금까지 건네줬으니 실종 처리된 자들의 유족들에게서 불만이 터져 나오지는 않을 것이다.

 물러 터진 왕세자인 만큼, 죄를 짓고 죽어 사라진 이들에게도 안타까움을 느낀 모양이었다.

 '나쁜 일은 아니지.'

 전쟁 중에는 다소 걸림돌이 될 성격일지도 모르지만, 그래도 한 명쯤은 저런 사람도 있어야 인간성을 잃지 않을 수 있을 테니까.

 민심 수습은 순조로운 듯하니, 빅토르가 알아서 하도록 신경을 꺼도 괜찮을 것 같았다.

 "간다."

 "예! 살펴 가십시오!"

 아렌트가 몸을 빙글 돌리자 병사가 허리를 90도로 꺾어 인사했다.

 생포한 적들은 따로 마련한 공간에 가둔 채 수면초로 잠재워 둔 상태였다.

 전투가 끝난 직후 포로를 어떻게 할지 고민하는 과정에

서 르웰린이 고안해낸 거였다.

'나쁘지 않은 방법이지. 언제 날뛸지 모르는 놈들이고.'

므네모시네의 숨결은 정신에 직접 간섭하는 아티팩트였다.

그러니 의식이 없는 상태에서는 영향을 미치지 못할 가능성이 있다는 사실을 염두에 둔 방법이었다.

희박한 확률이었지만 시험해 볼 가치는 충분했다.

'견고한 결계 장치를 만들어서 가두고, 그 안에서 깨운다면 어떻게든 될지도.'

아렌트는 복도를 따라 걸으며 생각에 잠겼다.

아티팩트의 힘이 미치지 못하게, 마력이 진공에 가까운 공간을 마련하는 것이다.

그 안에서는 저들의 기억을 유지한 채로 심문할 수 있을지도 몰랐다.

'물론 쉬운 일은 아니겠지만.'

슈타들러 백작과 렉시온이 힘을 합치면 어떻게든 가능할 것이다.

일단 연구소 쪽에 연락하고, 필요한 것들은 노이만 상단을 통해 미리 구비할 수 있도록 처리해 둘 필요가 있을 듯했다.

'뭐가 됐든 그 드래곤이 돌아와야 가능한 일이겠지만.'

렉시온에게 물어볼 것도 이것저것 있었다.

하지만 그도 제법 크게 다쳤다고 했으니, 회복하기까지

는 시간이 걸릴 것이다.

그러기 전까지는 아마 이쪽으론 코빼기도 비치지 않을 테고.

자신을 향해 살기를 드러내던 니케포르를 떠올린 아렌트가 혀를 쯧 찼다.

"하여튼, 그 염병할 드래곤……."

우연히 곁을 지나가다 그 말을 들은 엘프 전사가 흠칫했다.

아렌트는 잠시 멈춰 서서 그에게 삐딱한 시선을 한껏 보내 주었다.

"뭘 봐요? 잘생긴 사람 처음 보십니까?"

"……실례했군."

시선을 피한 엘프 전사가 후다닥 자리를 벗어났다.

최근 들어 연기에 좀 소홀해진 것 같았는데, 못 볼 꼴이라도 봤다는 듯 슬슬 피하는 반응을 보아하니 마냥 그런 것만도 아닌 듯했다.

어깨를 으쓱한 아렌트는 다시 걸음을 옮기기 시작했다.

'대충 둘러본 것 같으니까…….'

이제 아무에게도 말할 수 없는, 무대 뒤의 용무를 볼 차례였다.

주변에 지켜보는 사람이 없는 것을 확인한 아렌트는 곧 목적지를 향해 방향을 잡았다.

그는 세일럼이 지하 유적으로 접근했던 길을 그대로 따

라가기 시작했다.

아무래도 꿈속에 나타난 네레이스가 마음에 걸렸다.

'설마 내가 눈을 뜰 거라곤 예상 못 한 눈치였는데.'

갑자기 깨어나자 네레이스는 심하게 당황했었다.

그걸 생각해 보면, 그냥 적당히 숙면하도록 도와준 뒤에 돌려보낼 생각이었던 듯했다.

네레이스가 왜 호의를 보이는지는 알 수 없었다.

하지만 상황이 상황인 만큼, 일단 그것이 선의라고 믿어 보기로 했다.

아렌트는 사람들의 눈을 피해 세일럼이 알려준 지하 창고까지 다다랐다.

'옛날 생각나네.'

낡아빠진 거울이나 소파 같은 가구들, 사치스러운 옷장과 카펫 따위가 쌓인 게 꼭 오래된 극장의 소품실 같았다.

'거기 있던 잡동사니들이랑 비교도 할 수 없긴 해도.'

이것들은 하나하나가 전부 진짜니까.

좁아터진 방에 켜켜이 쌓여 있던 화려한 의상과 소품들.

의상은 대부분 색이 바래고 헤진 것을 덧대고 수선해서 사용했고, 가구나 소품은 직접 만들거나 중고로 싸게 매입해 손봐서 사용했다.

가까이에서 보았을 때는 제법 엉성했지만 그래도 무대

위에서는 전부 다 제법 쓸 만했다.

'색이 바래거나 너절한 부분은 천을 덧대서 감추고…….'

조명을 받았을 때 화려하게 보이게 가짜 보석을 달거나 광을 내면, 무대 위에서는 얼마든지 왕궁을 화려하게 치장하는 사치품이 될 수 있었다.

그것들을 손보는 건 대부분 이수현과 단장의 몫이었고.

"아."

짧게 탄식을 터뜨린 그가 자신을 책망하듯 이마를 짚었다.

지금 와서 그때를 되짚는 건 썩 바람직하지 못했다.

게다가 그는 아직 무대 위에 있는 것과 마찬가지였으니까.

'배역에 집중해.'

자각하지 못하는 새 얼굴이 살짝 구겨졌다.

'그 망할 성녀가 쓸데없는 소릴 지껄여서는.'

어쩌면 자신 역시 그 소품실에 있던 잡동사니와 크게 다르지 않을지도 모르겠단 생각이 들었다.

한낱 무명 배우 주제에, 배신자였던 놈의 탈을 쓰고 영웅의 측근 노릇을 하고 있으니까.

심지어 진짜 아렌트 폰 에크하르트는 존재했던 사실조차도 없던 일이 되어 버렸다.

'그 녀석 역시 피해자일지도.'

얼빠진 짓을 하긴 했지만, 어린애가 한순간의 실수로

치르기엔 과한 업보긴 했다.

물론 동정할 생각은 눈곱만치도 없었다.

그 탓에 자신은 낡아빠진 소품실로 돌아갈 권리마저도 박탈당하고 말았으니.

'지금 와서는 쓸데없는 상념이지.'

억지로 생각을 털어 버린 아렌트는 다시 수색에 집중했다. 그리고 얼마 지나지 바닥이 부서진 지점을 발견할 수 있었다.

"……벌써 손본 건가?"

뻥 뚫려 있어야 할 바닥 위에는 새 합판이 덧대져 있었다.

아렌트는 세상을 향한 분노를 아주 약간만 담아, 단단하게 덮인 합판을 콱 짓밟았다.

우지끈.

합판이 싱겁게 부서지며 아래쪽에 뻥 뚫린 공간이 드러났다.

몇 번 더 걷어차자 충분히 통과할 수 있을 만한 구멍이 생겼다.

아렌트는 주저하지 않고 후드득 나무 조각이 떨어지는 구멍 아래로 뛰어내렸다.

사뿐히 바닥에 착지한 아렌트가 인상을 와락 찌푸렸다.

"아오, 씨."

갑자기 크게 움직인 탓인지 아직 채 아물지 않은 상처

와 동상 자리가 쿡쿡 쑤셨다.

"진짜 짜증 나게 하네."

하지만 그는 곧 자세를 바로잡고 신전 안으로 성큼성큼 걷기 시작했다.

'어쨌든 찾아와 줬으니까.'

한 번쯤은 이쪽에서 먼저 가는 성의를 보일 용의는 있었다.

무엇보다도 잠에서 깨기 전, 네레이스가 급히 건네준 진주가 마음에 걸린 탓도 있고.

유적 내부는 생각했던 것만큼 그다지 어둡지 않았다.

르웰린이 탐사를 진행하며 곳곳에 횃불을 밝혀 둔 덕이었다.

일부러 챙겨온 등불이 무용지물이 된 순간이었다.

"이미 여기저기 들쑤신 모양인데……."

먼지투성이에 거미줄로 뒤덮여 있던 통로가 말끔해져 있었다.

하긴, 르웰린이 얼마나 흥분했을지도 충분히 짐작할 수 있었다.

'탐험가에게 고대 신전의 발견은 보통 사건이 아니었을 테니까.'

계속해서 걸음을 옮기던 그는 공기가 점점 차가워지는 것을 느꼈다.

쌍둥이 신의 신전이 있던 자리까지 다다른 것이다.

루체와 체르니온의 신상이 있던 신전은 여전히 새하얀 은빛 서리에 잠아먹힌 채였다.

루체 신과 체르니온 신의 문양이 나란히 새겨져 있었을 문 역시 얼음에 뒤덮이고 크게 상해 본래 형태를 찾아볼 수 없었다.

"……식겁할 만도 하네."

자연스레 질린 목소리가 흘러나왔다.

이런 곳에서 혼자 버티고 있었으니, 세일럼과 라이더는 그가 동사했다고 한순간 착각했어도 전혀 이상한 일이 아니었다.

신전을 등진 아렌트는 다시 목적지를 향해 부지런히 이동했다.

얼마 지나지 않아 그는 원하던 곳까지 다다를 수 있었다.

"이야……."

입에서 자연스레 감탄사가 흘러나왔다.

암흑 때문에 미처 보지 못한 장관이 눈앞에 펼쳐져 있었다.

꽤 넓은 복도에 처음 보는 양식의 카펫이 두껍게 깔려 있었고, 양옆으로는 처음 보는 신상들이 마치 호위기사처럼 자리를 지키고 있었다.

아렌트는 천천히 걸으며 신상을 하나하나 살폈다.

도합 20개의 신상이 있었지만, 대부분 처음 보는 형상이었다.

'그나마 익숙한 것들은 엘프 왕국에서 봤던 건가.'

이들은 모두 지금은 이름조차 남지 않은 하급 신들일 터였다.

검은 암석으로 조각된 신상들은 먼지가 좀 쌓인 것 외에는 대부분 잘 보존되어 있었다.

그것들을 하나하나 눈에 담던 아렌트는 이내 네레이스의 앞에 도착했다.

"……."

그의 발걸음이 자연스럽게 멈췄다.

바다 생물의 호위를 받으며, 파도를 밟고 서 있는 앳된 엘프 소녀.

풍성한 머리칼과 순진한 눈, 그리고 비늘이 돋은 피부까지.

언젠가 엘프 왕국에서 마주했던 신상과는 조금 다른 모습이었지만, 꿈에서 보았던 외모와 아주 흡사한 모습이었다.

"다른 신들은 다 떠난 것 같은데. 넌 왜 버티고 있냐?"

아렌트가 입을 열었다.

"원하는 게 있으면 뭐라도 말 좀 해 봐. 다른 사람들 오기 전에. 그쪽도 알다시피 난 기도 같은 거 못 하는 성미라."

아렌트는 네레이스를 마주 볼 수 있는 자리에 아무렇게

나 털썩 앉아 버렸다.

"루체나 체르니온, 그 개새끼들만큼 이쪽에 간섭할 수 있는 건 아니더라도……. 의사소통은 어느 정도 가능할 거 아냐."

하지만 그런다고 석상에게서 답이 돌아올 리는 만무했다.

잘못 짚은 건가.

살짝 인상을 찌푸리려던 그때, 문득 무언가가 눈에 들어왔다.

"……?"

일렁이는 횃불의 빛을 받은 작은 보석이 네레이스의 손가락 사이에서 반짝이고 있었다.

반지에 박힌 작은 진주알이었다.

신상을 장식한 다른 보석들은 대부분 두꺼운 먼지 때문에 빛을 잃어버린 상태였지만, 그 진주알 하나만은 방금 닦아낸 것처럼 깨끗했다.

"……하찮기 짝이 없는 성물이네."

황당하게 읊조린 아렌트는 네레이스의 손에서 반지를 빼냈다.

그러자 반지 부분은 곧장 바스라져 버리고, 동그란 진주만이 손바닥 위에 남게 되었다.

"이걸로 뭘 어쩌라는 건지 모르겠지만."

손바닥 위에서 진주를 잠시 굴려 보던 아렌트는 그것을

주머니 안에 잘 갈무리했다.

"오늘도 잠자리가 편하면, 네 덕이라고 생각해 두지."

네레이스를 내려다보는 그의 입가에 희미한 미소가 드리웠다.

낡아빠진 진주알에서 작지만 순수한 호의가 느껴졌다.

지금 당장은 그것만으로도 충분했다.

3장. 잊힌 존재들이 향하는 곳

잊힌 존재들이 향하는 곳

 렉시온은 그로부터 거의 일주일이 지난 뒤에야 모습을 드러냈다.
 겉모습은 평소와 크게 다를 것 없었지만, 안색이 제법 나빴다. 짧은 시간 안에 그 부상을 모두 회복하기는 역시 불가능했던 것이다.
 아렌트가 그를 위아래로 살피며 툭 내뱉었다.
 "위대하신 드래곤 님 꼴이 제법 봐 줄 만 하네요."
 "너야말로 용케 살아 있군. 이번에야말로 죽나 했더니."
 두 사람이 살가운 인삿말을 주고받는 가운데, 지켜보는 이들은 안색이 창백해질 수밖에 없었다.
 르웰린이 어처구니없이 중얼거렸다.
 "저 새끼는 도시가 개박살 난 꼴을 보고도 저런 소리가 나오나?"

"모든 존재한테 평등한 놈이잖습니까. 아렌트니까 가능한 일이죠."

옆에서 아서가 질렸다는 표정으로 답해 주었다.

렉시온이 돌아왔다는 소식에 마중 나온 엘프 지휘관들 역시 그들과 썩 다른 심정은 아니었다.

자카르와 라그날드, 세키나, 세일럼이 하나같이 떨떠름하게 아렌트를 지켜보았다.

그 와중 평정심을 유지한 사람은 딱 한 명, 라이오스뿐이었다.

"무사하셔서 다행입니다, 렉시온 님. 걱정했습니다."

"주제넘게 걱정은. 놈들이 어떻게 나올지 알 수 없어서 빠르게 돌아오긴 했다만……."

라이오스를 마주보던 렉시온이 슬쩍 눈동자만을 굴려 아렌트를 일별했다.

"생각보다 정리가 잘 된 것을 보아하니, 좀 더 늦장부렸어도 괜찮을 뻔했군."

"네. 어느 분께서 적당히 할 줄 모르고 도시를 개박살 낸 바람에 이래저래 다들 바쁘긴 했습니다."

견습 기사가 무심히 뱉은 한 마디에 사람들의 얼굴이 재차 새파랗게 질렸다.

렉시온이 침착하게 말했다.

"저 꼬마는 어디 좀 어디 가둬 둘 수 없나? 네놈들의 사기에 지대한 악영향을 주는 것 같은데."

"……."

미처 부정할 수가 없었다.

새삼 위장이 쿡쿡 쑤셔온 탓에, 라이오스는 잠깐 허공을 보며 마음을 다스렸다.

그 꼴을 보며 렉시온은 한숨을 푹 내쉬었다.

"이 얼간이들을 어쩌면 좋을지."

아무리 봐도 막 거친 싸움을 끝낸 놈들처럼 보이지는 않았다.

물론 패닉에 빠지는 것보다야 백번 낫긴 했지만, 이렇게까지 한결같은 것도 한편으로는 놀라울 일이었다.

이놈들도 처음부터 맛이 간 건 아니었으니, 만악의 근원은…….

렉시온의 시선이 자연스럽게 아렌트에게 향했다.

"야."

"왜요."

뻔뻔하게 돌아오는 대답이 이젠 놀랍지도 않았다.

엘프들이 속이 쓰려 죽겠다는 표정을 짓는 것을 제외하면.

렉시온이 고개를 까닥였다.

"잠깐 따라와라. 아니지, 네가 쓰는 방으로 안내해. 그게 빠르겠군."

"왜 그러십니까?"

정중한 물음은 라이오스에게서 돌아온 거였다.

렉시온이 짜증스럽게 대꾸했다.

"꼴을 보아하니 또 마력을 심하게 쓴 것 같다만. 아직도 서리 어린 손길의 기운이 남아 있으니, 그것부터 어떻게 좀 해야지."

"하지만 렉시온 님도 부상 중이신데……."

이번에는 르웰린이 슬그머니 참견하자, 결국 렉시온도 신경질적으로 대답할 수밖에 없었다.

"내가 너희처럼 나약한 종족이라고 착각하는 모양이군. 내가 이깟 부상 때문에 죽는 것보다 저놈이 동상으로 손발을 잘라내는 편이 더 빠를 거다."

"하여간 악담을 하십쇼, 아주. 따라오세요."

어깨를 으쓱한 아렌트가 자연스럽게 앞장서기 시작했다.

탁, 문이 닫히자 마자 렉시온은 손가락을 튕겨 음파 차단 마법을 시전했다.

"너 뭐냐?"

"뭐가요?"

주어도 없이 불쑥 튀어나온 질문에 아렌트가 삐딱하게 되물었다. 렉시온은 짜증이 치솟는 것을 굳이 억누르지 않았다.

"내가 무슨 말을 하는지 모르지 않을 텐데. 잠깐 자리를 비운 사이에 무슨 일이 있었던 거지?"

아렌트에게서 선명한 물의 기운이 느껴졌다.

루체 신이나 체르니온 신처럼 강대한 기척은 아니었지만, 꼭 두 신의 시선으로부터 그를 약간이나마 해방시켜 주고 싶다는 것처럼 보였다.

"렉시온 님은 굳이 말 안 해도 아실 거 아닙니까. 뭔 기척인지 손길인지가 보인다면서요."

뚱하니 돌아온 대꾸에 렉시온은 이마를 짚고 한숨을 푹 내쉬었다.

"도대체 너란 놈은 보면 볼수록 이해할 수가 없군."

"저야말로 영문을 모르겠습니다만. 그래도 일단 호의를 베풀어 준다니 거절은 안 했습니다."

아렌트는 주머니에서 네레이스가 건네준 진주를 꺼내 렉시온에게 보여 주었다.

한없이 태평하게 말하는 그를, 렉시온은 한참 동안이나 어처구니없이 바라보았다.

"……하. 어쩐지 관심을 두시는 것 같더라니. 결국 이렇게 되는군."

"뭐 문제라도 있어요? 신이래 봤자 꼬맹이 엘프랑 별반 다르지 않던데요."

작디작은 성물을 갈무리하며 그가 내뱉는 말에 렉시온이 입을 다물어 버렸다.

눈앞에 있는 이 불경한 새끼를 어디서부터 바로 잡아야 할지 감이 잡히지 않은 탓이었다.

'아니, 그것보다…….'

진심으로 뭐가 문제인지 모르겠다는 표정을 보고 있자니 새삼 가슴이 답답해졌다.

"야. 지금부터 내가 하는 말 잘 들어라."

"들어 보고 생각하겠습니다."

결국 렉시온은 주먹을 꾹 말아쥐고 아렌트의 뒤통수를 세게 후려갈겼다.

퍽!

갑작스런 공격에 얻어맞은 곳을 부여잡은 아렌트가 왈칵 신경질을 터뜨렸다.

"아오, 진짜! 왜 때려요?"

"넌 평범한 인간이다."

렉시온은 그가 미처 더 불평을 터뜨리기도 전 선수를 쳤다.

"네가 얼마나 이질적인 존재인지, 제대로 자각은 하는지 모르겠군."

"그렇게까지 호들갑 떨 문제는 아니라고 생각하는데요."

뒤통수를 매만지며 아렌트가 짜증스레 쏘아붙였다.

애초부터 그는 이곳의 존재가 아니었으니, 이제 와서 이질감 운운하는 것도 웃기는 일이었다.

"의존하지 않는 네 성격이야 안다만, 네 경우에는 그게 더 문제다. 그분들을 따르거나 두려워한다면 그나마 괜찮겠지만, 넌 몸을 사릴 줄도 모르니까."

렉시온이 아렌트를 똑바로 바라보며 새겨 주듯 말을 이었다.

"그쪽에 익숙해지지 마. 그분들이 이쪽 세계에 간섭해 오는 것은 결코 평범한 일이 아니고, 그 매개가 되는 것도 무척이나 위험한 일이니까."

렉시온의 붉은 눈동자의 동공이 어느새 파충류의 것처럼 날카로워져 있었다.

뭐라 대꾸하려던 아렌트가 다시 입을 다물었다.

방 안에 한참 동안 정적이 흐른 뒤.

"……상당히 잔소리가 상세하시네요. 평소랑은 다르게."

아렌트가 삐딱하게 서서 렉시온을 똑바로 올려다보았다.

"그쪽으로는 참견 안 하시기로 한 것 아니었어요? 드래곤은 신과 가까운 종족인 만큼, 그 대단하신 분들과 직접 척지지 못한다면서요. 그래서 영웅도 될 수 없는 거고."

"……."

이번에는 렉시온이 입을 다물 차례였다.

"그런 와중에도 렉시온 님은 세상이 어느 한쪽의 손에 넘어가는 꼴을 보고 싶지 않으신 거잖아요. 하지만 영웅의 손을 들어 주기엔, 빌어먹을 빛의 신 편에 서고 싶지는 않았죠."

그래서 굳이 건방지기 짝이 없는 아렌트와 손을 잡은 거였다.

"하지만 렉시온 님은 직접 신에게 맞설 수 없으니, 제가 그걸 대신 하고 있는 거잖습니까. 렉시온 님은 드래곤이고 내가 인간이기에 가능한 일이죠. 그래서 지금껏 그 점은 굳이 참견하지 않으신 거라 생각합니다만……."

아렌트가 비스듬히 고개를 기울였다.

"싸우다가 머리라도 다치셨어요? 아니면 뭐 안 좋은 기억이라도 떠오르셨습니까? 왜 갑자기 진심으로 내 걱정을 하시지?"

"……."

그를 떨떠름하게 내려다보던 렉시온이 다시금 한숨을 푹 내쉬었다.

"진짜 이 싸가지 없는 놈을 어쩌면 좋을지."

그러나 열 받게도, 그 말 역시 영 틀린 것은 아니었다.

아렌트를 응시하는 눈빛에 착잡함이 깃들었다.

평생을 불안증에 시달리며, 심지어는 잘 때조차 검을 놓지 못하던 옛 친구의 모습이 떠올랐다.

칸은 세상을 위해서 인간보다는 영웅이라는 이름에 집착하게 되었다.

결국 그는 자신이 소망했던 대로 영웅의 책무를 지고 칭송받으며 서서히 썩어들어 갔다.

'분명 말로도 편하지 못했겠지.'

니케포르가 한 말이 다시금 떠올랐다.

'나의 무지가 짐이 되어서……'

아렌트 폰 에크하르트의 어깨에 얹혔다.

레어에서 회복에 전념하면서도 렉시온은 그 말을 몇 번이고 되뇌었다.

정작 짐을 졌다는 녀석은 건방지기 짝이 없는 눈으로 자신을 올려다보고 있을 뿐이었지만.

"……그 여자를 만났나?"

"말 못 합니다."

"만난 모양이군. 거기에 모종의 약속까지 한 듯하고."

렉시온이 얼굴을 딱딱하게 굳히자 아렌트는 어깨를 으쓱해 보였다.

"자세히 알고 싶으시면 라이오스 단장님한테 물어보세요. 보고 비슷한 건 했으니까."

"……방금 말 못 한다고 하지 않았나?"

"저는 말 안 했습니다만, 저쪽에서 멋대로 추측하는 것까지 막을 수는 없죠."

하긴 곧이곧대로 입을 다물고 있을 녀석이 아니었다.

잠깐 관자놀이를 꾹꾹 짚던 렉시온이 한숨을 푹 내쉬었다.

"진짜 미친 새끼."

"그건 그렇고, 여쭤볼 게 있는데요."

아렌트는 아무렇지도 않게 화제를 돌려 버렸다.

"여기도 그렇고, 네펠레 왕국에 있던 것도 그렇고. 렉시온 님은 그런 게 존재했다는 사실조차 몰랐던 거죠?"

"쯧. 그렇지."

렉시온이 가볍게 고개를 끄덕였다.

"아마 선대 때의 존재겠지. 내가 살아온 시대와 선대의 시대는 인간 기준으로 세자면 간극이 제법 크니까."

"유적에 대해서는 스텔에게 이미 전해 들으셨을 테고."

아렌트는 발로 콩콩, 바닥을 두드려 보였다.

"지하의 신전이 어떤 곳인지, 렉시온 님은 아십니까?"

"이미 말했다시피 모른다. 선대들에게서도 들은 바가 거의 없으니까."

렉시온이 짧게 대꾸했다.

그렇다면 렉시온의 대에 이르렀을 때는 이미 신전이 폐쇄된 뒤라는 뜻이었다.

나이 많은 일부 드래곤이나 엘프들을 제외하고는 존재조차 몰랐을 테고.

즉, 렉시온은 신들이 수장을 내세우기로 결정한 이후 태어났다는 뜻이었다.

아마 루체나 체르니온 둘 중 하나가 세상을 다스리기 시작한 무렵이 렉시온의 전성기였겠지.

"……전에 말했듯이, 렉시온 님이 갑자기 천벌을 받아서 돌연사하지 않을 정도로만 대답해 주세요. 저도 그럴 테니까."

잠깐 입을 다물고 있던 아렌트가 다시 운을 뗐다.

"렉시온 님은, 악신이 아니었던 체르니온을 기억하십니까?"

예전에 비슷한 주제를 꺼냈지만, 그때의 렉시온은 대답을 피했다.

아마 이번에도 그럴 테니, 스무고개 하듯 선문답을 주고받는 건 피할 수 없을 터.

아렌트는 분명 그리 여겼다.

"그래."

하지만 뜻밖에도 곧장 대답이 돌아왔다.

아렌트는 저도 모르게 고개를 들어 렉시온을 보았다.

"……뭐야. 곧이곧대로 대답해도 되는 겁니까?"

"골 때리는군. 네가 물어 놓고 그렇게 반응하는 건 어디서 배워 먹은 싸가지지?"

렉시온이 황당하다는 듯 대답했다.

"아니, 평소처럼 설설 기면서 빙빙 돌려 말씀하실 줄 알았죠."

"네 덕분에 이제 어지간한 신성모독은 그분들께 닿지도 않을 것 같아서 그런다. 불만이라도 있나?"

퉁명스러운 대답에 아렌트가 멀뚱멀뚱 눈을 깜빡였다.

하지만 그것도 잠시.

"불만이 있을 리가요. 개같이 구른 보람이 있어서 다행이네."

아렌트가 피식 웃으며 어깨를 으쓱거렸다.

"그러면 옛날이야기나 좀 해 봐요. 아까 말했듯이, 렉시온 님이 갑자기 천벌 받아서 돌연사하지 않을 정도로만."

"그 여자를 마주한 이상, 이젠 나보다는 네가 더 많이 알고 있지 않을까 한다만."

못마땅하게 혀를 찬 렉시온이 말했다.

그녀가 이 꼬맹이를 괴롭힌 방법이야 눈에 선했다.

"뭐가 궁금하지?"

"다른 신들의 이야기요."

아렌트가 선뜻 물었다. 루체나 체르니온에 관한 화제가 나올 거라 예상했던 렉시온이 인상을 찌푸렸다.

"뭐?"

"체르니온이나 루체 말고, 다른 신들의 이야기가 궁금하다고요."

아렌트는 방금 자신이 한 말을 다시금 되풀이해 주었다.

"이제는 이름조차 남지 않은 그들이요."

"갑자기 그건 왜 묻지?"

"피차 위험한 모험할 필요는 없잖아요. 괜한 이야기 꺼냈다가 렉시온 님이 벼락 맞아 죽어 버리는 건 저도 딱히 바라지 않아서."

테이블에 딸린 의자에 털썩 앉으며 아렌트가 대꾸했다.

"게다가 렉시온 님도 저 유적이 어떤 존재였는지 대충

짐작은 하신다면서요. 그러면 내가 이걸 왜 묻는지도 충분히 추측할 수 있는 거 아닌가?"

"……하아."

잠깐 뜸을 들이던 렉시온이 자리에 털썩 앉았다.

"뭐가 궁금한데? 이제 와서 신화 같은 게 궁금한 건 아닐 테고."

"네레이스 이외의 다른 신들 말인데요."

아렌트는 느긋하게 다리를 꼬며 운을 뗐다.

"지금 인간계에는 거의 루체의 신전밖에 남지 않았어요. 엘프 왕국에는 어느 정도 다른 신들의 명맥이 이어졌다고는 하지만, 일단 제가 체감하기론 네레이스 이외의 신은 딱히 세상에 간섭하지 않는 것 같거든요."

"……체감이라는 단어가 나온다는 게 정말 묘하군."

가만히 듣던 렉시온이 꺼림칙하게 읊조렸다.

아렌트는 다시금 발끝으로 바닥을 톡톡 두드렸다.

"그런데 이 아래 모셔진 신들은 루체와 체르니온을 제외하고도 스물은 되어 보였거든요. 혹시 뭐 아시는 거 있어요?"

렉시온이 살며시 인상을 찌푸렸다.

"적어도 내가 아는 신의 이름은 그것보다 적을 것 같군."

"그렇다면 이미 렉시온 님의 세대에도 전해지지 않은 존재들이 제법 있다는 뜻이겠네요."

턱을 괸 아렌트가 눈동자를 데굴데굴 굴렸다.

"그리고 엘프 왕국에서 봤던 신상들도, 루체 신을 제외하고는 채 다섯이 넘지 않았던 걸로 기억해요."

그 다섯 중 하나가 네레이스였고.

"그 신들이 전부 지금 루체나 체르니온, 네레이스처럼 분명히 존재했던 이들이라고 가정해 보자고요. 하지만 그 셋을 제외하고는 더 이상 이쪽 세상에 관여하지 않는 것 같고. 아니……."

살짝 눈살을 찌푸린 아렌트가 말을 바꿨다.

"이제는 관여하지 못하게 되었다고 말하는 편이 나으려나."

"……굳이 따지자면 그편이 옳겠지."

잠깐 침묵하던 렉시온이 고개를 끄덕였다.

"악신이 반란을 일으켰고 루체 신이 영웅 칸을 앞세워 그들을 진압했다……. 칼리온 제국에 내려오는 대전쟁의 기록은 결국 이게 전부예요. 악신에 대한 건 황실 적통 후계자에게만 비밀리에 전해 내려왔고."

아렌트는 차근차근 말을 이어 갔다.

"그리고 루체 신은 체르니온에 대한 기록이 전해 내려오는 것을 원치 않았어요. 하지만 영웅 칸이 몰래 기록을 남겨 후대가 대비할 수 있도록 했다……. 일단 우리가 추측한 건 여기까지인데. 기정사실로 봐도 괜찮겠죠."

영웅 칸의 말로가 어땠는지는, 렉시온 역시 직접 확인

하지 못했다.

그러나 렉시온 역시 같은 의견인지, 고개를 묵묵히 끄덕였다.

"그럴 가능성이 높지."

"영웅 칸이 남긴 기록에는 다른 신에 관한 언급이 거의 없긴 하지만. 적어도 전쟁 때까지는 네레이스 이외의 신들도 존재했던 거잖아요."

그들도 자신들의 신관이나 신전 등, 각자의 세력을 갖추고 있었을 터였다.

"세상이 멸망할 뻔한 전쟁에서 가만히 구경만 하고 있었을 것 같지는 않고. 일단 상식적으로 생각하자면 각각 두 파벌로 나뉘어서 서로 싸우다 공멸했다……. 이렇게 될 텐데."

"……."

"그런 것치고는 지나치게 흔적이 적잖아요. 그나마 이름이 남은 신들은 루체 신을 보좌하는 존재쯤으로 신화나 동화 따위에 등장할 뿐이고."

지금 그들에게 기도하는 자들은 거의 없었다.

"도대체 무슨 일이 있었던 거예요? 렉시온 님은 직접 그 시대를 겪으신 거잖아요."

"……신들 사이에 어떤 일이 벌어졌었는지, 난 당연히 모른다. 내가 아는 건 지상에서 벌어진 전쟁에 관한 것뿐이야. 그마저도 내가 아는 것은 아주 일부일 뿐이고."

잠깐 침묵하던 렉시온이 입을 열었다.

"전쟁이 얼마나 오랫동안 지속되었는지 아나?"

뜬금없는 말에 아렌트가 고개를 기울였다.

"네?"

"전쟁은 셀 수 없이 많았다. 칼리온 제국에서는 칸이 활약했던 마지막 전쟁만을 대전쟁이라 부르는 것 같다만."

렉시온이 짧게 신음을 흘렸다.

"전쟁이 터졌다가 또 잠잠해지고, 다음 날은 다른 왕국이 멸망하고. 이것이 끊임없이 반복되었지. 적어도 내가 아는 세상은 그랬다."

"……."

이것은 처음 듣는 이야기였다.

아렌트는 입을 다물고 귀를 기울였다.

"이리스를 만났겠지. 그녀에게 무슨 이야기를 들었는지 모르겠다만. 그리고 아마 앞으로도 알 수 없겠지만……. 케케묵은 이야기가 네게 도움이 될 것 같군."

렉시온은 한동안 침묵했다.

답지도 않게 어디서부터 이야기해야 할지, 그리고 어느 정도로 털어놓아도 괜찮을지 꽤 깊은 고민에 빠진 것 같았다.

하지만 그것도 잠시, 렉시온은 천천히 눈을 감았다가 떴다.

그의 입에서 다소 가라앉은 음성이 흘러나왔다.

"내가 아는 한 지상은, 특히나 인간 세상은 언제나 전쟁 중이었다. 이유도 각양각색이었지. 그때 멸망한 왕국 중에는 지금은 이름도 기억나지 않는 신을 모시던 곳도 있었겠지."

아렌트는 가만히 경청하기만 했다.

딱히 새삼스러운 일은 아니었다. 인간사란 원래 그런 거니까.

오히려 신성제국과 루체의 통치 아래에 전쟁도, 다툼도 없던 오랜 세월이 비정상적이었다.

"칸은 자신의 나라를 잃고 전쟁에 뛰어들었지. 어둠의 신을 모시던 이들이 칸이 충성을 바치던 왕국을 짓밟고 유린한 거다."

렉시온과 겨룬 일을 계기로 친구가 된 지 5년째 되던 해였다.

"혼자가 된 그 녀석은 남은 부하들을 이끌고, 자신처럼 나라를 잃거나 패잔병이 된 이들을 모아 새로운 세력을 만들었다. 끊이지 않는 전쟁을 멈추기 위해서."

잠깐 말을 멈췄던 렉시온이 짧게 덧붙였다.

"만신창이가 된 몸을 끌고 혼자 날 찾아왔더군. 도와달라고."

"렉시온 님은 그 요청에 응하셨고요?"

"그랬지. 지금 돌이켜 보면 상당히 멍청한 짓이었다만."

아무렇지도 않게 말하는 렉시온의 두 눈에 한순간 그림자가 스쳐 지나갔다.

"혼란스러운 시대였으니, 칸의 세력은 점점 커져 갔지. 평화를 바라며 검을 든 이들을 막아설 자는 없었다. 특히나 칸은 영웅의 재목이었으니까."

영웅 칸을 채찍질한 것은 평화를 향한 갈망이었다.

다른 사람들이 자신처럼 가족을, 나라를 잃지 않기를 바라는 간절한 소망.

"그때 우위를 점했던 것은 체르니온 님을 중심으로 한 연합이었다. 하지만 성검이 등장하며 상황은 급변하기 시작했지."

"……대강 이해했어요."

한동안 입을 다물고 있던 아렌트가 천천히 고개를 끄덕였다.

"그때 다른 드래곤들은 어디에 있었는데요? 니케포르랑 렉시온 님은 전장에서 싸우고 있었을 테고."

"전쟁에 참여한 자들도 있고, 숨어 버린 놈들도 있지. 나이가 많은 놈들은 대부분 방관만 하더군."

렉시온이 쯧 혀를 찼다.

"싸우다 죽은 놈들도 있고, 칸의 손에 죽은 놈도 있다. 사실 동족끼리 살갑지도 않았고, 애초에 수가 그리 많은 편이 아니었으니……. 지금 대에 이르러서는 멸절에 가까워진 것도 이상한 일은 아냐."

잠깐 뜸을 들이던 아렌트가 천천히 고개를 끄덕였다.

"……뭐가 어떻게 된 건지 대충 알겠어요."

렉시온과 이리스의 이야기를 짜맞춰 보니 전체적인 그림이 보이는 것 같았다.

'기록에서 악신교 무리라 불린 건, 체르니온을 중심으로 한 연합 전체를 통틀어 칭한 거겠지.'

아렌트가 상념에 잠기자 렉시온은 조용히 입을 다물어 주었다.

칼리온 제국의 시초는 패잔병 무리였다.

'영웅 칸의 고국이 멸망한 건, 루체 신이 자리를 내놓지 않겠다 선언한 무렵이었겠지.'

원래라면 루체의 시대가 끝나고, 체르니온이 그 자리를 이어받아 마땅한 시기였을 것이다.

하지만 루체는 자리를 반환하길 거부했고, 다른 신들은 당연히 반발했다.

그 결과 지상에 전쟁이 벌어진 것이다.

'그렇다면 신들 대부분은 체르니온의 편을 들었을 가능성이 커.'

이리스는 그때도 성녀로서 체르니온의 군단을 이끌었을 터였다. 그리고 그녀처럼 신과 직접 소통할 수 있는 존재도 몇 존재했다고 하니…….

체르니온을 필두로 한 연합은 루체 신의 배신을 알고 있었을 것이다.

'자신들이 모시는 신들의 계시를 받고서, 루체 진영 쪽에 응징을 가하려 한 거야.'

그 결과 영웅 칸의 고국이 불타고, 끊임없이 전쟁이 터졌다.

원한은 또 다른 원한을 낳고, 복수하면 다시금 피눈물을 흘리며 복수를 다짐하는 이가 태어난다.

신의 배신 행각에 지상의 존재들이 피를 흘렸다.

체르니온 연합의 응징에 나라 잃은 자들은 간절히 구원을 바라며, 한편으로는 복수심을 갖기 시작했다.

그러다 혜성처럼 나타난 게 루체의 선택을 받은 영웅 칸이었다.

"……."

칸이 원했던 것은 영원한 평화였다. 두 번 다시 눈물 흘리는 사람이 없도록.

'하지만 영웅은 루체가 배신자였다는 사실을 전혀 몰랐을 테고.'

신도들에게 자신의 이면을 완벽히 감춘 루체는, 자애로운 미소를 지으며 영웅에게 성검을 내렸다.

평화를 원하는 마음에 감복해 힘을 주겠노라 지껄이기라도 했겠지.

피비린내 나는 세상을 배경으로 삼은 주인공이 등장한 순간이었다.

그와 동시에 다른 존재들은 악역과 조력자, 주연 정도

로 전락해 버렸다.

혼란 속에서도 어떻게든 유지되던 세상의 균형이 완전히 박살 난 것이다.

어쩐지 속이 울렁거렸다.

'그때까지만 해도 다양한 신들이 존재했겠지.'

문득 체르니온의 추악하던 모습이 떠올랐다.

패배한 뒤 신앙을 잃은 대가가 그것이라면, 기억 속에서 잊혀진 다른 신들 역시 무사하지는 못할 것이다.

'그리고 체르니온 쪽 연합은 루체 신을 그런 방식으로 끌어내리려 했을 테고.'

루체를 모시는 이들을 말살해, 빛의 신을 밀어내려 한 것이다.

하지만 결과는 정반대가 되고 말았다.

루체는 체르니온과 함께 자신에게 반발한 다른 신들마저도 아예 지상에서 지워 버린 것이다.

'잊힌 존재들은 어디로 향했을까.'

루체가 지배한 세월 동안, 이름과 역할을 잃어버린 이들은 어디로 갔을지.

어쩌면 패배한 뒤 스스로 존재하기를 포기했을지도 모른다.

빛만이 가득한 세상에서는 자신이 존재하는 것만으로도 분란의 씨앗이 될 수 있을 테니까.

'루체의 편을 들었던 신들도 마찬가지겠지.'

영웅을 앞세워 체르니온 연합을 누른 루체의 기세는 어떤 존재도 막을 수 없었을 것이다.

그런 상황이니, 다른 신들 역시 직감했을지도 모른다.

빛 이외의 것을 허락하지 않는 폭군은 언젠가 자신들마저 지워 버릴 거라고.

인간들과 엘프들 역시 마찬가지였다.

각자 자신만의 신앙을 가지고 있던 자들도 결국 루체 앞에서 무릎을 꿇었을 것이다.

생존 앞에서 신앙 따위야, 그리 중요하지 않았을 테니까.

루체와 영웅의 완벽한 승리였다.

"……아, 젠장."

거기까지 생각이 미치려던 찰나, 문득 렉시온의 목소리가 들려왔다.

무심코 고개를 든 아렌트가 뻣뻣하게 몸을 굳혔다.

후두둑.

때마침 바닥에 떨어진 핏방울이 카펫을 새빨갛게 물들였다.

그리고 아까보다 훨씬 낯빛이 창백해진 렉시온이 코에서 새빨간 선혈을 뚝뚝 떨어뜨리고 있었다.

"잠깐……."

"됐어."

아렌트가 자리에서 벌떡 일어났지만, 렉시온은 그냥 손

을 휘휘 내저어 버렸다.

"선을 넘는다는 건 이런 기분이군. 네가 왜 그렇게 아슬아슬하게 사는지도 조금은 알겠다."

나머지 한쪽 손으로 피를 대충 닦아내며, 렉시온이 파리한 낯으로 씨익 웃었다.

"썩 나쁘지는 않아."

"피 쏟아 내면서 그런 말 하지 마시죠. 소름 끼치니까."

아렌트는 짜증스럽게 쏘아붙이면서도 급하게 주머니에서 손수건을 꺼냈다.

"괜찮아. 안 죽는다. 그냥 몸이 거부반응을 보일 뿐이야. 안 그래도 몸 상태가 정상이 아닌 와중에……."

그 순간, 렉시온이 다시금 왈칵 피를 토해 냈다.

손수건을 받아든 렉시온이 대강 얼굴을 닦아 냈다. 하지만 이미 그의 옷과 바닥은 그가 쏟아 낸 피 때문에 엉망이었다.

"환장하겠네, 진짜. 됐으니까 닥치고 쉬러 가기나 하세요."

"네놈도 당황할 줄 아는군."

렉시온이 큭큭 웃음을 터뜨리자 아렌트가 멈칫했다.

코를 틀어막은 손수건이 새빨갛게 물들다 못해 다시 바닥으로 피가 뚝뚝 떨어지기 시작했다.

"그렇게 살아라. 인간답게."

그러나 렉시온은 한없이 침착하기만 했다.

"네놈들만의 의무가 아니다. 영웅이 꼭두각시에 불과하다는 것을 알면서, 지금껏 눈을 가리고 회피해 온 건 내 쪽이지. 너희 같은 미물 뒤에 숨어 있는 것도 체면에 맞지 않은 일이고."

"……."

"하물며 너 같은 애송이도 그분들께 어떻게든 대들어 보겠다 발악하는 데, 이제는 나도 내 선택에 책임을 질 때가 왔어."

뭐라 더 말하려던 아렌트는 입을 다물어 버리고 말았다.

지금껏 렉시온이 단 한 번도 드러낸 적 없는 후회가 언뜻 느껴진 탓이었다.

"……완전 고장 났네."

짧게 한숨을 내쉰 아렌트가 퉁명스레 말했다.

"방 더 더럽히지 말고 가서 눕기나 하시죠. 시종한테 방을 준비하라고 할 테니까."

렉시온은 아무런 대답도 하지 않았다.

날이 섰던 동공은 어느새 인간의 것과 비슷한 모습으로 돌아가 있었다.

초점이 미묘하게 엇나간 시선은 과거의 어느 편린을 되짚는 듯했다.

누구와도 공유할 수 없고, 함께 추억할 이도 존재하지 않는 삶의 어느 지점을.

'아.'

아렌트는 뒤늦게 깨달았다.

그가 보낸 지난 세월을 역사에서 지워 내려는 신에 의해, 렉시온은 과거 자신 살아 왔던 삶을 부당하게 박탈당한 것이다.

자신이 낡아 빠진 무대와 보잘것없는 무명 배우의 이름을 빼앗겼듯이.

"……."

렉시온은 여전히 코와 입에서 피를 뚝뚝 흘리고 있었다.

피투성이 손수건을 꽉 쥔 그가 문득 지독히도 외로워 보였다.

그리고 렉시온의 고독감을 공감할 수밖에 없는 자신의 처지가, 새삼 속이 쓰렸다.

* * *

모든 일과가 끝난 뒤 깊은 밤.

조용히 왕궁을 빠져나온 리히트는 홀로 신전을 향해 걸음을 옮겼다.

아직도 전쟁의 상흔이 고스란히 남은 길에는 인기척조차 거의 느껴지지 않았다.

'조용하군.'

낮 동안 분주하게 복구 작업이 이뤄지느라 소란스럽던 것이 거짓말처럼 느껴졌다.

아직까지 파손된 채 수습되지 않은 곳들 주변에 자재가 어지럽게 널려 있었다.

시신과 구울의 파편 따위는 더 이상 찾아볼 수 없었다.

혈흔이 지워진 자리에는 그저 은혜 같은 달빛만이 조용히 드리워 있었다.

마치 숱한 죽음들을 애도하는 것처럼.

모두를 공평하게 감싸는 빛은 곧 자애이자 정의고 선이었다.

지금껏 살아오며 그 점을 의심한 적은 단 한 번도 없었다. 하지만 아서가 내키지 않는 투로 들려준 이야기는 그가 지금껏 믿어 온 진실을 부정하고 있었다.

'절대적인 정의는 없다…….'

아서는 꺼림칙한 얼굴로 그렇게 말했다.

대가 없는 자애는 허상이며, 절대적인 정의 같은 것은 이 세상에 존재하지 않는다고.

'비슷한 것을 캐물은 아서에게, 단장님이 직접 그리 말씀하셨다 했지.'

정의 따위는 단지 허울 좋은 핑계일 뿐이라는 말은, 아렌트의 입버릇이기도 했다.

그게 단지 건방진 어린애의 치기 어린 불평불만이 아니라는 것쯤 그도 역시 잘 알고 있었다.

하지만 성검의 주인인 라이오스가 직접 그 말을 입에 담았다는 것은 의미가 사뭇 달랐다.

"하아……."

답답한 마음에 긴 한숨이 흘러나왔다.

반쯤 폐허가 된 길에 리히트의 발소리만이 가만히 새겨졌다.

르웰린 왕자는 뜻밖의 발견에 잔뜩 흥분한 것 같았다.

지하 유적에는 처음 발견된 신상으로 가득 채워진 복도가 있었다.

르웰린 왕자는 다른 것보다 그것을 가장 큰 발견으로 꼽는 것 같았다.

화가들까지 고용해 신상의 정확한 모습을 기록한 르웰린은 그들의 명칭을 찾아 보겠다며 벼르고 있었다.

예전에는 분명 불가능한 일이었겠지만, 지금이라면 가능할 것이다.

'마음만 먹는다면 엘프 왕국의 기록까지 뒤져 보실 수 있을 테니.'

온 대륙의 자료를 긁어모으는 것도 이전만큼 힘든 일은 아닐 것이다.

노이만 상단의 정보상이 이미 사방에 퍼진 데다가, 효율적으로 정보를 관리해 줄 칸 연합까지 있으니까.

분명 이건 바람직한 변화였다.

앞으로 닥쳐 올 싸움에서도 더욱 효율적으로 대응할 수

있을 테고, 유사시에 좀 더 손쉽게 연계할 수도 있을 것이다.

실제로 루카인 왕국 역시 그런 연결고리 덕분에 가까스로 명맥을 이을 수 있었다 말해도 과장은 아닐 테고.

기이하게도 그 연결고리의 시초가 된 것은 아렌트였다.

'아렌트는 그것을 이용해서 많은 정보를 손에 쥐게 되었고.'

그 대부분은 악신교를 막기 위한 수단으로서 기능했지만, 한편으로는 루체 신의 권위에 도전하는 데 쓰인다는 것 역시 부정할 수 없었다.

'그 녀석의 목적 중에는 분명 루체 님을 견제하려는 것도 포함되었을 게 분명하고.'

지금 돌이켜 보면 그랬다.

신성제국 칼리온이 과하게 신전에 기대지 않도록.

그런 생각을 하던 중, 리히트는 왕궁 근처의 신전에 다다를 수 있었다.

신관들 역시 피난을 간 탓에, 신전 내부는 텅 비어 있었다.

신전 입구에서 습관적으로 옷매무새를 가다듬은 리히트는 자연스럽게 기도실로 찾아들었다.

"……."

신관들이 모두 자리를 비운 와중에도 기도실은 개방되

어 있었다.

커다란 창문으로 선명한 달빛이 새어 들어오는 가운데에, 아름다운 루체 신상이 미소 지으며 세상을 굽어 보고 있었다.

리히트는 아무도 없는 와중에도 조용히 발소리를 죽였다.

마치 신의 성전을 조금이라도 소란스럽게 만들고 싶지 않다는 것처럼 조심스러운 움직임이었다.

새하얀 신상 바로 앞에 자리를 잡은 리히트는 착잡한 눈으로 신상을 올려다 보았다.

'아렌트가 만들어 낸 기이한 연결고리가 아니었더라면, 루카인 왕궁 지하 유적은 그냥 루체 님의 신전으로 여겨졌겠지.'

복도에 늘어선 것은 그저 루체를 모시는 천사 정도일 뿐이고, 가장 넓은 공간에는 루체 신전이 있었을 거라 짐작했을 것이다.

'단지 악신교가 과거의 원한을 풀기 위해 루카인 왕국을 침공한 거라고.'

그러나 그들은, 아렌트는 결국 체르니온 교단에게 다른 목적이 있었음을 밝혀냈다.

'폭도에서 악신교로, 악신에서 체르니온으로…….'

루체를 올려다보며 리히트는 가만히 되뇌었다.

이스트 금고를 습격한 놈들은 단지 반란을 꿈꾸는 폭도

들에 불과했다.

리히트 역시 알고 있었다.

그들의 정체가 하나씩 까발려질수록, 루체 신의 이면이 드러나게 되는 것도 자연스러운 일이라고.

그럼에도 믿었을 뿐이다.

지금껏 마음을 의지해 왔던 루체 신의 정의를.

"지금도 저는……."

꾸욱.

모아 쥔 양손에 힘이 들어갔다.

"당신의 정의가 실존함을 믿습니다."

몰랐으면 직면하지 않았어도 괜찮을 문제였다.

그저 정의를 믿고, 루체가 선택한 라이오스에게 등을 맡긴 채 목숨 걸어 세상을 지켜내기만 하면 될 일이었으니.

아서가 그토록 꺼림칙해했던 것 역시 충분히 이해할 수 있었다.

"……루체 님."

루체는 여전히 자애로운 미소를 지으며 그를 내려다보고 있었다.

리히트의 푸른 눈동자가 착잡함에 젖어들었다.

"당신은 무엇을 원하십니까?"

텅 빈 기도실에 먹먹한 목소리가 울려 퍼졌다.

그러나 당연하게도 답이 돌아오는 일은 없었다.

렉시온과 함께 사라진 아렌트는 한참 뒤에 혼자 돌아왔다.

렉시온에게 치료를 받았다고 대충 대답했지만, 그게 거짓말이라는 건 쉽게 알아차릴 수 있었다.

그때까지도 녀석의 손가락 끝은 새파랗게 질려 있었으니까.

아렌트는 그 뒤에 짧게 덧붙였다.

"렉시온 님, 앓아누웠으니 당분간 쉬게 두세요."

라고.

짧지 않은 시간 동안, 두 사람은 어떤 대화를 나누었을까.

'렉시온 님의 상태가 갑자기 악화된 이유는 또 뭐고…….'

어둠만이 가득한 유적에서, 성녀를 홀로 마주하게 된 아렌트는 어떤 기분이었을지.

제 손으로 자신이 그토록 알아내고 싶어했던 역사의 증거물을 파괴한 뒤 왕세자를 놀리며 익살을 떨어 댄 그 녀석의 속은…….

"하……."

리히트는 재차 한숨을 토해 내며 제 머리를 감싸 쥐었다.

누구보다 신실했던 라이오스가 더 이상 정의를 믿지 않게 된 까닭은 또 무엇일까.

의문이 꼬리에 꼬리를 물고 이어졌다.

그 무엇보다 괴로운 것은, 지금 당장 라이오스나 아렌트에게 찾아가 진실을 따져 묻지 못하는 자기 자신이었다.

아는 것이 두려웠다.

그저 멍청한 채로, 정의나 선의 핑계를 대며 악적들을 향해 검을 휘두르고 싶었다.

'차라리 그러다 목숨을 잃는 편이 편할 테지.'

하지만 이제 그럴 수 없었다.

지난 며칠 동안 끝도 없이 고민했다.

밤잠도 채 이루지 못했고, 자신을 조마조마하게 지켜보는 아서의 시선도 애써 모르는 척했다.

그런 와중에 눈치는 기가 막히게 좋은 견습 기사의 시선까지 피하느라 제법 속을 끓인 그였다.

그리고 드디어 오늘, 리히트는 결단을 내렸다.

오늘 그가 여기까지 찾아든 것은 오로지 사죄하기 위함이었다.

"……용서하십시오."

한참동안 침묵하던 리히트가 조용히 읊조렸다.

"벌을 내리신다면 달게 받겠습니다."

지독한 불면증에 시달리는 아렌트와 그를 지켜보며 속을 태우는 아서, 그리고 어느 순간부터 기도하지 않게 된 라이오스를 외면할 수 없었다.

"그러니 제게 루체 님의 정의가 온전함을 보여 주시길

원합니다. 당신이 틀리지 않으셨음을……. 당신께서는 언제나 우리를 보듬어 주셨음을, 이 어리석은 자에게 가르쳐 주십시오."

기도하는 목소리가 점점 느려졌다.

바닥을 응시하는 리히트의 눈동자에 그림자가 드리웠다.

"벌을 받게 된다더라도 그들과 함께 하고 싶습니다. 그러니……."

그들이 신성모독의 죄를 짓는다고 한다면, 말리지 못한 자신의 책임도 응당 있었다.

"제가 저들과 여전히 어깨를 나란히 하는 것이, 부디 당신을 배신하는 일이 되지 않도록."

리히트는 그들이 지금까지 보인 신의를 믿었다.

그리고 자신이 가진 믿음에 책임을 질 준비도 마쳤다.

이 여정의 끝까지 그들과 함께한다면, 자연히 모든 의문에 대한 해답도 얻을 수 있을 것이다.

"루체 님의 정의를 미욱한 저에게 손수 알려 주십시오."

흔들림 하나 없이 단정한 음성이 기도실을 가득 채웠다.

* * *

"당장 문제는 없다니 다행이네."

워렌의 보고를 들은 아렌트가 대답했다.

-일단 네 말대로 공작…… 님과 먼저 조용히 접촉했다. 네가 보냈다고 하니 크게 경계는 하지 않더군.

통신구 너머에서 워렌이 보고를 이어 갔다. 어색하게나마 존칭을 붙이는 것이 어떻게든 인간 사회에 잘 적응해 가고 있는 듯했다.

"왕자랑 왕녀는?"

-일단은 거리를 두고 지켜보는 중이다. 거의 방에서 나오지 않는 것 같더군. 이따금 왕자가 왕녀를 데리고 정원 산책을 하는 게 전부라, 사실 지켜볼 것도 없다.

"흠."

아렌트는 소파에 등을 기대며 눈동자를 데굴데굴 굴렸다.

딱히 이상한 일은 아니었다. 그들 역시 정신적인 충격이 이만저만이 아닐 테니까.

'왕세자는 애써 수습 작업에 매달리며 잊어 보려고 하는 것 같지만…….'

휴양을 떠난 두 사람은 감정을 오롯이 받아들여야 하는 상황일 터였다.

게다가 눈앞에서 자신의 친모가 화살을 맞고 절명하는 순간을 목격하고야 말았을 테니.

"공작님은?"

-남매에게 시간을 쏟으려 노력하는 것 같지만, 오히려

왕자와 왕녀가 거부하는 것 같은 눈치라.

"쯧. 이렇게 될 줄 알았다니까."

왕궁을 벗어나는 건 정치적으로 나쁘지 않은 선택이었지만, 왕자와 왕녀에게도 최선이었을지는 의문이었다.

요양이라고 하지만 당장 본인들은 밖으로 내쳐졌다고 생각해도 이상할 일은 아니었다.

왕세자는 미처 거기까지 생각할 여유는 없었을 테고.

-이곳에 머물면서 당분간 지켜보지.

"혼자 갔냐?"

-아니. 탐험가 몇도 동행했다. 르웰린이 당부했다더군. 나 혼자만으로는 영지 전체를 살피기에는 무리가 있을 거라고.

역시나 르웰린도 말은 안 했지만 아렌트와 비슷한 염려를 한 듯했다.

-그 녀석들은 영지 곳곳에서 머물며 분위기를 살피기로 했다. 마찬가지로 눈에 띄지 않게 움직일테니 그 점은 염려하지 마라.

"어련히 알아서 하겠지. 그나저나 인력이 더 늘어났단 말이지. 좀 더 과감하게 움직여도 괜찮을 것 같은데……."

잠깐 생각하던 아렌트가 물었다.

"왕자와 왕녀에게 접근할 방법은 없겠어?"

-있겠냐. 당장 숙부의 호의도 받아들이고 싶어 하지 않는 눈치인데, 험악하게 생긴 남자가 다가가면 잘도 받

아 주겠군.

 워렌이 짜증스럽게 대꾸했다.

 그러나 당연히 아렌트에게는 씨알도 먹히지 않았다.

 "본인의 외모를 객관적으로 파악하고 있다는 건 참 바람직한 일이긴 한데……. 자신의 종족적 특성을 다양하게 활용할 만한 방법도 생각해 보면 어때? 냉동 늑대한테는 너무 어려운 일인가?"

 ─……또 무슨 헛소리를 하려고.

 한참동안 침묵하던 워렌이 꺼림칙하게 물었다. 그러자 아렌트가 담백하게 툭 내뱉었다.

 "너 인간 아니잖아."

 ─그런 당연한 소리를 왜 그렇게 새삼스럽게 하는지 모르겠는데.

 "늑대란 거 말야."

 아렌트는 편안한 자세로 통신구를 손 안에서 느긋하게 굴렸다.

 "엄청 큰 개랑 별로 다를 것도 없지 않나?"

 ─뭐?

 순간 워렌은 그가 무슨 말을 하는지 제대로 이해하지 못한 듯했다.

 "자고로 어린애들은 동물을 좋아하는 법이거든."

 ─어린애라고 해 봤자, 왕자는 너랑 고작 한 살 차이밖에……. 아니 잠깐만.

신경질을 담아 대꾸하던 워렌이 뒤늦게 문제를 깨닫고는 황당하게 물었다.

―어린애가 뭘 좋아한다고? 지금 누굴 동물 취급하는 거지?

"누구긴 누구겠어? 아무래도 의심받지 않고 접근하기에는 인간보다는 늑대 모습인 채가 좋겠지."

아렌트가 뻔뻔하게 말을 이었다.

"떠돌이 개인 척이라도 하면서 어린애들 좀 놀아 줘. 겸사겸사 호위도 할 겸. 멀리서 지켜만 본다는 것도 좀 불안했는데, 마침 잘됐군."

―…….

한참동안 통신구 너머에서는 대답이 없었다.

그리고 잠시 후, 워렌이 침착하게 말했다.

―도대체 어디서부터 지적해야 할지 모르겠다만, 우선 한 마디만 하지. 넌 사람을 열받게 하는 특출난 재주가 있다.

"칭찬 감사. 나도 내가 잘났다는 건 충분히 아니 입 아프게 굳이 말 안 해도 돼."

―칭찬으로 들렸나?

워렌이 어처구니없이 대꾸했다.

당연히 견습 기사에게는 귓등으로도 안 먹힐 소리였지만.

"안 그러면 뭐, 네 말대로 험상궂은 면상을 곧이곧대로

들이밀고 애들한테 말이라도 한번 걸어 보던가."

-…….

"다른 좋은 방법이 있으면 어디 한 번 말해 보던가. 수상한 놈이 왕족 근처에 어슬렁거리다 악신교로 오해라도 받으면 참 재밌겠다, 그치? 참고로 그때는 안 도와줄 테니까 알아서 빠져나오도록."

-……개새끼야.

"응, 다음 냉동 늑대. 아. 이제부터는 개새끼가 될 예정이시지."

워렌은 할 말을 잃어버린 듯했다. 늘 그랬듯 아렌트의 완벽한 승리였다.

"늑대 모습으로 흙바닥이라도 몇 번 구르고 가든가. 가서 낑낑거리면서 배라도 까 봐."

-너 진짜 죽고 싶나?

"할 수 있으면 해 보던가."

워렌이 위협적으로 으르렁거렸지만 씨알도 먹히지 않았다.

"어쨌든 경계를 게을리 하지 마. 내 예상이 맞다면 그쪽에 곧 이변이 생길 테니까."

-하아……. 그렇게까지 확신하는 이유라도 있나?

결국 워렌은 그냥 화제를 돌려 버렸다. 더 말이 길어져봤자 피곤해지기만 할 것이라는 판단에서였다.

하지만 그것도 좋은 선택은 아니었다.

"강아지한테 그걸 하나하나 다 설명해 봤자, 의미 있나?"

—……!

그리고 잠시 후.

방까지 찾아온 르웰린은 통신구 너머에서 짜증을 쏟아내는 워렌과, 통신구를 테이블 위에 방치한 채 쿠키를 냠냠대고 있는 아렌트라는 사뭇 진귀한 광경을 목격할 수 있었다.

"뭐야, 왜 왔어?"

"아니. 슬슬 연회 참석 준비할 시간이라 부르러 왔는데……."

르웰린이 우물거리며 말끝을 흐렸다. 동정심 어린 시선이 힐끗 반짝이는 통신구 쪽으로 향했다.

"워렌처럼 침착한 놈을 화나게 하는 너도 참 어지간하다."

웨어 울프라는 종족적 특성상, 워렌은 자신이 인정한 사람을 절대적으로 신뢰하고 따르는 편이었다.

하지만 그런 워렌의 꼭지를 돌게 만드는 저 성질머리는 매번 새삼 감탄스러웠다.

"칭찬 감사."

"……됐다. 말을 말자."

르웰린은 그냥 한숨을 푹 내쉬었다.

잊힌 존재들이 향하는 곳 〈173〉

* * *

왕궁 근처의 복구 작업도 순조롭게 이어지고, 며칠동안 잠에 빠졌던 렉시온도 다시 눈을 뜨고 활동을 시작했다.

엘프 전사들과 황실 3기사단의 도움 하에 얼추 수습도 끝났고, 르웰린이 주도한 지하 유적 역시 탐사 역시 얼추 완료되었다.

이제 남은 것은 루카인 왕실에 맡기고, 외지인들은 슬슬 떠날 때가 온 것이다.

슬슬 일이 정리되어 간다는 것을 알아차린 빅토르가 라이오스를 불러 청했다.

"그대들이 떠나기 전, 승전을 기념하는 연회를 열었으면 하는데. 주빈으로 르웰린 왕자와 라이오스 단장, 그리고 엘프 지휘관 분들을 모시고 싶어. 응해 주겠어?"

얼마 뒤면 그들은 칼리온 제국으로 복귀할 것이다.

그 후에는 왕국 내부에서 죄인들의 재판이 열리며 한바탕 숙청의 바람이 몰아칠 예정이었다.

흐트러진 분위기를 다스리기에는 지금이 적격이었다.

그 점까지 모두 고려한 제안임을 아는 라이오스는 당연히 거절하지 않았다.

"감사히 받아들이겠습니다."

상황이 상황인만큼 성대하지는 못하겠지만, 그래도 정성을 담아 준비하라는 왕세자의 분부가 떨어졌다.

그날부터 왕궁은 복구 작업에 매진하는 한편, 승전 축하연을 준비하느라 더욱 분주해졌다.

그리고 드디어 오늘, 연회 당일.

왕실이 주최한 연회라고 하기에는 꽤 소박한 연회가 열렸다.

음악도 없었고, 사치스러운 장식도 없었으니까.

이번 일에 휘말려 목숨을 잃은 이들을 애도하는 차원에서 일부러 그리 준비한 거였다.

그래도 훌륭한 음식과 다과 등, 꼭 필요한 것들은 흠잡을 곳 하나 없이 모두 마련되어 있었다.

주변을 둘러보던 아서가 작게 말했다.

"그래도 생각보다는 구색을 잘 갖추셨는데? 상당히 정신없으셨을 텐데도."

"급히 필요한 건 노이만 상단에서 공급해 주셨대요. 역시 상단주님도 기회를 놓치지 않으신다니까."

식사를 마친 뒤 입에 과자를 쏙쏙 집어넣던 아렌트가 짧게 대꾸해 주었다.

덕분에 어떻게든 연회의 구색을 갖출 수는 있었으니, 왕세자에게도 나쁜 거래는 아니었을 것이다.

노이만 역시 이번 기회에 루카인 왕실과의 연줄을 돈독히 했으니 기쁜 마음으로 저렴한 가격에 물건을 대주었을 테고.

"뭐, 저한테도 제법 괜찮은 이야기였어요. 급하게 부탁드린 건데 생각보다 결과물이 괜찮네요."

"……."

아렌트가 덧붙인 말에 아서의 표정이 다소 착잡해졌다.

두 사람의 시선이 자연스레 수컷 공작새, 아니, 멋들어진 예복 차림의 라이오스에게 닿았다.

라이오스는 이번에도 아렌트에게 붙들려 반강제로 치장당하는 꼴을 피하지 못했다.

귀족들에게 둘러싸여 찬사를 받는 단장은 오늘의 주인공답게 위엄 넘치는 모습이었지만…….

"상당히 속 쓰리시다는 얼굴이시군."

"어쩌겠어요. 즐기셔야지."

그렇게 말하며 아렌트는 입에 과자를 하나 더 쏙 넣었다.

라이오스만이 아니었다.

엘프 지휘관들과 르웰린까지 아렌트가 공수해 온 예복 차림으로 홀 곳곳을 장식하며 제 역할을 다하고 있었다.

그 화려한 면면들 덕분에 아렌트가 사람들의 관심에서 벗어날 수 있었다는 것은 두말할 것도 없었다.

"그나저나 리히트 선배한텐 무슨 소릴 지껄인 거예요? 사람이 넋이 나갔던데."

군것질에 집중하던 아렌트가 무심하게 운을 뗐다.

"……넌 그걸 또 눈치챘냐?"

"숨기고 싶었으면 표정 관리라도 좀 잘 하던가."

아서의 떨떠름한 물음에 곧장 퉁명스러운 대꾸가 돌아왔다.

"가뜩이나 거짓말 못하는 사람한테 뭘 바래요?"

피곤하다는 이유로 오늘 연회에도 불참 의사를 밝힌 그였다.

어지간하면 자리를 지키며 자신의 책임을 다하려 하는 리히트답지 않은 행동이었다.

"뭐, 됐어요. 삽질하는 사람 속사정이야 내 알바 아니고. 대충 뭐가 어떻게 된 건지도 감이 잡히니까요."

"나도 모르는 일이야. 난 그냥 선배님이 캐물으셔서 최소한으로 말씀드렸을 뿐이니까."

"그럼 우리 둘 다 모르는 일인 걸로 하죠."

견습 기사의 말에 아서가 묵묵히 고개를 끄덕였다.

피난을 떠났던 귀족들도 돌아오고, 복구 업무에 매달리던 이들도 왕세자의 초대를 기꺼이 받아들인 덕에 홀은 제법 붐볐다.

오늘은 이들에게도 제법 중요한 자리였다.

'왕세자가 자신이 왕위에 오를 것임을 선언할 테니까.'

이 자리를 계기로 빅토르는 국왕의 자리에 오르게 될 것이다.

공식적인 즉위식은 좀 더 사태가 진정된 뒤 성대하게 치러질 테지만, 당장 내일부터 왕세자는 국왕의 권위를 계승해 그 책무를 다하게 되겠지.

잊힌 존재들이 향하는 곳 ⟨177⟩

'영웅이 손을 들어준 젊은 국왕이라…….'

그 정도 이름값이라면 귀족들도 다른 생각은 하지 않을 터였다.

게다가 한동안 옆에서 지켜본 결과, 빅토르도 처음 생각했던 것만큼 멍청한 자는 아닌 듯했고.

오늘 오전, 빅토르는 라이오스에게 공로를 인정하는 훈장을 수여하겠다는 뜻을 밝혔다.

연회가 끝나고 내일 오전이 되면 그 수여식 역시 열릴 예정이었다.

덕분에 라이오스는 앞으로 루카인 왕국 내에서도 명예 기사로서 최고 귀족과 준하는 대우를 받을 수 있게 되었다.

"……왕세자 저하께서도 제법 머리를 쓰신단 말이죠."

아렌트의 의미 있는 시선이 빅토르에게 향했다.

라이오스와의 관계를 공고히 해 두면 이후 자신이 권력을 완벽히 장악하는 데에도 도움이 될거라 여긴 거였다.

"곧 국왕이 되실 분인데, 그런 식으로 지껄이지 마. 진짜 부탁이니까."

"제 마음입니다. 왕세자든 왕이든, 사람이 달라지는 건 아닐 거잖아요."

아렌트는 마지막으로 남은 과자 하나를 입에 쏙 넣고는 손을 탁탁 털었다.

"전 갑니다. 피곤하네요."

"뭐? 벌써?"

"영웅에다 에버란의 왕자도 있고. 엘프 왕국에서 오신 귀하신 지휘관도 계신데, 굳이 견습 기사 따위가 자리를 지킬 필요는 없잖아요."

아서가 눈을 휘둥그레 떴지만, 아렌트는 미련 없이 몸을 빙글 돌려버렸다.

"아, 선배는 따라오지 마세요. 지켜보다가 별다른 일 생기면 보고해 주셔야 하니까."

"내가 네 심부름꾼이냐?"

"그거 자의식 과잉입니다. 심부름꾼 정도나 되는 것 같아요?"

"아오, 진짜!"

신경질을 터뜨리는 아서를 뒤로하고 아렌트는 유유히 홀에서 빠져나갔다.

그리고 또다시 3일 뒤.

이제는 정말 칼리온 제국으로 복귀할 때가 찾아왔다.

4장. 진리를 발견한다는 것은

진리를 발견한다는 것은

칸타레스의 시선이 아렌트를 머리부터 발끝까지 훑어보았다. 그러자 자연스럽게 아렌트의 인상이 슬쩍 찌푸려졌다.

"뭘 그렇게 보십니까?"

"꼴 한번 봐 줄 만하다 싶어서."

"늘 그렇듯이 잘생겼죠."

한 치의 망설임도 없이 돌아온 대꾸에 황태자가 한숨을 푹 내쉬었다.

오랜만에 붕대며 반창고를 붙인 채 뺀질거리는 얼굴을 보자니 머리가 지끈거렸다.

두 사람을 물끄러미 보던 제레온이 작게 중얼거렸다.

"미리 두통약을 준비해 두길 잘했군요."

"그런 곳에서 혜안을 발휘하지 마, 젠."

짜증스럽게 타박을 놓은 칸타레스가 화제를 돌렸다.

"다른 일행은?"

"렉시온 님이 부상 중이신 탓에 텔레포트에도 한계가 있어서요. 엘프 전사들은 천천히 복귀하기로 했고, 기사단도 선발대와 후발대로 나누었습니다."

아렌트가 어깨를 으쓱했다.

"우선은 렉시온 님과 함께 단장님과 저, 그리고 죄인들을 호송할 최소 인원만 먼저 황궁으로 돌아왔습니다. 단장님은 포로들을 수용한 뒤에 바로 찾아뵐 거라 전해달라 하시더라고요."

"안 그래도 슈타들러 백작에게 전해 들었어. 네가 또 재미있는 걸 생각해 냈다면서? 놈들을 세뇌시킨 아티팩트를 무력화시킬 연구라고?"

턱을 괸 칸타레스가 피식 웃었다.

"연구 예산안을 올렸기에 바로 승인했는데……. 도대체 국고를 얼마나 털어먹을 생각이지?"

"고작 그 정도 털어먹혔다고 해서 끄떡도 안 하실 거잖습니까. 칼리온 제국의 국고가 얼마나 든든한지는 온 천하가 다 아는데요."

"하여튼, 뻔뻔한 녀석."

칸타레스가 짜증스레 투덜댔다.

"연구소 예산안은 그렇다 치고, 루카인 왕국으로 들어

간 구호 물품 비용은 왜 내가 대야 하는 거지? 아니, 구호 물품을 내 사비로 구매하는 부분에는 전혀 이의 없다만."

어차피 동맹국이니 지원을 보내야 한다.

문제는…….

"도대체 왜 너한테 돈을 뜯겨야 하는지 모르겠는데."

"수수료 모르십니까? 어차피 제가 아니었으면 그리 단기간에 물품을 구할 수도 없었을 테고."

어깨를 으쓱한 아렌트가 씨익 웃었다.

"생선은 넉넉하게 주신다면서요? 그 약속 벌써 잊으신 건 아니죠?"

"……진짜 쓸데없이 유능한 새끼."

"저도 압니다. 너무 잘나서 피곤하네요."

"……."

칸타레스가 잠깐 침묵하는 사이, 슬그머니 다가온 제레온이 책상 위에 무언가를 공손히 올려놓았다.

전표였다.

결국 칸타레스는 한숨을 푹푹 내쉬며 전표를 고스란히 아렌트에게 넘겨주었다.

"악착같은 놈."

"계산은 철저한 게 좋죠."

전표를 갈무리하는 낯짝이 진심으로 만족스러워 보였다.

여기저기 붙은 반창고와 붕대가 옥에 티긴 하지만.

칸타레스가 피식 웃음을 터뜨렸다.

진리를 발견한다는 것은 〈185〉

"어린놈이 왜 이렇게까지 돈을 좋아해? 반역 자금이라도 모으냐?"

"이야, 어쩐 일로 눈치 빠르시네요. 조만간이니까 기대하세요."

당장 체포당해도 할 말 없을 소리를 농담이랍시고 지껄이는 두 사람을 보며, 제레온은 그냥 모든 것을 다 내려놓은 미소를 지을 뿐이었다.

"어쨌든, 이번에도 연무장 좀 빌려주세요. 렉시온 님이 좀 쓰신다니까. 귀찮으니 그냥 레어에 다녀오라고 했는데, 지금 같은 상황에서 자리 비우고 싶지 않으시답니다."

짧은 헛소리의 끝, 아렌트가 화제를 돌렸다.

"아주 맡겨 놓은 것처럼 구는군. ……알겠다. 원래 드나드는 사람도 없긴 하지만, 출입을 통제해 두지."

칸타레스가 턱을 괴며 투덜거렸다.

"라이오스 단장이 도착하기 전에 포로들을 수용할 공간도 마련해야겠군."

"그쪽은 신경 안 쓰셔도 됩니다. 이미 슈타들러 백작님이 준비 중이실 테니까요. 황궁에서 간단한 절차만 거친 다음 그쪽으로 옮길 예정입니다."

잠깐 뜸을 들이던 아렌트가 덧붙였다.

"……위험할지도 모른다며 단장님이 말리셨는데, 귀한 실험체들을 멀리 두고 싶지 않으시다고 고집을 부리시더라고요."

"……."

황태자의 표정이 떨떠름해졌다.

체르니온의 신관이고 뭐고, 슈타들러 백작에게는 모두 실험체로밖에 보이지 않는 모양이었다.

"뭐어, 일단은……. 그래. 알겠어. 예산은 아끼지 말고 사용해도 된다고 전해야겠군."

"당분간은 제가 실험실에 머물 예정입니다. 혹시 탈출 사태가 벌어졌을 때 대응하기도 그편이 나을 테고. 결국 아티팩트를 무력화시키는 연구가 될 테니……."

아렌트는 장갑을 낀 제 손을 황태자에게 들어 보였다.

"저도 실험에 참여하는 편이 나을 테니까요. 아티팩트를 사용하는 데에 제일 익숙한 사람이 저니까."

"마음대로 해. 어차피 내 허락은 필요 없잖아."

의자에 등을 툭 기대며 칸타레스가 언짢게 말하자 아렌트가 뻔뻔하게 어깨를 으쓱했다.

"당연하죠. 통보입니다. 포로들을 백작님께 양도해야 하니 관련 서류나 준비해 주세요."

"알았다, 이 망할 녀석아. 그리고 루카인 왕국의 유적 건은?"

"보고 받으신 그대롭니다. 르웰린 녀석이랑 라이오스 단장님한테 들으십쇼."

"끄응."

아렌트가 딱 잘라 대꾸하는 말에 칸타레스는 골치 아프

다는 듯 머리를 긁적였다.

이미 대략적인 사정은 전해 들은 상황이었다.

성녀가 나타났고, 아렌트가 그녀와 접촉했으며 관련된 사항은 직접 언급할 수 없게 되었다는 것까지.

'도대체 저 녀석은······.'

칸타레스는 슬쩍 아렌트의 눈치를 살폈다.

하지만 늘 그랬듯, 반질반질한 낯짝에서는 조금의 긴장감도 찾아볼 수 없었다.

'눈 하나 깜짝하지 않는군.'

적의 수장과 단독으로 접촉한 일마저도 마치 별일 아니라는 것처럼.

결국 칸타레스는 아렌트의 표정을 읽는 것을 포기해 버렸다.

"연구소로 출발하는 건 언제지?"

"오늘 오후요. 제가 담당해서 호송할 예정입니다. 렉시온 님은 당분간 황궁에 머무시다가, 어느 정도 회복하시는 대로 연구실 쪽에 합류하실 예정이고."

"상당히 서두르는군. 참고하지. 그나저나······."

칸타레스가 의아하게 물었다.

"어쩐 일로 순순히 자리를 비우는 거냐? 원래 이런 바쁜 시기에는 아득바득 일을 물고 있는 게 너잖아."

그를 노골적으로 편애하는 슈타들러 백작이 힘든 일을 시킬 것 같지도 않았다.

연구에 눈이 돌아버린 상태라면 또 모르겠지만.

아렌트가 어깨를 으쓱였다.

"강제로 유배지에 처박히는 것보다 스스로 꺼지는 편이 나을 것 같아서요."

"뭐?"

모호한 대답에 칸타레스가 살짝 인상을 찌푸렸다. 그러자 아렌트가 심히 내키지 않는다는 얼굴로 말했다.

"단장님이 절 어디 시골 별장에 처박아 버리려고 이를 박박 갈고 있어서요. 그 전에 알아서 튀려고요."

"……알 만하군."

칸타레스가 단박에 납득했다.

이쯤 되면 라이오스의 인내심도 슬슬 한계에 달했을 테니까.

"라이오스 단장도……. 그 성격에 지금껏 참은 게 용하지."

"그리고 당분간 제 얼굴 보기 껄끄러워할 인간도 한 명 있어서. 당분간 빠져 있을 생각입니다."

뒤이어진 뜻밖의 말에 칸타레스가 눈썹을 찌푸렸다.

"뭐? 누구?"

"한 명 있어요. 아마 낯짝만 봐도 아실걸요. 수심이 가득해서."

아렌트가 심드렁하게 대꾸했다.

이동하는 내내 리히트는 아렌트에게 한 마디도 걸지 않

앉다.

어느 정도 생각을 정리한 것 같긴 했지만, 그렇다고 해서 완전히 마음을 가라앉히지는 못한 듯했다.

아마 당분간 시간이 더 필요할 테지.

마음이 또 언제 바뀔지도 모를 일이니까.

"무슨 일인지는 모르겠다만……."

칸타레스가 고개를 모로 기울였다.

"그렇다고 네가 먼저 자리를 피한다는 것도 상당히 의외인데. 상대방이 질려 나가떨어질 때까지 놀리는 게 네 취향 아니었나?"

"무서워서 피하나요. 더러워서 피하지."

주머니에 손을 푹 찔러 넣은 아렌트가 심드렁히 대꾸했다.

"그리고 이래저래 성가셔지는 것도 딱 질색이라서요. 그러니 튀는 겁니다."

괜히 얼쩡거리다가 붙잡혀서 이것저것 취조당하느니, 잽싸게 몸을 빼는 편이 나을 터였다.

알 수 없다는 표정을 짓던 칸타레스가 이내 손을 휘휘 내저었다.

"알겠으니 나가봐. 연무장은 곧 정리해 주도록 하지. 렉시온 님께 그리 전해."

"넵. 알겠습니다."

"서류도 곧 준비해 줄 테니, 그때까지 생활관에서 대기해. 꼴을 보아하니 바로 몇 시간 뒤에 출발할 것 같은데 그 전에 준비해야지."

"말씀 안 하셔도 그럴 겁니다. 그럼."

건방지게 고개만 한번 까딱거린 아렌트는 제레온에게도 가볍게 묵례한 뒤 집무실에서 빠져나갈 버렸다.

쿵.

매정하게 닫히는 문을 보며 제레온이 웃음을 흘렸다.

"오랜만에 뵈어도 여전하시네요, 아렌트 경은."

"저걸 한결같아서 좋다고 해야 할지."

서류를 뒤적이며 칸타레스가 투덜거렸다.

"시종일관 저딴 식으로 구니 오히려 친근하게 느껴지는군."

"하하. 저는 잠시 연무장을 정비하러 다녀오겠습니다."

동감의 의미로 웃음을 터뜨린 제레온이 고개를 꾸벅 숙이고 자리를 떴다.

혼자 남은 칸타레스 역시 손을 바쁘게 움직이기 시작했다.

* * *

아렌트는 다시 떠날 준비를 하기 위해 생활관으로 돌아갔다.

자신의 방문을 연 순간, 뜻밖의 광경과 마주친 아렌트

는 잠깐 그대로 멍하니 서서 눈을 깜빡였다.

"……이게 다 뭐야?"

종종 기사들이 인간미 없다고 투덜거릴 정도로 말끔한 방이었다.

원래 방을 채우고 있던 쓸데없는 사치품들은 팔아 치워 버린 지 오래니까.

그러나 오늘은 처음 보는 물건들이 삭막한 방 한편을 가득 차지하고 있었다.

"……"

살며시 방문을 닫은 아렌트는 테이블 주변에 쌓인 낯선 물건들을 향해 조심스럽게 다가갔다.

가장 위에 있는 것은 칸 연합에서 보낸 찻잎 꾸러미였다. 포장 위에는 아르크스가 덧붙여 둔 쪽지가 붙어 있었다.

-에버란 왕국을 통해 새로 수입한 차의 견본품이다. 시험 삼아 보내니 시음하고 연락 주면 좋겠군.

사업차라는 핑계를 대고 은근슬쩍 안부를 묻고 싶은 눈치였다.

"어림도 없지."

자연스럽게 쪽지를 바닥에 던져버린 아렌트는 그 아래에 깔려 있던 것들을 확인했다.

노이만 상단에서 보낸 약재들과 간식거리들이 정갈하게 놓여 있었다.

"이 아저씨도 오지랖이 상당하단 말이지……. 아니면

이번 거래에서 재미 좀 보신 건가."

겹겹이 쌓인 물건들 제일 위에는, 온갖 고급품과는 달리 비교적 조촐한 포장에 감싸인 꾸러미가 하나 놓여 있었다.

어쩐지 누구의 작품인지 알 것 같았다.

아렌트는 묵묵히 그것을 열어보았다.

잠시 후.

"어이가 없네."

자연스럽게 헛웃음이 터져 나왔다.

꾸러미 속에서 번화가의 잡화점에서나 팔 법한, 허술하기 짝이 없는 손수건이 모습을 드러낸 탓이었다.

동봉된 쪽지에는 확연히 알아볼 수 있는 시튼의 글씨로 꼬맹이 시종 세 사람의 이름이 차례대로 쓰여 있었다.

귀족들끼리 서류나 선물을 주고받을 때 으레 그러듯, 서명을 남기고 싶었던 눈치였다.

"꼬맹이들이 어른 흉내 내기는."

황실 기사단 소속이나 되는 사람이 쓰기에는 상당히 조잡했지만, 시종들이 돈을 모아서 살 수 있는 가장 좋은 물건이었을 것이다.

아렌트는 손수건을 바로 제복 주머니에 갈무리했다.

마침 얼마 전 렉시온에게 건네줬다가 돌려받지 못한 손수건의 자리가 비어 있던 참이었다.

'남은 것들은 시종 녀석들한테 정리해 두라고 하면 되

겠지.'

그는 다시 외출 준비를 시작했다.

연구실로 출발하기 전에 잠깐 들를 곳이 있었다.

* * *

노이만 상단의 본단에 들렀다가 나온 아렌트는 다음 행선지를 앞에 두고서 한동안 미적거렸다.

이미 방문하겠다고 연락을 넣은 터라 무르기도 힘들었지만, 그래도 영 꺼림칙한 마음이 드는 건 어쩔 수 없었다.

"……에이 씨."

하지만 갈등도 잠시, 아렌트는 내키지 않은 걸음을 옮겨 대신전으로 향했다.

이른 오후라 그런지 신전은 일반 신도들과 신관들로 평소보다 더욱 붐볐다.

보수 공사를 말끔히 끝낸 대신전에서는 그날 벌어졌던 전투의 흔적은 전혀 찾아볼 수 없었다.

'그 뒤로 기부금이 엄청나게 쏟아졌댔나.'

덕분에 전투 때문에 금이 가고 부서진 신상은 물론 낡은 시설물까지 교체할 수 있었다고 했다.

그러니 기억 속 모습보다도 한결 더 말끔해진 게 딱히 이상한 일은 아니었다.

자신을 향해 쏟아지는 신도들과 신관들의 시선을 익숙

하게 받아들이며 아렌트는 일부러 더욱 느긋하게 걸음을 옮겼다.

'효과 확실하네.'

병석에서 일어난 뒤 승전 연회에서 벌인 단막극이 입소문을 제대로 탄 듯했다.

루체 신의 은혜를 입어 죽을 고비에서 살아난 녀석이 그 직후에 귀족들이 모인 자리에서 신을 욕해 댔으니, 루체 신을 믿는 대부분의 사람들이 그를 꺼림칙하게 여기기 시작한 거였다.

은혜도 모르고 배은망덕하게 구는 탕아를 보는 시선들이 제법 흡족했다.

역시 더러워서 피해 다닐 만한 놈이 되는 건 무엇보다도 쉬운 일이다.

"아렌트 경, 오셨습니까? 방문하신다는 연락에 그렇잖아도 기다리고 있었습니다."

물론 눈치 없는 한 사람, 벤노 신관만은 해맑게 웃으며 그를 향해 후다닥 다가왔다.

"대신관님께서 잠시 시간을 내주실 수 있으시냐 청하셨습니다."

"대신관님이요?"

뜻밖의 말에 아렌트가 눈썹을 휘었다.

"대신관님과 면담 신청은 하지 않았습니다만……. 오늘은 그냥 서고에서 자료만 몇 권 빌려 갈 거라 말씀드렸

진리를 발견한다는 것은 〈195〉

는데요."

"예. 하지만 대신관님께서 아렌트 경의 근황이 궁금하다 하시더군요. 다과를 준비했으니, 바쁘시더라도 잠시만 시간을 내주실 수 없으시겠느냐고 여쭈셨습니다.

아렌트는 고개를 삐딱하게 끄덕였다.

"뭐어. 대신관님이 청하신다는데 가야죠."

건방지기 짝이 없는 몸짓에도 불구하고 벤노는 아랑곳하지 않고 환하게 웃었다.

"그렇다면 바로 모시겠습니다. 따라오시죠."

"……."

질색하는 시선도 힐난도 다 반가웠지만, 오히려 이런 류의 대책 없는 호의는 다소 불편했다.

하지만 아렌트는 굳이 내색하지 않고 벤노 신관을 따라 터덜터덜 걸음을 옮겼다.

커다란 응접실에는 이미 루미엘 대신관이 먼저 와서 기다리고 있었다.

"대신관님, 아렌트 경을 모시고 왔습니다."

"고마워요, 벤노 신관. 그리고 어서 와요. 오랜만에 뵙는군요."

루미엘은 언제나처럼 상냥하게 미소 지으며 그를 맞이해 주었다.

고개를 꾸벅 숙인 벤노가 자리를 비운 뒤, 아렌트는 루미엘의 맞은편에 앉았다.

"바쁘신 분이 어쩐 일이세요? 귀찮게 해드리기 싫어서 일부러 조용히 다녀가려고 했는데."

"저보다 바쁘신 분이 아렌트 경이시지 않나요? 요즘 통 얼굴을 뵐 수가 없어서, 일부러 청했습니다."

루미엘이 다정하게 웃었다.

"마지막으로 뵈었을 때는 병색이 짙으셨을 때니, 내심 늙은이 마음에 걱정되기도 했고요. 하지만 이제는 괜찮아 보이시군요. 다행입니다."

대신관의 자리에 오른 지 제법 되었지만, 그녀는 여전히 신관 시절과 그다지 변함없는 모습이었다.

"걱정하지 않으셔도, 보시다시피 멀쩡합니다."

"그런 것치곤 또 상처가 는 것 같지만……. 아렌트 경의 일이 그것이니 어쩔 수 없겠지요."

아렌트가 보란 듯이 어깨를 으쓱하자 루미엘이 쓰게 미소 지었다.

"전에 부탁하신 것은 제가 잘 보관하고 있답니다. 아직 돌려드릴 때가 오지는 않은 듯하군요."

"막상 그렇게 찾아댄 것치곤 물건 주인이 딱히 되찾을 생각이 없는 것 같아서요."

약점 삼을 생각으로 렉시온의 책을 대신전에 맡겨 뒀지만, 정작 그는 별로 관심을 가지지 않는 것 같았다.

'어디에 있는지만 알면 된다는 건가.'

아니면 어차피 아무도 읽지 못한다는 걸 알기 때문인

지, 수면기에서 깨자마자 온 대륙을 뒤질 정도로 찾아 헤맨 것치곤 제법 초연한 태도였다.

"그렇게 됐으니 대신관님만 괜찮으시다면 당분간 좀 더 맡아 주세요."

"그럼요. 암호도 잊지 않았답니다."

장난스럽게 미소 짓는 노인을 마주 보며, 아렌트 역시 씨익 웃었다.

"그건 꼭 본인을 데려다가 읊게 할 테니, 절대로 잊어버리시면 안 됩니다."

"그 날이 기대되는걸요. 귀하신 분이니 저도 언젠가 꼭 만나 뵙고 싶답니다."

그 낯이 제법 마음에 들었는지 루미엘의 표정이 더욱 환해졌다.

하지만 아렌트는 곧이곧대로 고개를 끄덕일 수 없었다.

렉시온은 분명 대신관과 마주하기를 꺼려 할 테니까.

'……이곳은 루체의 소굴이지.'

그리고 자신이 마주한 사람은 루체의 사랑을 받는 대신관이고.

가장 중요한 것은, 그녀가 대신관이 되도록 등을 떠민 사람이 바로 자신이라는 점이었다.

'루체 신과 루미엘 대신관을 분리해서 볼 수 있나.'

적어도 이제는 불가능한 일이었다.

그의 속을 아는지 모르는지, 루미엘이 눈웃음을 지으며

말했다.

"이리 얼굴을 뵈니 그래도 안심이 되는군요. 종종 황궁을 통해 소식을 전해 듣습니다만, 아무래도 전과 마찬가지로 위험한 일에 많이 발을 들이시는 듯해서요."

"아까 대신관님이 말씀하신 대로, 그게 제 일이니까요."

이런저런 잡념을 꽉 눌러 담고, 아렌트는 일부러 더욱 뚱하니 말했다.

대신관의 눈동자에 비치는 자신의 모습을 의식한 거였다.

자세는 약간 비스듬하게, 그러나 너무 흐트러지지는 않게.

"녹봉 받는 것도 쉬운 일이 아닙니다. 그러니 구르는 수밖에요."

약간의 건방짐과 치기, 거기에 농담기와 너스레까지 담아내면 모두가 아는 아렌트 폰 에크하르트의 가면을 좀 더 견고히 뒤집어쓸 수 있다.

"재미있는 농담을 하시는군요, 아렌트 경. 이미 평생 녹봉 같은 것에 매달리지 않아도 괜찮을 정도의 부를 쌓으셨지 않나요?"

"물론 그렇지만, 이제는 졸부 생활 즐기려다간 목 날아가기 십상이라서요. 대신관님도 잘 아시잖아요."

아렌트가 어깨를 으쓱했다.

"그렇지요. 그러니 언제나 걱정된답니다."

"……."

하지만 곧 돌아온 대답에 아렌트는 대꾸할 말이 없어지고 말았다.

걱정한다 말하는 목소리에서 은근한 뼈가 느껴졌다.

"……뭐 하고 싶으신 말씀이라도 있으십니까? 잔소리하실 거면 빨리 해 주시죠. 곧 파견지로 떠나야 해서요."

잠깐 뜸을 들이던 아렌트가 한숨을 푹 내쉬었다.

"솔직히 이 자리가 편하지만은 않습니다. 이유는 아시리라 믿습니다. 딱히 후회하거나 양심에 찔리는 건 아닌데, 아무리 그래도 대신관님 앞에서 객기 부릴 정도로 멍청하진 않거든요."

"객기 부리지 않는다고 말씀하시면서, 전혀 숨길 생각도 없으시군요."

"전 안 통할 거짓말은 안 하는 주의거든요. 그런 짓을 해 봤자 시간 낭비일 뿐입니다."

뻔뻔한 말에 루미엘이 가볍게 웃음을 터뜨렸다.

"딱히 아렌트 경을 책망할 생각은 없습니다. 뜻밖의 사고 때문에 거액의 예산을 사용하게 되었지만, 황태자 전하께서 복구에 사용하라며 지원금을 건네주셨답니다. 덕분에 지금은 이전보다도 더욱 멋진 신상이 조각되는 중이지요."

"……어쩐지 신전이 번쩍번쩍하더라니."

역시 루미엘은 호락호락한 사람이 아니었다.

신상을 파괴한 범인이 아렌트라는 것을 확신하면서도 아무렇지도 않은 얼굴로 마주하고 있다는 점에서 더욱 그랬다.

"황태자 전하께서 묵인하고 넘어가신 일을 제가 왈가왈부할 수도 없는 노릇이니까요. 무엇보다……."

루미엘이 차분하게 말을 이었다.

"저는 아렌트 경이 아무 이유 없이 행동할 분이 아니라는 것을 잘 알기 때문이지요."

나이 든 대신관의 입가에 부드러운 곡선이 드리웠다.

"아렌트 경은 언제나 신께 기대지 않았지요. 그러나 예전에는 황실과 신전의 관계를 회복시키려 노력을 아끼지 않으셨지요."

"……."

"그 결과, 테오도르 신관께서 자리에서 물러나게 되셨고요."

그 덕에 현재 황실과 신전은 적극적으로 협력하고 있었다.

이 역시 테오도르 대신관을 끌어내리며 아렌트가 시나리오를 바꿔 버린 결과였다.

"그때까지만 하더라도 아렌트 경은 신전을, 아니. 정확히는 루체 님을 아군이라 여기신 듯합니다. 그러나……. 지금은 생각이 바뀌셨지요?"

"……."

견습 기사는 부정하지 않았다.

침묵에서 긍정의 답을 읽어 낸 대신관은 서글픈 미소를 띠었다.

"그러니 이제는 사적으로 만남을 가지는 것도 힘들 듯하여. 바쁘신 분께 일부러 이리 자리를 만든 거랍니다."

그녀는 지금껏 아렌트와 유지해 오던 말 못 할 동맹 관계에 끝을 선언하고 있었다.

"오늘 대신전을 찾으신 건, 성전을 대여하기 위함이라고 하셨지요. 특히 루체 님을 모시는 천사들과 다른 신들에 관한 이야기가 담긴 성전을 청하셨다고 들었습니다."

"……."

"그 대부분은 젊은 시절, 제가 엮은 것들이랍니다. 천천히 돌려주셔도 괜찮으니, 부디 필요하신 곳에 사용하시길 바랍니다."

그렇게 말하는 대신관은 여전히 흔들림 없었다. 눈빛 역시 마치 어린 손자를 보는 것처럼 다정했다.

"아렌트 경. 진리를 원하시나요?"

그녀의 질문에 아렌트는 다소 건조하게 대답했다.

"네. 그리고 그 진리를 이용해서……."

황금색 시선을 든 아렌트가 루미엘 대신관을 똑바로 바라보았다.

"언젠가는 위선적이기 짝이 없는 신의 얼굴에 먹칠을 해 줄 생각입니다."

"그렇군요."

루미엘은 놀란 기색도 없이 천천히 고개를 끄덕였다.

"……진리를 탐구한다는 것은 분명 멋진 일일 겁니다."

응접실에 잠깐 침묵이 감돈 뒤, 루미엘이 다시 입을 열었다.

"저 역시 한때 그것에 심취한 적이 있었답니다. 젊음의 열기와 불안감에 들떠, 잠자리에도 들지 못할 지경이었지요."

마치 꿈을 더듬는듯한 어조였다.

"그리고 저는 루체 님의 품에 안주하는 것으로 답을 찾았답니다."

"……그것이 정답이었습니까?"

"글쎄요. 그건 알 수 없군요. 세상에는 정답이랄 것이 없으니까요."

루미엘이 부드럽게, 하지만 단호하게 대답했다.

"하지만 적어도 저에게는 안식이자 정답이었습니다. 다른 많은 이들에게도 그러했듯이요. 하지만 아렌트 경에게는 또 다른 세상이 보이는 모양입니다."

그녀가 또박또박 말을 이었다.

"최전선에서 악신교와 대적하는 여러분들을 위해서, 저는 지원을 아끼지 않을 것입니다. 동시에 저는 루체 님의 정의 속에서, 그분을 따르는 이들 역시 지켜내야 할 의무가 있습니다."

그것이 대신관으로서 그녀가 진 책임이었다.

"그러니 아렌트 경은 망설이지 말고 경의 길을 걸으세요. 저는 저의 뜻을 관철하겠습니다."

가만히 듣기만 하던 아렌트가 쓴 미소를 지었다.

"그리 말씀하실 거라 생각했습니다. 대신관님이라면요."

"맡기신 물건은 찾으러 오실 때까지 잘 보관해 두겠습니다. 이것을 빌미로 언젠가는 또 한 번 아렌트 경과 담소를 나눌 수 있을 테니까요."

끝을 말하면서도 아렌트를 응시하는 시선에는 애정이 가득했다.

"그리고 모든 것이 다 정리된 날이 온다면……. 이 분쟁이 종식되는 날이 언제가 될지는 모르겠지만, 그리고 어떤 형태로 찾아올지도 알 수 없지만."

대화를 나누는 이 시간이 끝나가는 게 못내 아쉽다는 듯, 루미엘이 느릿느릿 말했다.

"어느 볕 좋은 날을 골라, 아렌트 경과 느긋하게 산책이라도 즐기고 싶습니다."

그 말이 진심임을, 아렌트는 누구보다도 잘 알았다.

하지만 그는 대답하는 대신 침묵을 지켰다.

이 시나리오의 결말이 어떤 식으로 찾아올지, 노인의 작은 소망을 들어줄 수 있을지…….

지금의 자신으로서는 미처 확신할 수 없었던 탓이었다.

* * *

언제나 그랬듯, 슈타들러 백작은 수면 부족으로 인해 시뻘게진 눈으로 그를 맞이해 주었다.

"오랜만에 뵙습니다, 아렌트 경. 기다리고 있었습니다."

"늘 그렇듯 좋아 보이시네요, 백작님."

아렌트는 고개만 간단히 까닥이는 것으로 인사를 건넸다.

그의 뒤에는 함께 온 아서와 잠든 죄인들을 호송하는 마차들, 그리고 삼엄하게 경계를 선 병사들이 줄지어 늘어서 있었다.

"병사들이 당분간 이 주변을 지킬 예정입니다. 만에 하나 탈주범이 생길지도 모르니까요. 렉시온 님이 합류하신 다음에 철수할 겁니다. 아서 선배는 당분간 같이 머물 거고요."

"신세 좀 지겠습니다, 백작님."

아서가 고개를 꾸벅 숙였다. 그러자 단박에 아렌트의 표정이 뚱해졌다.

"원래는 혼자 올 계획이었는데 말이죠."

내심 누구 한 명이 동행하길 바라던 라이오스와 어떻게든 따라붙으려 고집을 부린 아서가 결국 아렌트의 뜻을 꺾은 거였다.

백작이 너털웃음을 터뜨렸다.

"손님은 많을수록 좋은 법이지요. 준비는 모두 다 해 두었으니 따라오십시오. 안내해 드리겠습니다."

죄인들은 백작이 미리 마련해 둔 격리실에 옮겨졌다.

천장 곳곳에 마정석을 설치해 격리실 전체에 수면 마법을 시전할 수 있도록 해 둔 공간이었다.

"연구원들이 번갈아 가면서 마법을 시전할 겁니다. 그리고 수면초 향로도 계속해서 피워 둘 테니, 만에 하나 깨어나더라도 쉽게 도망치지는 못할 겁니다."

포박된 포로들이 옮겨지는 것을 지켜보며 슈타들러 백작이 친절히 설명해 주었다.

"그리고 아사하지 않도록 잠깐씩 마법을 거두고 유동식을 강급할 겁니다. 유동식에도 수면초를 다량 함유하게 했으니 걱정하지 않으셔도 됩니다. 그리고 요주의 인물은 따로 감금할 공간을 만들어 두었습니다."

그 요주의 인물이란 바로 아인을 뜻하는 거였다.

마침 잠든 채로 마차 밖으로 끌어내진 아이이 단단한 금속으로 벽이 세워진 방 안으로 옮겨지는 게 보였다.

"아렌트 경께 연락을 받자마자 설계해서 시공까지 마쳤습니다. 어지간해서는 탈출할 수 없을 겁니다."

"그래 보이네요."

진심으로 뿌듯해 보이는 백작에게, 아서가 조금 질린 얼굴로 고개를 끄덕였다.

아무래도 황궁이 아니라 이쪽으로 우선 호송하는 것이

옳았던 듯했다.

 황궁의 마법사들이 아무리 매달려 봤자 이만한 시설은 만들지 못했을 테니까.

 '비인간적이다⋯⋯. 라고 말하면 안 되겠지.'

 아서는 속으로 말을 꿀꺽 삼켰다.

 아무래도 백작은 저들을 사람으로 보지 않는 것 같았다.

 이 정도로까지 방비가 철저한 수용소는 약간 맞이 간 슈타들러 백작이나 고안할 만한 거였다.

 "새삼스럽지만, 백작님이 아군이라 다행스럽습니다."

 "하하. 과찬이십니다."

 아서의 말에 백작이 쑥스럽게 웃자, 아렌트가 심드렁하게 덧붙였다.

 "아무래도 칭찬은 아닌 것 같은데요. 그래도 이 정도면 안심할 수 있겠네요."

 "물론입니다. 하지만 실험 준비에는 아직 며칠 걸릴 듯하니, 그때까지는 두 분 다 편히 휴식을 취하시지요. 오랜 파견으로 많이 지치셨지요?"

 그러거나 말거나 백작은 시종일관 싱글벙글할 뿐이었다.

 "시장하시지는 않습니까? 식사를 준비했으니 이곳이 정리되는 대로 그쪽으로 가시지요. 부디 머무시는 동안 불편함이 없으시길 바랍니다."

 슈타들러 백작이 호언장담한 대로, 그는 아서와 아렌트

진리를 발견한다는 것은 〈207〉

를 위해서 전용으로 사용할 수 있는 방까지 따로 마련해 주었다.

포로 양도를 마친 두 사람은 호화로운 식사 대접까지 받고 자신들을 위해 준비된 방으로 돌아갈 수 있었다.

사용인의 안내를 받으며 숙소로 향하는 길, 아서가 슬쩍 물었다.

"요즘은 좀 잘 자냐?"

"보시다시피."

아렌트가 심드렁하게 대답했다. 그 대답에 아서는 약간 안도한 눈치였지만, 그럼에도 궁금증을 숨기지 못했다.

"갑자기 괜찮아졌다니, 뭐 이유라도 있냐?"

"선배가 알아서 뭐하게요?"

"……싸가지 없는 새끼."

아서가 욕을 지껄이던 말던, 아렌트는 그에게 시선도 주지 않았다.

네레이스가 진주를 넘겨준 뒤부터 악몽에 시달리는 빈도가 확연히 줄어들었다.

확실히 네레이스는 그를 돕고 싶어 하는 눈치였다.

'아직 이유는 잘 모르겠지만.'

이쯤 되면 네레이스의 목적이 궁금했다.

'약속을 어기고 신들을 배신한 루체에게 복수라도 하고 싶은 건가.'

아니면 패배하고 자존심이 상해 눈이 돌아버린 체르니

온을 저지하고 싶은 걸까.

그런 생각을 하는 사이, 어느새 두 사람은 방 앞에 다다라 있었다.

"왼쪽 방을 아렌트 경이, 오른쪽 방은 아서 경이 사용하시면 됩니다. 가져오신 짐도 모두 옮겨 뒀으니, 편하게 머무십시오."

허리를 숙여 공손히 인사한 사용인이 물러났다. 아서는 자신의 방으로 들어가기 전 아렌트에게 말했다.

"어디 나가기 전엔 꼭 나한테 말해. 선배 명령이야."

"안 들립니다. 뭐라는 건지 하나도 모르겠네."

하지만 아렌트는 귀를 틀어막는 시늉을 하며 먼저 방 안으로 들어가 버렸다.

쾅.

문이 닫히고, 복도에 혼자 남겨진 아서가 주먹을 꾹 말아 쥐었다.

"……개새끼."

* * *

아무래도 백작이 작정하고 꾸몄는지, 급히 마련한 것치고는 방이 제법 호화로웠다. 어떻게든 두 사람이 편히 머물 수 있도록 제법 심혈을 기울인 모양이었다.

"요즘 왜 이렇게 잔소리꾼이 많아?"

드디어 혼자 남은 아렌트는 겉옷을 벗어 의자 위에 아무렇게나 던져 버렸다.

그리고는 책상에 가득 쌓인 서류들 쪽으로 다가갔다.

대신전에서 빌려 온 문헌들, 그리고 노이만 정보상에서 끌어모은 것들과 르웰린이 작성한 유적 탐사 보고서들이었다.

의자에 털썩 주저앉은 아렌트는 곧장 서류를 살펴보는 대신, 의자에 등을 푹 파묻으며 몸을 길게 늘어뜨렸다.

천장에 매달려 반짝이는 샹들리에가 눈에 들어왔다.

"진리라……."

문득 출발하기 전 대신관이 조용히 읊조린 말이 떠올랐다.

진실이 뭐가 됐든, 루미엘 대신관은 루체를 지키는 쪽을 선택할 것이다.

결국 그녀에게 칼을 겨누는 꼴이 될지도 모르지만, 아렌트는 그녀의 뜻을 꺾거나 설득할 생각은 전혀 없었다.

루미엘이 아렌트의 길을 존중했듯, 아렌트에게도 그녀의 길을 막을 자격 따위는 없으니까.

그녀가 주인공인 무대 위에서 보내온 시간들은 존중받아 마땅했다.

'대단한 사람이지.'

신에게 대적한다 한들, 루미엘은 아렌트를 한 사람의 청년으로서 볼 것이다.

'본인의 선택이 어떤 결과를 가져온대도…….'

그녀는 결코 후회하거나 원망하지도 않을 것이다.

만에 하나 적대하게 되더라도, 루미엘은 아렌트를 배신자라 비난하지 않을 터였다.

단지 자신의 자리를 굳건히 지키며, 루체의 수호자로서 제 역할을 다할 뿐이지.

언젠가 루미엘 대신관은 가장 큰 벽으로서 아렌트의 앞을 가로막을 것이다.

상념에 빠진 아렌트는 주머니에서 진주알을 꺼냈다.

세월 때문에 살짝 색이 변한 진주가 빛을 받아 희게 반짝였다.

"……."

루체의 독재 때문에 신들은 쇠퇴했다.

그리고 체르니온은 추한 모습을 가지게 되었다.

하지만 네레이스는 신앙을 잃은 와중에도 꿋꿋하게 살아남았다.

게다가 체르니온과 비교했을 때 외양도 온전히 남아 있었다.

'힘은 거의 못 쓰는 것 같지만.'

두 신의 시선에서 약간 숨통을 틀 수 있도록 도와주는 것 정도가 네레이스의 한계인 듯했다.

세상을 마음대로 조각냈다가 뒤집어엎을 수 있는 루체와 체르니온에 비해서는 미약하기만 한 권위였다.

'홀로 남은 건 네레이스의 의지인가.'

다른 신들이 하나둘씩 사라지는 와중에도, 네레이스는 어떻게든 고집스럽게 버텨 낸 것이다.

엘프 왕국에 남은 작은 신전과 지하에 파묻혀 있던 신상에 의지해 필사적으로 자신을 지켜 냈을 테지.

아렌트는 손가락으로 몇 번 진주를 굴려 보다 다시 품 안에 갈무리했다.

자세를 고쳐 앉은 아렌트는 의자를 끌어당겨 책상 앞에 앉았다.

그리고는 서류 더미 속에서 르웰린이 보내 준 루카인 왕궁의 지하 유적 도면을 책상 위에 활짝 펼쳤다.

지금은 상념에 빠질 때가 아니었다.

'다른 신들이 소멸했다면……'

분명 루체에게 유효타를 먹일 방법 역시 존재할 것이다.

독 오른 뱀 같은 체르니온의 세력을 완전히 뿌리 뽑는 것과 동시에, 위선적인 루체의 손바닥 위에서 이 세상을 독립시킬 방법이.

"없으면 만들어 내기라도 해야지."

무심코 혼잣말이 흘러나왔다.

비록 자신이 하려는 게 하늘에서 태양을 끌어내리는 것과 다를 바 없는 미친 짓이었지만, 물러설 생각은 없었다.

손안에 있는 것을 모두 이용해서, 이 무대의 종막은 반드시 희극으로 끝낼 작정이었다.

도면을 내려다보는 아렌트의 눈이 서늘하게 가라앉았다.

장갑 아래에 드러난 흉터를 습관적으로 긁적이는 손이 점점 날을 세우기 시작했다.

'비록 나 자신을 태워 버리는 한이 있더라도.'

조잡한 날개를 달고서 태양에 지나치게 가까이 다가간다면, 결국 열기를 견디지 못해 추락할 수밖에 없다.

'아렌트 폰 에크하르트도, 이수현도 이미 퇴장했어야 할 존재지.'

마지막에는 조악한 날개와 같은 배신자의 이름을 끌어안고……

박살 난 조명과 함께. 무대 아래의 어둠 속으로 추락하는 것도 그리 나쁘지만은 않을 것이다.

꾸욱.

상처가 터진 화상 흉터 자리에서 핏방울이 맺히기 시작했다.

* * *

해 질 녘, 리에타는 홀로 정원의 벤치에 멍하니 앉아 있었다.

벌써 몇 시간째인지도 알 수 없었다. 해가 저물어가는 하늘을 보며 찬 공기를 맞고 있자니, 머리가 텅 비는 것 같았다.

'……이러면 안 될 것 같은데.'

리에타는 막연히 생각했다. 하지만 아무런 생각도 할 수 없었다.

뭔가를 떠올리려 하면 곧장 절망감에 집어삼켜질 것 같은 직감이 든 탓이었다.

르웰린 왕자가 눈을 가린 바람에 아무것도 보지 못했지만, 어머니가 화살에 맞는 순간 느낀 피비린내가 아직도 생생했다.

'빅토르 오라버니는 우리를 원망하실까.'

노을 진 하늘을 보며 리에타는 수도 없이 떠올렸던 질문을 허공에 던졌다.

하지만 언제나 그랬듯 답을 얻을 수는 없었다.

빅토르가 그럴 사람이 아니라는 것은 자신이 가장 잘 알았다. 그럼에도 이리 자문할 수밖에 없는 까닭은, 차라리 미움받는 쪽이 나을 것 같기 때문이었다.

'미워하신다면…….'

나도 미워해야 하나.

거기까지 생각이 미치자 헛웃음이 흘러나왔다.

결국 어머니를 죽게 만든 것은 빅토르였으니까.

하지만 무턱대고 그의 탓을 할 정도로 그녀는 어리석지 않았다. 루이스 역시 마찬가지였고.

결국 모친을 살해한 것은 이 세상이었다.

빅토르나 엘프의 화살 따위가 아니라.

"리에타."

문득 가까이에서 들리는 목소리에 리에타가 고개를 들었다. 어느새 다가온 루이스가 그녀를 걱정스럽게 바라보고 있었다.

"밖에 너무 오래 있었어. 이제는 들어가야지. 감기 걸릴지도 몰라."

"……네에."

리에타가 느릿느릿 고개를 끄덕였다. 애써서 흐린 미소 역시 지어 보였다.

"들어가요, 이제."

루이스는 그 모습에 더욱 속이 쓰려졌다.

차마 어리광을 부리지도, 애도조차도 못하는 동생이 안타까운 탓이었다.

"……그래."

하지만 그런 내색을 한다면 리에타가 더욱 마음 아파할 테니, 루이스는 그저 그녀에게 손을 내밀 뿐이었다.

리에타는 루이스의 손을 붙잡고 자리에서 일어났다.

저녁 공기가 제법 쌀쌀해지고 있었다.

그대로 두 사람은 저택을 향해 걸음을 옮겼다.

아니, 옮기려고 했다.

그 순간, 정원의 수풀 사이에서 바스락 소리가 나지만 않았더라면.

"……?"

두 사람의 시선이 자연스레 소리가 난 곳으로 향했다.

바스락, 바스락.

관상용 수풀이 흔들리고 있었다. 분명히 바람 때문은 아니었다.

"저게 무슨……."

"물러서, 리에타."

루이스는 리에타를 자신의 뒤로 물러서게 했다.

"침입자일까요?"

"그건 아닐 거야. 공작께서 방비를 철저히 하셨다고 하니까."

리에타의 물음에 루이스가 자신 없이 대답했다.

악신교의 중진들은 평범한 사람이 상상도 못 할 만한 능력을 가지고 있다니, 삼엄한 경비를 뚫고 여기까지 침입하는 것도 물론 가능할지도 몰랐다.

"……."

두 사람은 몸을 다소 긴장시킨 채 흔들리는 수풀을 한참 동안이나 관찰했다.

그리고 잠시 후.

"어?"

수풀 틈에서 불쑥 튀어나온 커다란 머리통에, 남매의 입에서 거의 동시에 놀란 목소리가 튀어나왔다.

풀숲 사이에서 커다란 개…… 아니 늑대 한 마리가 머리를 쑥 내밀고 있었다.

어마어마한 덩치에 얼핏 사납게 생긴 외형이었지만, 얼굴에 덕지덕지 붙은 낙엽과 흙먼지 따위 때문인지 그리 위협적으로 보이지는 않았다.

고민하던 것도 순간 잊은 리에타와 루이스는 서로 눈빛을 교환하고, 다시 개를 보았다.

"……."

개는 자신이 무해함을 증명하고 싶기라도 한 듯, 유순한 눈망울로 두 사람을 가만히 올려다보고 있을 뿐이었다.

"위험해 보이지는……. 않는걸요?"

잠깐 망설이던 리에타가 말하자 루이스 역시 맞장구쳤다.

"그러게. 평범한 떠돌이 개 같지도 않은데. 주인을 잃어버리고 여기까지 온 건가?"

그 늑대의 정체는 다름 아닌, 혀를 깨물고 싶은 마음을 꽉꽉 억눌러 가면서도 아렌트의 조언 아닌 조언을 받아들인 워렌이었다.

"이쪽으로 와 볼래? 주방에서 먹을 거라도 얻어다 줄까?"

리에타가 뻗은 작은 손을 바라보는 워렌의 눈에 한순간 강렬한 회의감이 스쳤다.

그러나 순진무구한 왕녀와 왕자가 그 사실을 알 리는 만무했다.

＊　＊　＊

"……성녀가 나타났다고?"

한동안 침묵하던 켄드릭이 끙 앓는 소리를 냈다.

"그렇다면 성녀가 그곳에 나타난 이유도 알 수 없었겠군. 유일하게 그녀와 접촉한 아렌트 경이 입막음을 당했다고 하니."

"그렇습니다. 성녀와의 계약을 파기했다가는 어떤 일이 일어날지 모르니, 아렌트도 조심스럽게 행동하는 듯합니다."

라이오스가 고개를 끄덕이자 다이아나가 복잡한 표정으로 대답했다.

"아렌트 경을 탓할 수는 없겠지……. 성녀가 병력을 물린 것 역시 아렌트 경의 결단 덕분이라고 하니. 전하의 뜻은 어떻게 되십니까?"

"나도 같은 생각이야. 죽었다 깨어나도 손해는 안 볼 녀석이 그런 선택을 했다는 거니까. 다른 방법이 없었다는 거겠지."

어쩐지 황태자의 어조에 뼈가 들어 있는 듯해, 잠깐 침묵하던 라이오스가 조심스럽게 물었다.

"설마 또 그 녀석이……."

"설마가 늘 사람을 잡는 법이지. 이번에도 왕창 뜯어가더군."

팔짱을 낀 황태자가 뚱하니 대답했다. 한참 동안 입을 꾹 다물고 있던 라이오스가 고개를 꾸벅 숙였다.

"송구합니다."

"됐어. 이미 포기했으니까."

해탈한 어조로 칸타레스가 손을 휘휘 내저었다.

정말 한결같은 놈이 아닐 수가 없었다.

라이오스는 눈을 질끈 감으며 쓰린 명치 위에 살며시 손을 올렸고, 다른 두 단장은 어색한 웃음을 흘릴 뿐이었다.

"이야기가 다른 데로 샜군. 내가 궁금한 건 그거야. 좀 극단적인 주제가 될지도 모르겠지만 한 번은 짚고 넘어가야 할 듯해서."

인상을 찌푸린 칸타레스가 다시 화제를 돌렸다.

"성녀는 왜 아렌트를 살려 둔 거지?"

"……."

"라이더 경과 세일럼 님을 단번에 무력화시킬 수 있었더라면, 아렌트를 제거하는 것도 어려운 일이 아니었을 텐데. 뭔가 다른 이유라도 있나?"

세 단장이 동시에 입을 다물었다.

"나라면 입막음을 하거나 귀찮게 거래를 하는 대신, 그놈을 죽이고 유적을 파괴하는 쪽을 선택했을 텐데. 그쪽 교단에 아렌트는 분명 요주의 인물이니, 그렇게 하는 편이 훨씬 이득이지 않나?"

조용해진 회의실에 칸타레스의 개운치 않은 목소리만

이 울려 퍼졌다.

"드래곤이 아렌트를 죽이지 못하는 것과 같은 까닭인가? 아렌트가 루체의 은총을 입어 살아남은 녀석이라? 하지만 성녀라는 자에게도 그런 제약이 걸릴 듯하지는 않은데."

게다가 아렌트는 살아남았다는 사실에 감사하기는커녕, 그 뒤로 더욱 루체 신을 향해 거부감을 드러내기 시작했으니까.

그들의 시선이 자연스럽게 라이오스에게 닿았다.

답을 요구하는 눈빛에 라이오스가 담담하게 말했다.

"저도 알 수 없습니다."

"거짓말이 늘었군, 라이오스 단장."

턱을 괸 칸타레스가 피식 웃음을 터뜨렸지만, 라이오스는 아무런 대답도 하지 않았다.

그를 가만히 응시하던 황태자가 말머리를 돌렸다.

"일단 그 부분은 넘어가지. 지금 중요한 건 그게 아니니까."

라이오스가 감사의 의미로 고개를 가볍게 숙였다. 그 속뜻을 읽어 낸 다이아나 역시 더 캐묻는 대신 다른 화제를 꺼내 들었다.

"실종자 신고가 드디어 치안대 쪽에도 접수되기 시작했습니다. 황궁과 먼 지역, 그리고 귀족들의 영지 관할을 벗어난 지역들이 대부분입니다."

"그렇지 않아도 그것에 대한 논의 역시 하고 싶었어. 칸 연합 측에서 전달해 온 실종자 수치도 점점 늘어나고 있더군."

칸타레스가 고개를 끄덕였다.

칸 연합은 노이만 상단의 정보상으로부터 실종자 신고에 대한 정보를 모아 취합해 꾸준히 칸타레스에게 보고하고 있었다.

"확실해. 루카인 왕국 사태를 전후로 급증했더군."

"지금껏 해 온 방비는 분명히 효과가 있었습니다. 그런데도 갑자기 이렇게 된 데에는 다 이유가 있겠지요."

켄드릭이 팔짱을 끼며 눈썹을 찌푸렸다.

"루카인 왕국의 민심이 갑자기 뒤집어지고, 전 왕비와 귀비까지 넘어간 데에도 까닭이 있을 겁니다."

"왕실에서 활발히 수사를 벌이고 있으나, 현재까지는 딱히 유의미한 결과가 나오지는 않았습니다."

다시 무표정으로 돌아간 라이오스가 보고했다.

"호기심이었다, 대가를 약속받았다……. 대부분 이런 식으로 증언했습니다만, 사실일 확률은 그리 크지 않다고 봅니다."

고작 그런 것만으로 감히 반란을 공모할 정도로 아둔하지는 않을 터였다.

그렇다고 해서 루카인 왕실이 국민들에게 반발을 살 만한 짓을 한 것도 아니었다.

다이아나가 찜찜한 얼굴로 고개를 끄덕였다.

"역시 체르니온 교단 측에서 뭔가 수를 썼다고 보는 게 타당하겠군요."

"어느 정도 짚이는 부분은 있습니다."

한동안 뜸을 들이던 라이오스가 입을 열었다.

"놈들이 새삼 루카인 왕국을 침략한 원인과도 맞물려 있을 거라 생각합니다."

"원인이라면, 지하에 남아 있던 유적 말이군. 아렌트가 파괴해 버렸다는."

턱을 괸 칸타레스가 눈을 찌푸렸다.

"르웰린 왕자와 함께 조사하던 것과 같은 시설일 가능성이 높다고 했지. 그리고 그건……."

자연스럽게 말끝이 흐려졌다.

루체 신의 어두운 면을 드러낼지도 모르는 증거.

어쩌면 과거에는 체르니온과 루체가 동등한 입장이었을지도 모르며, 선악으로 그 둘을 구분하는 것은 의미가 없을지도 모른다는 말이었다.

아렌트는 과거부터 꾸준히 그런 식의 위험한 주장을 해 왔다.

'지금은 그 녀석의 말이 틀리지 않았다는 증거가 하나둘씩 나타나는 중이고.'

황태자는 자연스레 찜찜한 표정을 짓고 말았다.

"……적들이 루체 님을 폄하하는 소문을 퍼뜨리기라도

했나. 아니지, 이건 옳지 않겠군."

쓴 입맛을 삼키며, 칸타레스는 지금껏 꾹꾹 눌러 담아 왔던 말을 밖으로 꺼냈다.

"폐하가 아니라, 이면을 까발렸다고 말하는 편이 낫겠어. 적어도 그놈들 입장에서는 그렇겠지."

"전하?"

다이아나가 다소 놀란 목소리를 냈다.

하지만 칸타레스는 그 말을 철회하지 않았다.

"불경하다는 건 나도 알아. 하지만 그 녀석이 내 눈앞에 들이민 증거들을 조합해 보면 그런 결론이 나올 수밖에 없지."

"……."

회의실 안에 침묵이 가라앉았다.

"다시 말하지만, 나 역시 그대들을 믿기에 이런 소릴 지껄일 수 있는 거야. 어디 가서 함부로 꺼낼 수 있는 말이 아니지. 그리고 이제 와서 이 가설을 부정하기엔……."

혼잣말처럼 읊조리던 황태자가 쓴웃음을 지었다.

"그놈이 지금까지 해 온 게 지나치게 많군. 아니면 그 녀석의 말재주에 넘어가서 내 판단력이 흐려진 건가? 그렇게 느껴진다면 진심으로 충언을 올려 줬으면 좋겠군. 경청할 테니."

"……."

그러나 돌아오는 대답은 없었다. 켄드릭과 다이아나는

복잡한 심경이 드러나는 얼굴로 침묵을 지킬 뿐이었다.

이들 중에서 유일하게 뭔가를 알고 있을 라이오스는 그저 침묵을 지킬 뿐이었다.

한참 뒤, 켄드릭이 천천히 운을 뗐다.

"만약 그것이 사실이라면, 전하께서는 어떤 선택을 하실 작정이십니까?"

"뭐?"

뜻밖의 물음에 칸타레스가 의아하게 물었다.

"진실과 현실은 엄연히 다른 법입니다. 루체 님의 이면이 어떠하든, 지금의 칼리온 제국이 그분의 은혜 아래에 번영한 것이라는 사실은 변치 않으니까요. 그리고 전하께서는 신성제국 칼리온의 유일무이한 후계이십니다."

켄드릭은 젊은 황태자를 바라보며 말을 이었다.

"어떠한 결정을 내리시든 저희는 영원히 칼리온 제국과 폐하, 그리고 전하의 검과 방패일 것입니다. 그러나 전하께서 현재 어떤 위치에 계신지, 그 점은 부디 잊지 않으셨으면 합니다."

"……그렇지."

잠깐 뜸을 들이던 칸타레스가 살며시 인상을 찌푸렸다.

그의 말 한마디는 모든 제국민들의 목숨과도 같은 무게를 지녔다.

누군가와 농담 따먹기를 하다 보니, 종종 그 사실을 망각하곤 하지만.

켄드릭이 쓴 미소를 지었다.

"주제넘은 말씀 죄송합니다. 그저 늙은이의 염려일 뿐이라고 흘려 들으셔도 괜찮습니다. 그러나 지금이 아니라면 충언을 드릴 기회가 없을 듯하여."

"아니. 충분히 이해했다. 그리고 언젠가는 짚고 넘어가야 할 문제이기도 하니까."

칸타레스가 천천히 대답했다.

다이아나 역시 개운치 않은 얼굴로 운을 뗐다.

"루체 님의 저의가 무엇이든, 결국 우리가 그분께 구원받은 입장이라는 건 변치 않습니다. 루체 님의 비호 아래에서 오랫동안 평화를 누리며 번성할 수 있었으니까요."

잠깐 뜸을 들이던 그녀가 덧붙였다.

"지금 당장만 하더라도, 루체 님과 신전 덕분에 목숨을 건진 이가 한둘이 아닐 테니까요."

그만큼 루체를 향한 신앙은 사람들 사이에 깊이 파고들어 있었다.

가난한 자를 돕고 갈 곳 잃은 이를 거두며, 병자들을 돌본다. 지금껏 신관들은 루체의 이름으로 숱한 선행을 펼쳐 왔다.

심지어는 제국의 권세 역시 루체 신과 가장 가깝다는 이유로 얻게 된 것과 마찬가지였다.

'현재의 칼리온 제국과 루체 신은 떼어 낼 수 없는 관계지.'

칸타레스 역시 그 사실을 영광으로 여기는 사람 중 하나였다.

"……결국 난 제국의 안위를 최우선으로 둔 결정을 내려야 한다는 거군. 충언 고맙다."

잠깐 뜸을 들이던 황태자가 천천히 고개를 끄덕였다. 그러나 여전히 켄드릭과 다이아나의 표정은 그리 밝지만은 못했다.

"일단은 눈앞의 적을 처부수는 것이 우선입니다."

그때, 라이오스의 또렷한 음성이 세 사람 사이를 파고들었다.

그들은 자연스레 고개를 들어 영웅을 보았다.

"루카인 왕국의 유적을 마지막으로, 놈들은 과거의 흔적을 모두 지우는 데 성공했습니다. 그리고 방금 제가 말씀드린 가설이 옳다면, 민심 역시 적지 않게 흔들리고 있다는 뜻일 겁니다."

그들의 시선을 덤덤히 받아들이며, 라이오스가 말을 이었다.

"루카인 왕국에서의 내전은 단지 시작에 불과합니다. 적들은 이제 자신들의 신이 겪은 수모를 복수하기 위해……."

섬뜩한 말을 입에 담으면서도, 라이오스는 그저 차분하기만 했다.

"그리고 루체 님 아래에서 살아남은 이들의 후손들을 단죄하기 위해 공세를 펼쳐 올 겁니다."

한참 동안 입을 다물고 있던 켄드릭이 신음처럼 읊조렸다.

"라이오스 단장의 말이 옳습니다. 이제 놈들은 내부에서부터 파고들어 무너뜨리는 방식은 포기한 듯하니……."

기사단장이 말끝을 흐리자 칸타레스가 차갑게 덧붙였다.

"그렇다면 이제 남은 건 총력전뿐이군."

전 대륙이 전쟁의 불길에 휩싸일 때까지, 이제 정말 얼마 남지 않은 것이다.

"하아……."

얼굴을 천천히 쓸어내린 칸타레스가 깊은 한숨을 내쉬었다.

"내일, 루카인 왕국에서 죄인들의 공개 처형이 있다는 연락을 받았다. 그 이틀 뒤는 빅토르 왕세자가 간이 대관식을 치를 거라더군."

의자에 몸을 기댄 칸타레스가 어두운 얼굴로 말했다.

"정식 행사는 모든 전쟁이 끝난 뒤에 거행할 테니, 동맹국으로서 양해를 부탁받았다."

최대한 빠르게 태세를 정비하고 참전하기 위한 결단이었다.

"그러니 우리도 적을 맞이할 준비를 해야지."

칸타레스가 스스로에게 되뇌듯 말했다.

"사용할 수 있는 것은 모두 이용해서, 얼간이처럼 당하고만 있지 않도록."

발칙한 견습 기사가 자주 지껄이는 말이었다.

건방지기 짝이 없는 언사라 여겨왔지만, 어쩐지 지금 와서는 그 의미를 제대로 알 것 같기도 했다.

'미덥지 못한 신이라도…….'

결국 악신에게 맞서기 위해서는 현재 선으로서 존재하는 이용할 수밖에 없다.

그리고 아마 그것이, 루체가 진정 바라는 바가 아닐까.

전쟁이 길면 길어질수록, 그리고 고달파질수록 힘없는 이들은 신에게 더욱 의지하려 할 터였다.

칸타레스는 황태자로서 그들을 보듬어야 할 의무가 있었다.

그러기 위해서는 먼 과거, 영웅 칸이 그러했듯 신의 이름이라도 등에 업어야 할 것이다.

'골치 아프군.'

천천히 눈을 감은 칸타레스가 관자놀이를 꾹꾹 눌렀다.

켄드릭과 다이아나 역시 저마다의 상념에 빠져 아무런 말도 하지 않았다.

모두가 고민에 잠긴 회의실 안.

루체 신에게 선택받은 영웅은, 아무런 감정도 읽어 낼 수 없는 새파란 눈동자로 그들을 가만히 지켜볼 뿐이었다.

5장. 망나니의 몫

망나니의 몫

쨍그랑!

아렌트를 둘러싼 결계가 싱겁게 박살 났다.

반짝이며 흩어지는 마력 파편을 보며 슈타들러 백작이 허탈한 웃음을 흘렸고, 아서는 이마를 짚은 채 한숨을 푹푹 내쉬었다.

"24번째 실패네요. 다시 하셔야겠네."

마력을 갈무리한 아렌트가 담백하게 말했다.

굳이 횟수까지 짚어 말해 주는 그 행태에 아서는 그에게 질린 시선을 보냈다.

"저 인성 진짜……."

그러거나 말거나, 아렌트는 주머니에 손을 푹 찔러 넣고 고개를 삐딱하게 꺾었다.

"이런 결과물을 보자고 황태자 전하께서 이렇게까지 투자하신 게 아닐 텐데요. 어떻게 생각하세요, 백작님?"

박살 난 결계는 이미 흔적도 없이 사라진 뒤였다.

"히, 히히, 하하하."

실실 웃고 있던 슈타들러 백작이 갑자기 제 머리를 감싸 쥐었다.

"히……. 히히……. 흑……."

실성한 웃음소리가 비명으로 바뀌는 데까지는 얼마 걸리지 않았다.

"흐아아아아악!"

그리고 막 연구소에 도착해, 실험실에 발을 들이려던 렉시온이 멈칫했다.

뚱하니 선 아렌트와 그 앞에서 머리를 쥐어뜯는 백작, 그리고 그 참사에서 슬그머니 시선을 돌려 버린 아서까지.

한참 동안 할 말을 찾아 고민하던 렉시온이 간단하게 평했다.

"장관이군."

유감스럽게도 그 말에 반박할 수 있는 사람은 아무도 없었다.

* * *

"도대체 왜? 뭐가 문제일까요? 왜?"

푸짐한 식사를 앞에 두고도 슈타들러 백작은 괴성을 멈추지 않았다.

"분명 원리는 틀리지 않았을 겁니다. 워렌 님을 제압했던 사례가 있으니까요."

아렌트에게 만들어 건네준 팔찌는 한순간이나마 워렌의 체내에 있는 마력을 흩어 버리고, 그를 무력화시키는 데 성공했다.

"그렇다면 역시 결계의 강도가 문제라는 걸 텐데……."
"그리고 유지력도요."

아렌트는 태연하게 스테이크를 입에 쏙 넣으며 대답했다.

"팔찌가 폭발적인 효과를 낼 수 있는 건 단 몇 초뿐입니다. 게다가 사용자의 마력 공급이 끊기면 금세 해제되는 단점이 있어요. 그때도 한순간 워렌이 무장 해제된 틈에 아티팩트로 제압해서 이길 수 있었던 거죠."

"끄으응. 저도 압니다. 그래서 마력을 공급해 줄 마정석을 외부에 따로 두고, 천천히 시간을 들여서 결계 안쪽 마력을 흩어 버리면 될 거라고 생각했는데……."

1차적으로 거기까지는 성공했다. 하지만 문제는 그다음부터였다.

마력이 거의 없는 상태의 공간을 만들고, 그 안에 들어간 아렌트가 아티팩트를 발동한다.

그때 아티팩트가 작동하지 않으면 성공이었다.

하지만 지금까지는 아티팩트의 힘을 이기지 못해 결계가 박살 나는 결과가 나올 뿐이었다.

"웨어 울프는 제압할 수 있지만, 놈들의 성물쯤 되는 것을 무력화시키는 건 쉽지 않을 거다."

같은 테이블에서 사과를 통째로 베어 먹던 렉시온이 참견했다.

"애초에 마력의 질이 달라. 당시 체르니온교단에 몸담았던 거물들이 자신의 모든 기술을 담아 제작했으니. 그리고 네놈들이 목표로 둔 건 다름 아닌 성녀의 성물이야."

남은 사과 조각을 입에 던져 넣은 렉시온이 덧붙였다.

"성녀의 주박을 풀고 싶은 것 같다만. 므네모시네의 숨결은 그야말로 순도 높은 신성력과 마력의 결정체라고 할 수 있지. 저 애송이조차 감당하지 못하면 의미 없어."

"그리고 더 나아가서 전투에서도 활용할 수 있으면 좋을 테죠."

익힌 야채를 냠냠대던 아렌트가 끼어들었다.

"워렌을 제압했던 것처럼, 한순간이라도 아티팩트를 무력화시킬 수 있다면 전투 양상을 바꿀 수 있을 겁니다. 그 괴물 같은 놈들도 제압하는 게 가능할 테고요."

"말은 참 쉽게 하십니다, 아렌트 경……."

테이블에 머리를 처박은 슈타들러 백작이 웅얼거렸다. 하지만 그것도 잠시.

"이럴 시간 없지."

신경질적으로 고개를 든 백작이 입에 식사를 마구 밀어 넣기 시작했다.

파리한 얼굴로 우걱우걱 빵을 씹으며 백작이 성토했다.

"어떻게든 해내겠습니다! 연구자 체면에 불가능하다며 징징거리는 건 어울리지 않습니다. 어떻게든 방법을 찾아내고야 말겠습니다!"

"다 좋으니 일단은 삼키고 말씀하십쇼. 여기까지 튑니다."

아서가 몸을 뒤로 슬쩍 빼며 투덜거렸다.

그러거나 말거나 슈타들러 백작은 화풀이라도 하듯 전투적으로 식사에 임했다.

아무래도 오늘 밤 역시 연구소의 불은 한참 동안 꺼지지 않을 것 같았다.

* * *

망가져 버린 백작을 내버려둔 채, 아렌트와 아서는 렉시온과 함께 작은 회의실에 들어섰다.

책상 위에는 미리 시종이 가져다준 보고서며 서류가 가득 쌓여 있었다.

"그나저나 이제는 괜찮으신 겁니까? 복귀하신 뒤에도 상태가 많이 안 좋으셨다 들었습니다."

아서가 먼저 렉시온에게 말을 걸었다.

"전에도 말했다만, 인간 애송이 주제에 건방지게 걱정하지 마라. 썩 기분이 좋진 않으니까."

쯧 혀를 찬 렉시온이 팔짱을 꼈다.

"좀 더 일찍 올 수도 있었다만, 엘프 마법사가 도움을 요청해서."

"셰키나 님 말씀이십니까?"

"어어. 환영 마법을 이용한 모의 전투 훈련을 계획하고 있더군."

이형의 적들과 맞서 싸우는 것이 익숙하지 않은 병사들을 위해 고안한 훈련이었다.

네펠레와 루카인의 병사들이 애먹은 것은 기이한 모습의 구울, 호문쿨루스를 마주하자마자 당황한 탓이 컸다.

그건 황실 기사단보다 그놈들을 접할 기회가 적었던 엘프 전사들도 마찬가지였다.

"마정석에 환영 마법을 새겨서 다른 나라에도 공급하고 싶다기에. 그쪽을 잠깐 도와주고 왔다. 기틀을 잡아 줬으니 이제는 문제없겠지."

"역시……. 본격적으로 전투를 준비하시는 겁니까?"

아서의 얼굴이 설핏 굳었다.

"그렇지. 루카인 왕국에서도 놈들이 비교적 순순히 물러났으니, 조만간 총공세를 펼칠 거란 예측이 나오는 게 당연해."

게다가 성녀마저 직접 전장에 모습을 드러냈으니, 세상

이 전쟁의 불길에 휩싸이는 것은 조만간일 것이다.

덕분에 각국의 정상들은 초긴장 상태에 돌입했다.

"그에 비해서 이쪽은 상당히 여유로운가 싶었더니……."

심드렁하게 아렌트 쪽으로 시선을 돌린 렉시온이 덧붙였다.

"딱히 보기만큼 느긋한 것도 아닌 것 같군."

"그걸 왜 절 보면서 이야기하십니까?"

먼저 서류를 들여다보던 아렌트가 아니꼽다는 듯 시선을 들어 그를 마주 보았다.

"잘도 그런 소리가 나오는군. 안락하게 처박혀 있었던 주제에 도대체 왜 상처가 늘어나는 거냐."

전투 때 입은 부상은 말끔히 나아 있었지만, 한동안 보지 못한 틈에 손목과 목덜미에 하얀 붕대가 감겨 있었다.

"사람이 살다 보면 이런저런 일도 있는 법이죠."

그러나 아렌트는 무심하게 대꾸할 뿐이었다.

"새파랗게 어린놈한테 그런 소릴 듣다니, 어처구니가 없군."

"신선해서 좋다는 뜻으로 알아듣겠습니다. 이게 바로 젊은이의 특권이죠."

잠깐 입을 다물고 있던 렉시온이 한숨을 푹 내쉬었다.

"……상대하는 내가 멍청이지."

"잘 아시네요."

렉시온이 살며시 주먹을 쥐는 것을 본 아서가 침착하게

말렸다.

"심정은 충분히 이해합니다만, 안 됩니다. 렉시온 님이 진심으로 치시면 저 새끼 죽을지도 몰라요."

"후우."

그제야 렉시온이 주먹에서 힘을 풀었다.

그러거나 말거나, 아렌트는 제 할 말만 이어 갈 뿐이었다.

"칸 연합에서 보내온 건데요, 실종자 수가 꾸준히 늘고 있다고 합니다. 얼마 전에는 에버란 왕국 변방의 아카데미 학생 한 무리가 모습을 감췄다고 하고요."

비교적 잠잠하던 에버란 왕국마저도 안전지대에서 벗어난 거였다.

"그리고 변두리에 있는 루체 신전에 낙서를 하고 도망치거나 분변을 던지는 등의 행동을 하는 놈들이 늘었답니다. 잡힌 놈들은 하나같이 발뺌하는데, 누가 봐도 의도는 뻔하죠."

아렌트는 다른 서류를 집어 들었다.

"그리고 반대로 루체 신전을 방문하는 신도들의 수도 꾸준히 늘어나고 있답니다. 노이만 상단의 정보상이 입점한 모든 나라에서요. 신에 대한 믿음으로 불안한 마음을 달래려는 거겠죠."

민심이 극단적인 양상으로 치닫고 있다는 증거였다.

팔짱을 낀 채 경청하던 렉시온이 한 마디를 얹었다.

"신전에서도 따로 병사들을 양성하기 시작했다더군. 이쪽으로 오기 전 들은 소식이다."

"신전에서요?"

아서가 놀란 목소리를 냈다. 처음 듣는 소식에 아렌트 역시 살며시 눈살을 찌푸렸다.

"어떻게요?"

"신관들 중에서도 과거 한가락 하던 놈들이 있을 테니까. 싸울 줄 아는 놈들을 모집하고, 신전에서 자체적으로 용병들을 고용한다더군. 전투 신관이라는 이름으로."

렉시온이 차갑게 말을 이었다.

"영웅과 다른 기사단장들, 그리고 엘프 지휘관들이 번갈아 가면서 그들을 훈련시킨다더군."

하지만 아렌트는 그를 보지도 않고 심드렁히 대꾸할 뿐이었다.

"그럼 놈들도 엇나가지는 않겠어요. 용병 놈들이 거칠긴 하지만, 설마 성검의 영웅에게 개길 생각은 안 하겠죠. 대신관님도 마음을 단단히 먹으신 모양이죠? 쉬운 결정은 아니셨을 텐데."

"손 놓고 있을 수는 없다고 여긴 거겠지. 한시가 급한 상황이니. 아니면……."

잠깐 뜸을 들이던 렉시온이 덧붙였다.

"체르니온 교 이외의 것을 경계하는 걸지도 모르지."

"그럴 수도 있겠네요."

아렌트가 퉁하니 대꾸했다. 몇 번 입을 달싹이던 아서가 겨우 입을 열었다.

"다른 것이라니?"

"글쎄요. 이상할 정도로 설치고 다니는 데다, 대신전도 서슴없이 드나들지만 신을 존중할 줄은 눈곱만큼도 모르는 견습 기사라던가?"

아렌트가 어깨를 으쓱했다.

"뭐, 농담."

"……농담이라도 그런 말 하지 마, 이 자식아. 살 떨리잖아!"

아서가 버럭 소리를 지르자 아렌트가 손을 휘휘 내저었다.

"저 그렇게까지 자의식 과잉은 아닙니다. 내가 뭐라고."

"못 살겠군, 정말. 그리고 하나 더 말해 두자면."

소리 없이 한숨을 내쉰 렉시온이 턱을 괴었다.

"영웅의 신전 방문 빈도가 최근 들어 늘어난 것 같더군."

놀란 듯 눈을 몇 번 깜빡이던 아서가 되물었다.

"예?"

"병사들 훈련이나 회의……. 뭐 그런 공적인 사유 이외에도 개인적으로 신전에 자주 드나드는 듯해. 영웅이 루체 신전에 출입하는 거야 이상한 일은 아니다만, 일단은 알아 두라고."

"……."

렉시온이 말을 마친 뒤에도 아서는 한동안 입만 벙긋댔다.

한참 만에 그가 더듬더듬 중얼거렸다.

"한동안 걸음을 끊으신 것으로 아는데……."

"사람 마음이야 언제 어떻게 바뀔지 모르는 일이죠."

서류를 밀어 두며 아렌트가 무심히 대답했다.

"지금까지는 단지 바빠서 못 가셨던 걸지도 모르고요. 무려 성검의 영웅이시잖습니까."

"……야."

한동안 입을 다물고 있던 아서가 떨떠름하게 운을 뗐다.

"설마 진심으로 그렇게 생각하냐, 너?"

"그런데요?"

아렌트는 고개를 들어 아서를 똑바로 바라보았다.

"뭐 문제라도 있습니까?"

그러자 아서와 렉시온이 동시에 앓는 소리를 냈다.

"단장님 복장 터지는 소리를 잘도 지껄이네."

"그것도 하루 이틀은 아니다만, 정말 기가 막히는군."

아서가 황당하게 읊조리는 말에 렉시온이 어처구니없이 맞장구쳤다.

"쓸데없는 소린 이쯤 해 두고요."

그러거나 말거나, 아렌트는 익숙하게 화제를 돌려 버렸다.

"렉시온 님도 오셨으니, 머리 쥐어뜯는 백작님을 구원할 방법이나 생각해 보자고요. 더 이상 시간 낭비하는 것도 달갑잖으니까."

"……에휴."

아서가 한숨을 푹 내쉬었다. 그리고 잠자코 있던 렉시온이 가볍게 주먹을 말아쥐고 아렌트를 한 대 쥐어박았다.

퍽!

"아오, 진짜! 왜요, 또?"

아렌트가 벌컥 신경질을 터뜨렸지만, 이번에는 아서도 말리지 않았다.

"그냥 매를 벌어라, 매를."

그저 혀를 차며 고개를 내저을 뿐이었다.

* * *

그날 밤, 아렌트에게는 몇 건의 보고가 더 날아들었다.

가장 마음에 든 것은 워렌으로부터의 연락이었다.

"거봐. 내가 뭐랬냐. 그게 제일 효과적이라니까?"

ㅡ……개새끼야.

통신구 너머에서 들려오는 지친 목소리에 아렌트가 담백하게 대꾸해 주었다.

"응, 다음 냉동 늑대. 개새끼가 된 기분은 어때?"

―네가 시켰잖아, 이 빌어먹을 새끼야!

"그래서 결과가 어떻다고? 애새끼들이랑 제법 친해졌다지?"

왈칵 화를 터뜨리던 워렌이 잠잠해졌다. 아마 통신구 너머에서 이를 박박 갈고 있을 터였다. 아렌트는 그 점이 제법 흡족했다.

결국, 한숨을 푹 내쉰 워렌이 말을 이었다.

―하아······. 밀착 경호가 가능해졌다는 건 사실이다. 그리고 공작님께도 미리 양해를 구해 뒀고. 어제는 저택 안까지 들여보내 주더군.

"이야. 너 완전 애완동물 체질 아냐? 별일 없으면 그냥 거기에서 고기나 얻어먹고 사는 것도 나쁘지 않을 것 같다만."

워렌이 다시금 통신구 너머에서 뭐라 소리를 질러대기 시작했다. 하지만 당연히 씨알도 먹히지 않았다.

"요즘 들어 신경질이 늘어난 것 같은데. 리에타 왕녀한테서 따뜻한 우유라도 얻어먹던가. 우유가 심신안정에 좋대."

―너 때문이잖아, 이 망할 새끼야!

늘 생각하지만, 워렌은 놀리는 보람이 차고 넘치는 녀석이었다.

"그건 됐고. 특이사항은?"

이를 뿌득 간 워렌이 분노를 꾹꾹 눌러 담으며 말을 이었다.

―……아직 저택 근처에는 없다만, 그렇지 않아도 보고해야 할 게 있다.

"말해."

―최근 영지에 방문하는 외지인이 늘어났더군.

아렌트가 살며시 눈썹을 휘었다.

"흐음."

―외진 곳인 탓에, 원래 관광객이나 방문객이 그리 많지 않은 곳이야. 하지만 최근 들어 영지에서 외부인이 목격되기 시작했다더군. 함께 온 탐험가들이 조사한 일이니 확실해.

잠입한 탐험가들은 자연스럽게 영지에 녹아들어 민심을 살피고 있었다.

그렇잖아도 왕성에서 벌어진 일 때문에 술렁이던 차였다.

그런 와중에 탐험가들을 포함해 갑자기 눈에 띄기 시작한 외지인들 때문에 사람들은 상당히 동요하고 있었다.

"놈들 정체는 아직 모르고?"

―밖의 녀석들이 주시 중이야. 일단은 여행자들이라고 둘러대는 듯하더군. 루카인 왕국 사람보다는 에버란과 네펠레 사람이 더 많은 듯하고.

워렌이 한결 가라앉은 음성으로 말을 이었다.

―정작 놈들은 루카인 왕국 내지인이라고 주장하고 있

지만, 아무래도 이쪽 눈은 못 속이지.

"당연히 그렇겠지. 대륙 각지를 돌아다니는 게 직업인 녀석들이니까."

아렌트가 살짝 인상을 찌푸렸다.

"역시나 놈들이 루이스 왕자와 리에타 왕녀를 노리는 것 같은데."

-하지만 이상하군. 루카인 왕실을 장악하는 건 포기한 것 아니었나? 하다못해 지금 와서 왕실의 핏줄을 제거하는 게 큰 의미가 있을 것 같지는 않다만.

"순진해 빠진 놈들은 이래서 안 돼."

워렌이 어리둥절하게 묻자 아렌트가 못마땅하게 혀를 찼다.

"아직 인질로서의 가치가 충분하잖아."

마치 허를 찔린 듯, 워렌이 잠깐 침묵했다.

"굳이 살려 데려가지 않아도 마찬가지야. 시체라도 돌려받기 위해서 빅토르 왕세자는 무엇이든지 할걸."

-······그렇군. 이해했다.

"그러니까 방심하지 말고 지켜. 왕자와 왕녀가 만약 암살당하더라도, 그 시신조차 빼앗겨선 안 된다고."

-알았다.

워렌의 딱딱한 목소리가 돌아왔다.

-절대 당하도록 두지 않을 거다. 어떻게든 지켜내 보이지.

"당연히 그래야지. 개가 주인을 지키는 건 당연한……."

미처 아렌트가 말을 끝내기도 전 워렌이 벌컥 소리쳤다.

-난 개가 아니고, 왕자와 왕녀는 내 주인도 아니다! 도대체 몇 번을 말해야…….

"응, 수고. 경비견 노릇 확실히 하도록."

워렌이 뭐라 소리를 지르는 것 같았지만, 아렌트는 무시하고 통신을 끊어 버렸다.

불 꺼진 통신구를 내려다보던 아렌트가 중얼거렸다.

"……이놈은 확실히 놀리는 재미가 있다니까."

"웨어 울프인가?"

그때, 뒤에서 불쑥 목소리가 들려왔다. 아렌트는 돌아보지도 않고 짜증스럽게 말했다.

"드래곤 주제에 노크할 줄도 모르십니까?"

그러거나 말거나, 렉시온은 그저 제 할 말만 이어 갈 뿐이었다.

"늑대 놈들은 대부분 이성적인 편이라, 저렇게까지 화를 내는 웨어 울프는 드물다만. 어지간히도 긁어 댔나 보군."

"제법 보람 넘치는 일이라서요."

"하여튼 성격 이상한 새끼."

짜증스레 투덜거리며, 렉시온은 아렌트의 머리를 헝클어뜨리듯 꾹 짚었다.

그러자 치료 마법이 시전되며 이곳저곳에 남아 있는 생

채기가 순식간에 사라졌다.

"아, 진짜. 치료해 줄 거면 곱게 하던가. 왜 굳이 머리를 이따위로 만들어요?"

아렌트는 흐트러진 머리를 신경질적으로 정리했다.

그의 맞은편에 앉은 렉시온이 느긋하게 다리를 꼬고 앉았다.

"기껏 선의를 발휘해 줬더니 한결같이 싸가지가 없군."

"그게 제 매력이죠."

이제는 제법 익숙해진 대거리를 한바탕 한 뒤, 렉시온이 다른 화제를 꺼냈다.

"일단은 백작도 뭔가 길을 찾은 눈치니, 얼마 지나지 않아 네가 원하는 것을 만들어 내겠지. 조만간일 거다. 괴짜긴 하나 영특한 자이니."

"그 전에 뭔가 일이 터지지 않기만을 바라야죠."

아렌트가 심드렁하게 말했다.

"이 시간에 웬일이에요? 백작님이 분명 따로 방을 마련해 주신 걸로 압니다만."

"네가 도대체 무슨 생각을 하는지 알 수가 없어서."

마치 그 질문만을 기다렸다는 듯, 렉시온이 곧장 대꾸했다.

"인간 놈들에 비해서는 짧지 않은 세월을 살아왔다만, 도무지 네 머릿속만큼은 읽을 수가 없군. 네게 악영향을 받은 다른 놈들도 마찬가지고."

"내 머릿속을 읽어서 뭐 하게요? 그리 복잡할 것도 없는데."

아렌트가 고개를 비스듬히 기울였다.

"개 같은 신 새끼들 얼굴에 흙탕물 한번 튀겨 보자는 거잖아요. 렉시온 님도 저랑 같은 뜻 아니셨습니까?"

"……그게 그리 간단히 말할 수 있는 문제였던가?"

살며시 인상을 찌푸린 렉시온이 차갑게 말했다.

"신의 세월은 길어. 너 같은 인간 애송이 따위는 감히 올려다보지도 못할 정도로."

"진짜 얼마 전부터 새삼 잔소리가 기시네. 이제 와서 양심의 가책이라도 느끼십니까?"

아렌트가 뚱하니 내뱉자, 렉시온이 짧게 대꾸했다.

"그렇다면 어쩔 거지?"

"……."

이번에 말문이 막힌 쪽은 아렌트였다.

"내가 몇 번이나 말했을 텐데. 넌 지나치게 오만하다고."

멀뚱히 눈만 끔뻑이는 그에게, 렉시온이 노골적으로 한심하다는 시선을 보냈다.

"주변인들이 널 피도 눈물도 없는 놈으로 여긴다 생각하는 모양이다만, 그것부터가 큰 오산이다."

"무슨 말이 하고 싶은 건데요?"

아렌트가 짜증스레 되물었지만, 여전히 냉담한 말이 돌

아올 뿐이었다.

"넌 이미 알고 있어. 모르는 척하고 있을 뿐이지. 머저리 같으니."

"진짜 뭐 어쩌라는 건지 모르겠네. 헛소리할 거면 그냥 나가요."

슬슬 견습 기사의 어조에도 진심으로 신경질이 배여 나오기 시작했다. 그를 못마땅하게 노려보던 렉시온이 쯧 혀를 차고 화제를 돌렸다.

"다시 원점으로 돌아가서. 뭘 어쩔 생각이냐. 네 짧은 생각으로 애써 봐야 뭘 어찌할 수 있는 게 아냐."

"저도 압니다."

등받이에 몸을 기댄 아렌트가 언짢게 대꾸했다.

"건방지고 오만한 새끼란 건 맞지만, 그렇게까지 자의식 과잉은 아니에요. 몇 번이나 똑같은 말 반복하게 하지 마시죠."

"애송이 넌……"

"그리고."

뭐라 쏘아붙이려던 렉시온이 입을 다물었다.

그의 말허리를 잘라 버린 아렌트는 얼핏 아무렇지도 않게 덧붙였다.

"그 새끼도 똑같이 말했습니다."

"뭐?"

렉시온이 눈살을 찌푸리며 의아하게 되물었다.

아렌트가 말하는 그 새끼라는 게 누구인지 알아차리지 못한 탓이었다.

아렌트가 담백하게 툭 내뱉었다.

"신이요. 루체."

"……."

뭐라 더 말하려던 렉시온이 입을 닫았다. 흘러내린 머리칼 끝을 매만지며 아렌트가 천천히 말을 이었다.

"인간의 힘은 미약합니다. 최근 들어 확실히 깨달았어요. 오래 사는 것도 아니고, 모든 개체가 마력과 친밀한 것도 아닙니다. 수인족처럼 강인한 몸을 가지지도 못했고……. 무식하게 강한 드래곤이야, 굳이 말하지 않아도 되겠죠."

"……."

렉시온은 가라앉은 눈으로 아렌트를 보았다. 얼핏 들었을 때는 제법 자조적인 말이었다.

"하지만 그 대단하신 신들도 결국 영웅과 성녀를 인간 중에서 골랐잖습니까. 그 까닭이 분명히 있을 겁니다."

하지만 선명히 빛나는 샛노란 눈동자는 그가 좌절한 것이 아니라는 걸 증명하고 있었다.

"강인한 신체나 마력 특성……. 이런 것과는 비교도 할 수 없는 강점이요."

결국 렉시온도 그를 다그치는 것을 포기하고 질문을 꺼낼 수밖에 없었다.

"신앙을 말하는 거냐?"

아렌트가 심드렁하게 덧붙였다.

"거기에 압도적인 머릿수. 그리고 다른 종족들에 비해 월등히 뛰어난 사회성이요."

드래곤은 신을 두려워하는 종족이지만, 압도적으로 수가 적었다.

그리고 현재에 이르러서는 단둘밖에 남지 않은 상황이었다.

수인족은 숨어 살며 여타 종족들과 섞이지 않는 데다 신에게 의지하지 않는다.

그나마 엘프들은 인간들과 비슷한 생태였지만, 그들 역시 머릿수가 적었다.

게다가 엘프들은 새로운 영웅이 탄생하기에는 지나치게 두려움이 많았다.

신의 손에 선대가 몰살당하는 일까지 겪었으니까.

"그렇기에 결국 루체는 이번에도 인간을 고를 수밖에 없었던 겁니다. 신앙을 안정적으로 수확하기 위해서라도요."

아렌트가 천천히 말을 이었다.

"그러니 이쪽도 인간의 특성을 이용해서 맞서야죠. 루체가 가장 모멸감을 느낄 방식이 그것일 테니까요."

"……."

"영웅 칸은 루체의 의지에 반해 체르니온에 관한 기록

을 자손들에게 남겼습니다. 그리고 굳이 신전과 황실을 분리하는 귀찮은 짓까지 했어요."

영웅 칸은 이미 그 시대부터, 자신의 후손들을 루체에게서 독립시키기 위해 초석을 마련해 둔 것이다.

"내가 감히 신의 얼굴에 침을 뱉으려 하는 것도……. 결국 우리가 멍청해 빠진 인간이기에 가능한 일이란 말입니다."

아렌트가 어깨를 으쓱했다.

"물에 빠진 놈을 구하려다가, 구조하러 온 사람까지 익사해 버리는 덜떨어진 종족이 인간이거든요."

"……."

"지금도 보세요. 평생 모시던 신을 저버리고 체르니온에게 붙는 놈들이 적지 않잖아요. 그만큼 주변에 영향을 많이 받는 생물이라는 겁니다."

견습 기사가 간단히 어깨를 으쓱였다.

"그리고 신의 어두운 면을 까발리고 추락시키는 건 영웅에게나 잘 어울리는 일입니다. 망나니는 망나니의 몫을 하는 걸로 충분하죠."

슬쩍 미소를 드리운 아렌트가 덧붙였다.

"렉시온 님이랑 한 약속, 단 한 순간도 잊은 적 없습니다."

퍽 유쾌한 어조였다.

"라이오스 드 윈프리드에게 승리의 영광을 쥐여 줄 테지만……. 그 공을 루체 신에게 돌릴 생각은 추호도 없어요."

"……아무래도 이미 뭔가 저지른 모양이군."

렉시온이 신음처럼 읊조리자 아렌트가 엉뚱한 소리를 내뱉었다.

"저보다는 렉시온 님이 훨씬 오래 사시겠죠."

"당연한 소릴."

"그렇다면 렉시온 님이 살아 있는 동안에는……."

잠깐 뜸을 들이던 아렌트가 담백하게 덧붙였다.

"내가 없어도, 루체 신은 결코 발 뻗고 자지 못하게 되겠네요."

이곳은 무대 따위가 아니다.

영웅이 승리하는 것만으로 '잘 먹고 잘살았습니다.'라며 엔딩을 내 버리는 것도 불가능하다.

역사는 이어진다.

이 사실을 인정하기까지 얼마나 오랜 시간이 걸렸는지.

'과거의 렉시온 님은 어땠는지 모르겠지만…….'

성검의 푸른 기사 속 렉시온은, 어쩌면 전쟁에 참전하지 않고 그냥 숨어 버렸을지도 모르겠다.

자신의 뜻을 이해하는 사람이 단 한 명도 없었으니까.

하지만 지금의 렉시온은 분명 다를 것이다.

아렌트가 특유의 성격 나쁜 미소를 지었다.

"약속한 건 저뿐만이 아닐 텐데요? 나는 인생을 걸었는데. 설마 치사하게 모르쇠 하실 건 아니죠?"

"……."

잠깐 입을 달싹이던 렉시온은 결국 한숨을 푹 내쉬며 제 이마를 탁 소리 나게 짚고 말았다.

* * *

"벌써 제국에서만 세 건째인가."

보고서를 읽던 칸타레스가 앓는 소리를 냈다.

구석진 신전에 누군가가 낙서를 하고 도망쳤다. 상주하는 신관도 없는 곳이라, 범인을 밝혀내는 것조차도 불가능했다.

"이렇게까지 갑자기 민심이 흉흉해진다고? 이게 가능한 일인가?"

"아무래도 상황이 상황이다 보니……."

제레온 역시 개운치 않은 얼굴로 대답했다.

"하지만 그런 무차별 파괴 행위가 꼭 체르니온 교로의 이탈로만 이어지는 건 아닌 듯합니다. 아시다시피 에버란과 네펠레에서도 비슷한 일이 벌어졌습니다만……."

그쪽은 몇몇 범인이 체포되기도 했다.

"대부분 딱히 반군에 가담할 생각은 없어 보였답니다. 단지 루체 님과 현 왕실에게 속았다는 말만 쏟아냈더군요."

"수습은 어떻게 되어 간대?"

"다친 사람도 없고, 그렇다고 신전에 영구적인 손상을 입힌 것도 아니라……. 3일 구금과 벌금형, 그리고 직접 더럽힌 것을 청소한 뒤 해당 신전에서 봉사활동을 명했다고 합니다. 네펠레와 에버란 양쪽 모두에서요."

"합리적인 방안이군."

끙 앓는 소리를 낸 칸타레스가 머리를 긁적였다.

"일단은 루카인 왕국에 더 이상의 변고가 생기지 않았다는 것만은 다행이군. 그쪽은 아직도 수습에 여념이 없을 테니까."

"네. 그리고 워렌 님이 연합을 통해 올리신 보고입니다만, 미들턴 공작의 영지에 외지인의 유입이 늘어났다고 합니다."

제레온이 말을 이어 갔다.

"빅토르 왕세자…… 아니, 이제는 국왕 전하시군요. 전하께서 그쪽으로 은밀히 지원군을 파견하셨다고 합니다."

"그리고 노련한 탐험가들에, 웨어 울프가 있으니까."

당장은 안심해도 될 터였다.

하지만…….

"자칫하다간 미들턴 공작의 영지가 쑥대밭이 될지도 모르겠군."

체르니온 교가 얼마나 숨어들어 있는지도 모른다.

게다가 그놈들은 얼마든지 은밀하게 침투할 만한 능력이 있었다.

만일 그 변두리 영지에서 정면충돌이 벌어진다면, 분명 그냥 끝나지는 않을 것이다.

"그렇지 않아도 르웰린 왕자께서 자문을 구하시더군요. 그쪽으로 탐험가 연합의 사람을 좀 더 보낼까 고민 중이라고 하십니다. 하지만……."

"긁어 부스럼을 만드는 꼴이 될지도 모르니, 왕자도 망설인다는 말이지?"

제레온이 고개를 끄덕였다. 잠시 생각하던 칸타레스가 말했다.

"일단은 증원을 부탁드리지. 내가 이따가 왕자께 직접 요청드리겠어."

"네. 알겠습니다. 그리고 다음 사안입니다만."

단정히 대답한 제레온이 화제를 돌렸다.

"세키나 님께서 고안하신 환영 마법 훈련 장치 제작 및 보급이 끝났습니다. 신전 측에도 전달 완료했고, 동맹국 측에도 최대한 빠르게 보낼 예정입니다."

"효과는?"

"자카르 교관님이 대신전의 훈련에서 시험해 보셨다고 합니다. 기대한 것 이상으로 효과적이라고 말씀하셨습니다."

제레온이 쓴 미소를 지었다.

"처음에는 완전히 공황 상태였다고 하더군요. 이제는 서서히 익숙해져 가는 과정이라고 합니다."

슈타들러 백작이 지금껏 정리한 자료들을 토대로, 셰키나는 실감 나는 환영을 만들어 낼 수 있었다.

거기에 렉시온의 도움까지 받았으니 그 효과는 두말하면 잔소리였다.

"현장 경험이 라이오스 단장님과 엘프 지휘관님들이 직접 지도하시니……. 그들도 곧 실전에 투입할 수 있을 겁니다."

"일단은 전부 다 순조롭다고 보면 되는 건가."

눈동자를 소리 없이 아래로 내리깐 칸타레스가 말했다.

"라이오스 단장은, 별다른 기미는 보이지 않나?"

"네. 평소와 크게 다른 점은 없어 보이십니다. 뭔가 생각에 잠기신 듯합니다만……."

좀처럼 내색하지 않는 그의 속을 읽기란 불가능에 가까웠다.

황태자는 짧게 한숨을 내쉬며 턱을 괴었다.

"그리고 리히트 경도 영 상태가 안 좋아 보이던데. 여전히 그런가?"

"하하. 리히트 경께서도 좀처럼 속내를 내비치지 않는 분이시니까요."

제레온이 어색한 웃음을 흘렸.

떠나기 전의 아렌트는, 자신을 껄끄러워하는 사람이 있기에 자리를 피하겠다고 말했다.

칸타레스는 그가 지칭한 게 리히트라는 걸 그리 오래

지나지 않아 깨달았다.

"아무래도 리히트 경이 뭔가 낌새를 알아차린 것 같은데……. 무슨 생각을 하는지 알 수가 없으니."

솔직히 이렇게까지 된 상황에, 최전선에서 움직이는 그가 아무것도 모른다는 것은 말도 안 되는 일이었다.

더군다나 리히트는 라이오스보다도 더욱 신심이 깊은 자였다.

그러니 진실에 가까이 다가갈수록 더욱 심란함을 느낄 수밖에 없을 것이다.

"젠. 넌 어때?"

잠깐 침묵하던 칸타레스가 뜬금없이 물었다.

"예?"

"너도 뭐가 어떻게 돌아가는지는 훤히 알 거 아냐. 어떻게 생각하느냐고."

제레온은 잠시 말문이 막힌 듯했다.

보좌관에게서 시선을 뗀 칸타레스가 말을 이었다.

"언젠가는 나도 결단을 내려야 해. 지금은 더욱 급한 문제가 있다는 핑계로 눈 돌리고 있을 뿐이지."

"……."

"너도 제법 독실하잖아. 주기적으로 기도드리러 신전에도 자주 방문하지 않았던가?"

제레온은 한동안 침묵했다. 뭐라 답해야 할지 고민하는 눈치였다.

그러나 오래 지나지 않아 제레온은 가만히 미소 지었다.

"제 답은 언제나 정해져 있습니다. 전하께서 가시는 길이 저의 길이지요."

"……징그러운 소리 하지 마."

"하지만 사실입니다. 저는 전하께서 새삼 이리 여쭈시는 게 더욱 의아한걸요."

제레온이 웃으며 손을 내저었다.

"전하께서 저를 친구로 여겨 주셨을 때부터, 저는 이미 끝까지 함께할 준비를 마쳤습니다."

"하여튼 입에 기름칠만 번지르르하게 해서는."

질색하는 시늉을 하면서도, 칸타레스 역시 그리 싫은 기색을 보이지 않았다.

잠시 대화가 끊어지고, 자연스러운 침묵이 자리 잡으려던 그때.

책상 위의 통신구가 작게 진동하며 점멸하기 시작했다.

동시에 두 사람의 표정이 묘해졌다.

어지간히 급한 일이 아니고서야 잘 연결될 리 없는 통신구였다.

게다가 이미 오전 일찍 세 기사단장으로부터 보고를 받았기 때문에, 황태자에게 직접 연결할 만큼 다급한 사안도 없을 것이다.

그렇다는 건…….

"아렌트 경이라는 데 10골드 걸겠습니다."

"그건 너무 뻔한 거 아닌가?"

제레온의 태평한 말에 칸타레스가 툴툴댔다.

"받자마자 전데요, 라고 할 것에 20골드."

"그러면 전 태평한 어조로 큰일 났습니다, 라고 말씀하실 것에 20골드 걸겠습니다."

합의가 끝난 뒤 칸타레스는 통신을 받았다. 그러자 통신구에서 익히 예상했던 퉁명스런 목소리가 들려왔다.

ㅡ뭐 하느라 이제 받으십니까?

순식간에 내기를 무의미하게 만들어 버리는 한 마디였다.

"……이 한결같이 싸가지 없는 새끼."

ㅡ저도 압니다. 한결같이 잘났죠. 여튼, 각설하고 본론만 말할게요.

뻔뻔하게 대답한 아렌트가 화제를 돌렸다.

ㅡ성공했어요.

"뭐?"

ㅡ슈타들러 백작님의 실험이 성공했다고요. 곧 신관 하나를 깨워서 결계 안에 집어넣어 볼 예정입니다. 심문하고 싶으신 분들은 이쪽으로 오시라고 전해 주세요.

"듣던 중 반가운 말이다만, 말하는 태도가……."

ㅡ렉시온 님이 마중하러 가실 겁니다. 다들 바쁘면 내가 손수 두들겨 패도 그만이고.

뚝.

제 할 말을 마친 아렌트는 그대로 통신을 끊어 버렸다.

불 꺼진 통신구를 쥔 칸타레스의 손에 꽈악 힘이 들어갔다.

제레온이 어색하게 웃었다.

"아렌트 경은, 뭐랄까……. 늘 상상을 초월하십니다. 여러 가지 의미로."

"하아아……. 길게 말해 봤자 의미도 없어. 하여튼 건방진 놈."

한숨을 푹 내쉰 칸타레스가 얼굴을 쓸어내렸다.

"황실 기사단 측에 들은 대로 전해. 르웰린 왕자에게도 보고하고. 나는 동맹국 측에 연락을 돌릴 테니까."

"네. 알겠습니다."

* * *

슈타들러 백작은 잔뜩 긴장한 채 결계 안을 보았다.

만에 하나의 상황을 대비해 아서가 그의 곁에서 무장한 채 대기했고, 아렌트는 의자에 단단히 포박당한 신관과 함께 결계 안에 들어가 있었다.

"천벌받을 새끼들! 체르니온 님의 저주가 네놈들 머리 위에 떨어질 것이다!"

"어어. 그래. 열심히 떠들어. 잘하고 있어. 아 참. 그거 아냐? 너네 신 엄청 못생겼더라."

"이 망할 새끼, 내가 반드시 죽여 버릴 테다!"

아렌트에게 속이 박박 긁힌 신관이 거품까지 물고서 마구 날뛰었다.

사로잡혔다는 충격 탓에 착란 상태에 빠지긴 했지만, 기억을 잃을 기미는 전혀 보이지 않았다.

"이 정도면 충분히 성공이라고 봐도 괜찮지 않을까요?"

가만히 지켜보던 아서가 운을 뗐다.

슈타들러 백작이 32번째로 만들어 낸 결계는 아렌트가 서리 어린 손길을 발동하는 것을 훌륭히 막아 냈다.

첫 번째 목표를 달성한 백작은 곧장 다음 실험에 들어갔다. 신관 하나를 결계에 집어넣고 깨운 것이다.

그러길 벌써 세 시간 째.

"기억은 온전한 것 같은데, 이성을 잃어버리고 난폭해지는 건 어쩔 수 없는 모양입니다. 듣자 하니 체르니온 신의 신성력이 그런 영향을 끼친다고 들었습니다."

"뭐, 그것도 있겠지만……."

결계 안쪽을 지켜보던 아서가 떨떠름하게 말했다.

"아렌트 때문에 열 받아서 그런 걸지도 모릅니다. 저 새끼 앞에서 평정심을 유지할 수 있는 사람은 그리 많지 않으니까요."

"하하……."

차마 부정할 수 없는 말에 백작이 어설픈 웃음을 흘렸다.

그런 대화가 오가는지 알 턱이 없는 견습 기사는, 그저 자신의 임무에 충실할 뿐이었다.

"어, 그래. 할 말 있으면 더 해 봐. 없으면 그냥 혀 깨물고 뒈져 버리던가. 이미 쓸모는 다 했고, 내 손으로 검뽑기도 귀찮아."

신관의 얼굴이 금방이라도 터질 것처럼 시뻘겋게 달아올랐다.

뭐라 알아듣기도 어려운 괴성을 지르며 마구 악을 쓰기 시작했지만, 아렌트는 귀찮다는 듯 그냥 귀를 후비적댈 뿐이었다.

결국 백작도 약간 질린 목소리를 내고 말았다.

"확실히 사람 괴롭히는 데는 일가견이 있으시달까……. 어쩌 좀 즐거워 보이시기도 합니다만."

"모르셨습니까? 저럴 때야말로 누구보다도 생기가 도는 놈이라고요."

아서가 고개를 절레절레 내젓는 사이, 아렌트는 간단히 주먹을 한 번 휘두르는 것으로 신관을 기절시켜 버렸다.

축 늘어진 신관을 두고 결계 밖으로 나온 아렌트가 손을 탁탁 털었다.

"훌륭하시네요, 백작님. 조금만 더 보강하면 곧 아인을 심문하는 것도 가능할 것 같아요."

이제 저 신관이 다시 깨어나도 기억이 유지된다면 이 실험은 완전히 성공이라고 보아도 될 터였다.

"감사합니다. 이게 다 렉시온 님께서 도와주신 덕분이지요. 그리고 처음 고안은 아렌트 경께서 하셨으니까요."

백작이 씨익 기분 좋은 미소를 지어 보였다.

"일단은 결계를 더 단단히 만드는 방향으로 조수들과 다시 힘써 보겠습니다."

"넵. 부탁드릴게요. 아, 그리고 이동식 결계 쪽은 어때요?"

"물론 잘 되어 가고 있습니다."

슈타들러 백작이 자신만만한 얼굴로 자신의 가슴을 툭, 쳐 보였다.

"여기까지 토대를 닦아 뒀으니, 이동식 결계든 전투 보조 아티팩트든 시간문제일 뿐입니다만."

그것도 잠시, 그는 아렌트의 눈치를 살피며 슬쩍 움츠러들었다.

"아시다시피 체르니온 교의 성물은 강력합니다. 그러니……."

"성물을 막아 낼 수 있는 건 아주 찰나의 순간일 뿐일 거라고요?"

가만히 듣던 아서가 끼어들었다.

"네. 그렇습니다. 아까 아렌트 경께서 실험하셨을 때도 마찬가지입니다."

슈타들러 백작이 시원찮게 고개를 끄덕였다.

"전투하실 때처럼 마력을 거세게 발동하셨더라면, 분

명 결계가 파괴되었을 테지요."

 신관의 기억을 지켜낼 수 있었던 건 단지 므네모시네의 숨결이 가진 한계 때문이었다.

 시전자가 멀리 떨어져 있는 데다가, 기억 파괴 주술은 신관이 체내에 지닌 신성력과 마력을 이용해서 발동하도록 되어 있었다.

 그래서 신관이 지닌 마력을 완전히 억제하고, 주변 공기 중의 마력마저도 차단해 버리는 결계를 통해 신관과 성녀 간의 연결고리를 끊어 냈다.

 "깨진 독의 구멍을 손으로 틀어막아 물이 쏟아지는 것을 막는 꼴밖에 되지 않습니다. 저 정도 결계라면 아렌트 경이나 아서 경께서도 쉽게 파괴하실 테지요."

 단지 그뿐, 아티팩트 고유의 마력을 완전히 막아 내는 데에는 역시 한계가 있었다.

 "라이오스 단장님의 호적수를 억제하기에는 무리가 있습니다."

 "그래도 찰나의 틈을 만들어 내는 건 가능하잖아요."

 백작이 시무룩하게 말했지만, 아렌트는 어깨를 으쓱였다.

 "그걸로 충분합니다. 악신교의 괴물 같은 새끼한테 목줄을 채울 수 있을 거라곤 생각 안 해요. 짧게나마 틈을 만들어 낼 수 있는 것만으로도 많은 게 바뀌어요. 그게 전장이니까. 그리고……."

아렌트의 시선이 결계 안에서 축 늘어진 신관에게 닿았다.

"놈들을 심문하겠다는 본래의 목적은 이룰 수 있을 테니까요."

어쩌면 지금껏 듣지 못한 이야기를 좀 더 들을 수 있을지도 몰랐다.

아렌트의 황금색 눈동자가 은근한 빛을 내며 반짝였다.

* * *

극심한 두통을 느끼며 아인은 천천히 눈을 떴다. 사방에서 쏟아지는 빛 때문에 시야도 제대로 확보되지 않았다.

무심코 몸을 움직여 보려던 그는 곧 자신이 의자에 단단히 포박당한 상태라는 것을 깨달았다.

심지어 손발 끝에 힘이 제대로 들어가지 않는 것을 보아하니, 힘줄도 잘린 상태인 것 같았다.

그제야 기절하기 직전의 상황이 서서히 떠올랐다.

'사로잡힌 건가······.'

그렇다면 이제 곧 어둠의 숨결이 자신을 쓰다듬을 것이다.

지금껏 교단에 충성하며 몸을 바쳤으니, 아무것도 모르는 백치가 되어 쉬는 것도 분명히 좋을 것이다.

몽롱한 와중에도 그리 생각한 아인은 도로 눈을 감았다.

하지만 그때.

촤아악!

얼굴에 얼음물이 뿌려지며 갑자기 의식이 현실로 돌아왔다.

"깼으면 빨리 눈 뜰 것이지, 왜 굳이 귀찮게 해?"

"……아렌트. 제발. 우리는 무뢰배나 악당이 아니다."

짜증 가득한 목소리에 뒤이어 침착한 음성이 뒤따랐다.

턱에서 물을 뚝뚝 흘리며, 아인은 얼떨떨하게 눈을 깜빡였다.

"……."

그제야 주변 광경이 차차 눈에 들어오기 시작했다.

그는 정육각형의 방에 갇혀 있었다.

게다가 앞에는 결코 잊을 수 없는 얼굴, 성검의 영웅이 앉아 있었다.

그리고 그 뒤에는 아렌트 폰 에크하르트가 있었다.

"이제 정신이 드나."

아인과 눈을 마주친 라이오스가 차갑게 말했다.

멍하니 있던 아인이 저도 모르게 읊조렸다.

"이게……. 도대체……."

기억을 잃지 않았다.

체르니온의 축복을 받지 못했다.

그 한 가지 사실만으로 머릿속이 새하얘졌다.

"설마 진짜 다크 엘프와의 혼혈일 줄은 몰랐네. 이거 제법 괜찮은 협박거리 아닙니까? 그쪽 대장로님이 아시면 거품 물고 넘어가시겠는데요?"

"너 나가라. 아니면 제발 조용히 좀 있던가."

결국 라이오스가 낮은 소리로 경고한 뒤에야 아렌트가 입을 다물었다.

견습 기사가 쫑알거리는 목소리도 들리지 않는지, 아인은 그런 와중에도 혼란스러움을 감추지 못하고 있었다.

어째서 자신이 아직 '아인'으로 있을 수 있는 건지 이해가 되지 않은 탓이었다.

짧게 한숨을 내쉰 라이오스가 다시 운을 뗐다.

"그대는 지금 칼리온 제국의 포로로 잡혀 있다. 자세히 설명하지는 않겠다만, 우리는 성녀의 아티팩트를 무효화할 방법을 찾아냈다. 그러니 기억 상실이나 정신 착란으로 도망칠 수는 없을 거다."

"……하."

멍하니 듣기만 하던 아인이 헛웃음을 터뜨렸다.

세일럼의 것과 똑같이 샛노란 호박색 눈동자가 노골적인 살기를 드리우기 시작했다.

"감히 신의 전사를 우롱하다니."

"우롱이고 자시고, 잡혔으면 그냥 포로지. 무슨 신의 전사까지나……."

퍽.

라이오스의 팔꿈치가 뒤에 서 있던 아렌트의 옆구리를

정확히 가격했다.

파들파들 떠는 아렌트를 무시한 채, 라이오스가 다시 질문을 던졌다.

"과거, 그림자 종족은 체르니온 신을 따랐다지. 그대는 그 후손인가?"

"……."

아인은 대답하지 않았다.

하지만 그게 사실이라는 것은 아인의 외모만 보아도 충분히 짐작 가능했다.

대를 거치며 엘프의 피가 옅어진 탓에 특유의 아름다운 미모는 거의 남아 있지 않았다.

하지만 구릿빛 피부와 호박색 눈동자, 그리고 인간의 것과는 사뭇 다르게 생긴 귀가 그의 혈통을 증명하고 있었으니까.

"역시나 어딘가에 숨어서 신앙을 이어 왔던 모양이네요. 엘프 2왕국에 숨어 있던 첩자 놈이랑 마찬가지로."

지클린의 스승이었던 첼탄과 비슷한 경우인 듯했다.

첼탄은 자신의 선대가 체르니온을 모셨고, 그들이 허무하게 목숨을 빼앗긴 것이 루체 때문이라 여겼다.

그래서 2왕국 내에서 오랫동안 숨죽여 첩자 활동을 하며 지클린이라는 괴물을 키워 내기까지 했다.

"……."

아인은 아무런 말도 하지 않았다.

그를 마주 보는 라이오스의 얼굴이 설핏 굳었다.

'쉽지 않겠군.'

굳게 다문 입과 증오만이 가득 녹아든 눈동자가, 그가 쉽사리 협조하지 않을 것을 간접적으로 보여 주고 있었다.

"당신들한테 협박이나 고문 같은 게 안 통한다는 건 이미 잘 알고 있어."

그때, 가만히 지켜보던 아렌트가 입을 열었다.

"그러니까 그런 귀찮은 일은 피차 하지 말자고. 굳이 우리가 서로 날 세울 필요는 없잖아. 안 그래?"

"……무슨 꿍꿍이냐."

결박당한 아인이 사납게 으르렁거렸다. 아렌트는 그와 시선을 맞추며 느긋하게 말을 이었다.

"아까 말했다시피 고문이나 협박 따윈 안 할 거다. 그렇다고 해서 쉽게 죽이지도 않을 거야. 자결 시도가 의미 없다는 건 너도 잘 알 테고."

결계 밖에서 이쪽을 유심히 지켜보고 있는 드래곤이 눈에 들어왔다.

아인의 얼굴이 딱딱하게 굳었다.

"그러니까 시간 낭비는 굳이 할 필요 없잖아. 끝까지 입을 안 열겠다면야, 그냥 이대로 백작님의 실험체 신세로 사는 거지. 의미 없이 숨이나 쉬면서."

비스듬히 고개를 기울인 아렌트가 덧붙였다.

"그런 것보다야, 어떻게든 끝까지 너네 신 쪽에 도움이 될 수 있도록 발버둥 치는 편이 낫지 않을까?"

"세 치 혀를 함부로 놀리지 마라. 그런 얄팍한 수에는……."

"루체, 그 새끼한테 엿 먹이고 싶은 거 아냐?"

순간 실험실 안에 싸늘한 정적이 내려앉았다.

밖에서 지켜보던 이들이 짧게 숨을 삼켰고, 아서는 짧게 탄식을 터뜨렸다.

심지어는 아인마저도 눈을 조금 크게 떴다.

지금 태연한 사람은 오직 한 명, 아렌트뿐이었다.

"아마 그 점에 있어서는 너나 나나 목적이 같을 거라고 생각하는데. 물론 여기 있는 단장님이나……."

아렌트가 턱짓으로 바깥을 가리켰다.

"저 사람들은 뜻이 좀 다를지도 모르지만, 적어도 난 그렇다고. 내 목적이 단지 체르니온교 새끼들을 쳐 죽이는 데에만 있다고 생각하지 마."

"……."

"어차피 너는 신의 종으로서 쓸모를 잃었잖아. 그러니 그냥 가만히 죽음을 기다릴 바에야, 뭐라도 해 보는 게 이득이지 않겠어?"

자세를 낮춘 아렌트가 아인의 샛노란 눈동자를 똑바로 마주 보았다.

"지금 네가 잡을 수 있는 유일한 동아줄이 바로 나일 텐데."

"……."

아인이 황당하게 물었다.

"……진심인가?"

"당연하지. 뭐, 굳이 입 다물고 있겠다 고집부린다면야 어쩔 수 없고. 나도 쓸데없이 힘 빼고 싶지는 않거든."

아무렇지도 않게 어깨를 으쓱이는 그를 보며, 밖에서 기다리던 이들 역시 묘한 표정을 지을 수밖에 없었다.

"……다소 위험한 발언인 듯합니다만."

다이아나가 신음처럼 중얼거렸다.

"적을 회유하기 위해서라지만, 도가 지나친 것 같습니다."

"글쎄. 정말 그럴 목적만으로 말하는 걸까."

그녀의 곁에서 가만히 지켜보기만 하던 켄드릭이 중얼거렸다.

짧은 한마디였지만, 진의를 파악하기에는 그것으로도 충분했다.

저 견습 기사의 신성모독은 단지 책략의 일환이라거나 어린 치기의 반항심 따위가 아니었다.

이제는 그들 역시 잘 알았다.

농담 삼아 신에게 기도 따위 하지 않는다는 말을 주워섬기며, 온갖 우스꽝스런 기행을 펼쳐 대던 그의 행동…….

그는 언제나 진심으로 루체를 혐오해 왔다는 것을.

'오히려 지금껏 내색하지 않은 게 오싹한 부분이군.'

켄드릭이 설핏 얼굴을 굳혔다.

아렌트 역시 밖에서 다른 이들이 지켜보고 있다는 사실을 잘 알았다.

그런데도 굳이 말을 아끼지 않는 까닭은, 이제 태연한 척하는 데에 한계가 온 것인지…….

'아니면 더 이상 자제할 필요가 없다는 건지.'

철저하게 가면을 뒤집어쓰는 데는 일가견이 있는 녀석이니, 본인이 직접 뜻을 드러내기 전까지는 알 수 없을 것이다.

하지만 켄드릭은 저 변화가 그리 달갑지만은 않았다.

'다이아나의 말이 옳군.'

저런 태도는 지나치게 위험했다.

아렌트 본인에게도, 그리고 루체의 울타리 안에서 살아가는 다른 이들에게도.

"아렌트. 그만."

바깥의 시선을 의식한 것인지, 라이오스가 그를 제지했다. 이미 충분히 떠든 아렌트는 어깨를 으쓱하곤 다시 라이오스의 뒤로 돌아갔다.

아인은 황망한 눈으로 그런 아렌트를 눈으로 좇았다.

흉터투성이 얼굴에는 의심 반, 그리고 당황함 반이 고스란히 드러나고 있었다.

짧게 한숨을 내쉰 라이오스가 의자에서 몸을 일으켰다.

"……내일 다시 이야기하도록 하지. 아무래도 그대 역시 생각할 시간이 필요할 듯하니."

"도대체……. 체르니온 님을 저지하기 위해서, 저런 불경하고 정신 나간 놈마저 아군으로 삼았다고?"

입술을 몇 번 달싹이던 아인이 독 오른 눈으로 아렌트를 노려보았다.

"빛의 신 역시 미쳐 버린 건가? 저런 자에게 은총을 내리다니."

"은총 같은 소리 하네."

고개를 슬쩍 옆으로 기울인 아렌트가 대꾸했다.

"그딴 구역질 나는 단어보다는 다른 호칭이 낫지 않나? 루체 신이 저지른 일생일대의 실수라거나."

"네놈은 도대체……."

"곧 그렇게 만들어 줄 거야. 신은 단지 유희 거리 정도로 생각했겠지만. 얼마 지나지 않아서 깨달을걸."

아인을 똑바로 내려다보며 아렌트가 덧붙였다.

"날 살려 둔 게 얼마나 큰 실수였던 건지."

"……."

뭐라 더 대꾸하려던 아인은 입을 다물어 버렸다.

듣다 못한 라이오스가 한 번 더 주의를 주었다.

"아렌트. 내가 분명 그만하라고 했을 텐데."

"꿈 깨십쇼. 제가 언제 한 번에 말 잘 들은 적 있습니까?"

어깨를 으쓱한 아렌트는 먼저 쌩하니 결계 밖으로 나가 버렸다.

짧게 한숨을 내쉰 라이오스 역시 아인을 내버려둔 채, 그를 따라 밖으로 나갈 수밖에 없었다.

* * *

부하들을 모두 물린 뒤, 단장들은 연구소에 마련된 회의실에 다시 모였다.

가장 먼저 입을 연 사람은 라이오스였다.

"아무래도 쉽게 입을 열 것 같지는 않습니다."

"그리 수월치 않을 거란 사실은 이미 예상했지 않나. 적지 않은 세월을 악신에게 바쳤을 테니까."

켄드릭이 고개를 끄덕였다.

겉보기로는 인간의 30대 중후반 정도로 여겨졌지만, 아인은 엘프 혼혈이었다.

그들이 예상했던 것보다 훨씬 긴 세월 동안 악신을 위해 일해 왔을 것이다.

"일단 우리는 곧 황궁으로 돌아가야 하니, 이곳은 슈타들러 백작에게 맡기지. 실험이 성공했다는 것을 확인했으니 그것으로 만족해."

"보급 준비도 서둘러야겠군요. 공급이 빠르면 빠를수록 좋을 테니까요."

다이아나가 말하자 라이오스가 말했다.

"이곳에서 아서와 아렌트가 계속해서 심문을 이어갈 것입니다. 뭐든 알아내는 대로 곧장 보고하라 명령했습니다."

"……아렌트 경 말이지."

잠깐 뜸을 들이던 켄드릭이 쓴웃음을 지었다.

"그 두 사람이라면 충분히 믿을 만하지……. 난 이렇게 말하고 싶네만, 아무래도 상황이 여의치가 않군."

"……"

라이오스는 대답하는 대신 고개를 살짝 숙일 뿐이었다.

이번에는 다이아나가 찜찜한 얼굴로 물었다.

"아렌트 경은 진심인 모양이지. 아니면 단지 아이에게서 증언을 끌어내기 위해, 그 녀석의 주특기인 연기를 발휘한 건가?"

"……그 부분까지는 저도 잘 모르겠습니다."

잠깐 뜸을 들이던 라이오스가 천천히 대꾸했다. 그러자 켄드릭이 고개를 내저었다.

"황태자 전하가 말씀하신 그대로야. 정말 거짓말이 늘었군."

"지금 중요한 것은 제국과 루체 님을 위협하는 적을 상대하는 일입니다."

라이오스가 천천히 말을 이었다.

"그리고 아렌트는 신께 기도하지 않을지언정, 그간 최

전선에서 과도하게 많은 일을 해 왔습니다. 요즘 심리적으로 압박을 느끼는 듯하니, 거친 언사를 너른 마음으로 이해 부탁드립니다."

"심리적 압박이라……."

쓴 미소를 지은 켄드릭이 고개를 끄덕였다.

"일단은 그렇게 받아들이도록 하지. 그편이 아렌트 경에게도 훨씬 나을 테니."

"감사합니다."

무표정으로 묵례하는 그를, 다이아나는 다소 복잡한 심경으로 응시했다.

'아렌트 경을 굳이 막지 않았지.'

처음은 기습적이었으니 이해할 수 있었다.

하지만 신의 실수니 뭐니 하는 말까지 지껄이기 전, 충분히 그 입을 막을 수 있었을 터였다.

이러니저러니 해도 아렌트는 라이오스의 뜻을 크게 거스르는 짓은 하지 않으니까.

'하지만 그러지 않았지.'

아렌트가 빈사 상태에 이르렀던 뒤로, 라이오스는 그의 상태에 예민하게 굴게 되었다.

체르니온교와의 충돌이 잦아지며 그것은 최근 들어 점점 더 심해지는 눈치였고.

하지만 라이오스는 단지 두어 번 저지하는 척했을 뿐, 아렌트의 위험한 발언을 막지 않았다.

그의 안위를 항상 걱정하는 것치곤 상당히 모순적인 일이었다.

'도대체 무슨 생각인지…….'

감히 신성제국의 한가운데에서 신성모독을 서슴없이 해대는 아렌트와 초대 황제의 뒤를 이어 루체에게 선택받은 라이오스.

그들의 속내를 도무지 읽을 수가 없었다.

딱 하나 확실한 점은, 두 사람 다 지독하게 위태로워 보인다는 점이었다.

'게다가 연이어 나타나는 고대의 증거물들까지.'

다이아나는 짧은 한숨을 내쉬며 생각을 털어 버렸다.

지금 당장 답을 알아낼 수 있는 문제가 아니라는 것을 깨달은 탓이었다.

6장. 가장 재미있는 게 뭔지 알아?

가장 재미있는 게 뭔지 알아?

"정말 주인이 없는 거야? 요즘 따라 계속 여기에만 있네."

커다란 개의 이마를 쓰다듬으며 리에타가 걱정스럽게 말했다.

그녀의 앞에 엎드린 개가 짧게 한숨을 푹 내쉬었다. 마치 그녀의 말을 알아듣기라도 한 것 같았다.

바로 옆 벤치에 앉아 있던 루이스가 말했다.

"어쩌면 누가 키우던 개가 아니라 야생동물일지도……. 평범한 개라고 하기에는 너무 크잖아."

"그러고 보니, 숙부님께서 이 영지에는 야생동물과 몬스터가 많다고 하셨어요. 하지만 이 애는 사람을 따르는 것 같은데……."

고개를 갸웃한 리에타가 개와 시선을 맞췄다.

"너 개가 맞니? 아니면 설마 늑대인 거야?"

"……."

하지만 짐승에게서 대답이 돌아올 리는 없었다. 개는 그저 슬쩍 고개를 들어 리에타의 손바닥에 자신의 커다란 이마를 가져갈 뿐이었다.

그러자 리에타의 입가에 미소가 맺혔다.

"어느 쪽이든 뭐 어때요. 이렇게나 착한 아인데. 그렇지?"

"……."

둘을 지켜보던 루이스 역시 작게 미소 지었다.

리에타의 새 친구가 늑대든, 개든 별 상관없다는 점에는 그 역시 동의했다.

마음에 큰 상처를 입은 그녀다. 저렇게나마 다시 웃을 수 있게 된 것은 다 저 개 때문이었으니까.

"리에타. 어제도 저택 안까지 들였지? 너무 그러지 마. 시종들이 무서워하니까."

"하지만 어제는 비가 왔는걸요. 비 맞으며 돌아다니면 너무 불쌍하잖아요. 게다가 엄청 점잖아서 딱히 방을 어지르지도 않았고요."

리에타가 뽀로통하게 항변했다. 어쩔 수 없다는 듯 피식 웃은 루이스가 제안했다.

"그러면 이름이라도 지어 줄까? 목걸이도 하나 만들어

서 달아 주고."

"……그래도 괜찮아요?"

리에타가 눈을 동그랗게 떴다.

그리고 그녀 앞에 엎드려 있던 개…… 아니, 워렌이 움찔했다.

개 목걸이.

웨어 울프 인생 최대의 위기가 닥친 순간이었다.

하지만 그걸 알 리가 없는 루이스가 기분 좋게 말을 이었다.

"그렇지 않아도 형님께서 연락이 오셨어. 혹시 필요한 물건이 있다면 왕궁에서 손수 준비해 보내 주시겠다고 하시던걸. 이곳에서보다 형님께 부탁드리는 편이 더 좋지 않을까?"

"정말요?"

리에타의 표정이 더욱 밝아졌다.

며칠 전, 루이스는 빅토르에게서 서신 하나를 받았다.

빅토르의 정갈한 글씨로 쓰인 편지는 그간의 회포를 풀고 싶기라도 하듯, 길고 긴 이야기를 담아내고 있었다.

앞으로는 자신이 국왕의 위치해서 루카인 왕국을 지켜내기 위해 노력할 것이며, 비극적인 일이 있었지만 그럼에도 두 사람이 자신의 끔찍이도 사랑하는 동생이라는 사실은 영원히 변치 않을 것이라고.

꾹꾹 눌러 쓴 글씨에서는 빅토르의 진심이 가득 담겨

있었다.

"정말로. 그러면 오늘 형님께 따로 서신을 보낼게. 안부를 전해 드리면 분명 기뻐하시겠지."

루이스가 웃으며 고개를 끄덕였다.

'약간이라도 형님을 의심했던 내가 바보지.'

모친이 반역을 저질렀으니, 분명히 리에타와 함께 버려질 거라 생각했다.

하지만 빅토르는 여전히 그들의 가족이며, 보호자였다.

앞으로도 영원히 그 사실은 변치 않을 터였다.

루이스는 손을 뻗어 개의 머리를 한 번 쓰다듬어 주었다.

마치 모든 것을 체념한 듯, 워렌은 가만히 그 손길을 받아들였다.

그런 평화로운 시간이 지나가던 바로 그때.

부스럭.

"……!"

워렌의 예민한 귀에 이질적인 기척이 감지되었다.

갑자기 개가 고개를 번쩍 들고 몸을 일으키자, 움찔한 남매가 뒤로 살짝 물러섰다.

눈을 휘둥그레 뜬 리에타가 물었다.

"왜 그래?"

"새라도 있나?"

루이스 역시 워렌이 노려보는 곳을 확인했지만, 그저 정원수만이 가만히 자리를 지키고 있을 뿐이었다

"아무것도 없는데?"

리에타가 다시 워렌을 돌아보았다. 하지만 워렌은 한참이나 그 자리에 서서 움직이지 않았다.

늑대의 심유한 눈이 차갑게 식어 갔다.

* * *

"……의외로 쓸모가 많다니까."

보고서를 아렌트가 짧게 감탄사를 흘렸다.

발신자는 르웰린으로, 루카인 왕궁 지하 유적과 네펠레 왕국에서 발견되었던 유적 파편을 분석한 결과를 알리는 내용이었다.

이미 예상했듯이 같은 건축 자재를 사용해 지은 구조물이라는 것이 공식적으로 확인된 것이다.

"어차피 다들 추측하고 있던 거잖아. 새삼 이렇게까지 할 필요가 있냐?"

"하여튼 둔해 빠져서는. 원래 이런 건 확실히 해 둬야 합니다. 이왕이면 신빙성 있는 놈이 공증해 주면 더욱 좋고요."

아서의 물음에 시큰둥히 대꾸한 아렌트가 보고서를 다음 장으로 넘겼다.

"그런 의미에서 르웰린 녀석은 꽤 괜찮은 일꾼이죠."

"……제발 왕자님을 그렇게, 아니다. 됐다. 너한테 무슨 말을 하겠냐."

한숨을 푹 내쉰 아서가 슬쩍 후배의 눈치를 살폈다.

아렌트는 여전히 서류에 골몰해 있을 뿐, 평소와 다른 기색은 전혀 보이지 않았다.

덕분에 다른 말을 꺼내기도 여의치 않아, 아서 역시 다시 작성하던 보고서 쪽으로 시선을 돌리고 말았다.

'도대체 속을 알 수가 없으니.'

이렇게 정신없는 와중에 얌전히 연구소에 처박혀 있다는 것부터가 아렌트답지 않은 일이었다.

"뭘 봐요?"

"네 상판대기. 재수 없어서."

"이제 슬슬 잘생긴 얼굴에도 익숙해질 때가 되지 않았어요?"

"……."

선배의 입을 간단히 막아 버린 아렌트는 르웰린이 보내준 지하 유적 도면을 꺼내 펼쳤다.

그러더니 그 옆에 새로운 종이를 꺼내 뭔가를 끄적이기 시작했다.

손재주가 출중한 그답게, 종이에는 금세 새로운 그림이 나타나기 시작했다.

아서는 얼마 지나지 않아 아렌트가 뭘 그리는지 알아차렸다.

"이거……. 마정석 광산이랑 레어 아냐?"

"맞아요."

아렌트가 간단히 고개를 끄덕였다.

눈 깜짝할 사이에 마정석 광산의 약도 옆에 드래곤 레어의 도면까지 완성됐다.

멀뚱멀뚱 그것을 지켜보던 아서의 눈이 커졌다.

"잠깐만. 옆에 있는 건 루카인 왕국 유적 맞지?"

"넵. 이제야 감이 오시나 보네."

시큰둥한 대답에도 아서는 타박을 놓는 것마저 잊어버렸다.

드래곤 레어가 왕궁의 유적과 유사한 구조라는 것을 눈치챈 것이다.

"영 관련이 없는 것 같지는 않아서요. 레어 안에 있던 벽화, 기억해요?"

"어? 어어."

아서가 얼떨떨하게 고개를 끄덕이자, 아렌트는 펜을 내려놓으며 말을 이었다.

"벽화가 있던 원형의 공간에 둥근 돔 형태의 천장……. 체르니온 신전과도 유사한 형태에요. 루카인 왕국의 지하 유적도 마찬가지였죠."

분명 연관이 없지는 않을 것이다.

"원형이 된 게 왕궁의 지하 신전이었을 겁니다. 광산 레어의 주인은 체르니온 신을 따르던 드래곤이었고, 동시에 과거의 그 시절을 그리워하면서 그 레어를 세운 거죠."

늙은 드래곤은 전쟁 동안 그곳에 숨어 살며 명을 다했다.

제법 서글픈 말로였다.

"레베카의 성에 있던 체르니온 신전은 성녀가 직접 지시해서 지었을 테니, 과거에 있던 구조 그대로 구현되었을 거예요."

"……도대체 그런 건 어떻게 아는 거야? 귀족 나리들이 다니는 아카데미에서는 그런 것도 가르쳐 줘?"

"누누이 말하지만, 선배가 멍청한 겁니다. 대충 눈치만 챙기면 이 정도 추측은 충분히 가능하잖아요."

아렌트가 어깨를 으쓱였다.

"어쨌든, 이걸로 지하 유적이 체르니온 신과 깊은 연관이 있다는 건 대강 확실해졌어요. 이걸 정리해서 르웰린한테 건네주면 좀 더 분명한 증거를 찾아내 주겠죠. 보고서 작성 다 하셨으면 이리 주세요. 같이 보내 버리게."

"……조금만 기다려. 다 해 가니까."

"하여튼, 느려 터져서는."

울컥한 아서가 짜증스레 대꾸했다.

"넌 다 했냐? 왜 아무도 시키지도 않은 일을 하고 있어?"

"다 했는데요. 내가 누구처럼 무능한 줄 아나."

하지만 당연히 본전도 찾지 못했다. 아서는 결국 구시렁대며 다시 종이에 코를 박아 버렸다.

그에게 한심하다는 시선을 보낸 아렌트가 몸을 일으켰다.

"마저 하면 거기 두세요. 이따 산책 나가면서 제가 보낼 테니까. 저는 잠깐 다른 일 하러 갑니다."

"다른 일? 무슨?"

아서의 물음에 아렌트가 간단히 대꾸했다.

"심문이요. 정확히 말하자면 회유에 가깝겠지만."

* * *

벌써 며칠째.

아인은 결계의 의자에 단단히 포박된 채였다.

당연히 먹고 마시지도 못했고, 자결할 수 없도록 강철 재갈마저 단단히 물린 상태였다.

문밖에서 다가오는 기척을 알아차린 아인이 초췌해진 얼굴을 들었다.

철컥. 철컥.

몇 겹으로 설치된 잠금장치가 풀리고, 낯익은 견습 기사가 느긋한 걸음으로 결계 안으로 들어왔다.

"꼴 한번 봐 줄 만하네."

맞은편에 놓인 심문용 의자에 털썩 앉은 아렌트가 입을 열었다.

아인은 샛노란 눈동자로 아렌트를 가만히 노려보기만

했다.

그 시선을 온몸으로 받아들이며, 아렌트는 유유히 다리를 꼬고 의자에 몸을 기댔다.

"내 제안, 생각해 봤어?"

"……."

"고개를 끄덕이든, 눈을 깜빡이든 해. 그러면 대화할 의지가 있다 판단할 테니까. 그쪽도 나한테 묻고 싶은 게 제법 있을 것 같거든."

그 뒤에도 아인은 한참 동안 아렌트를 노려보기만 했다.

진의를 살피기 위해서였지만, 그렇다고 해서 한없이 무심하기만 한 낯에서는 아무것도 읽어 낼 수 없었다.

아인의 눈동자에 잠깐 갈등이 스친 것도 잠시.

눈을 천천히 감은 그가 고개를 끄덕였다.

"좋아."

만족스레 대답한 아렌트가 일어나서 그의 재갈을 풀어 주었다.

아렌트가 다시 자신의 자리에 돌아와 앉을 때까지, 아인은 여전히 미동도 하지 않고 그를 바라보고만 있었다.

"무슨 꿍꿍이지?"

"내 목적은 이미 다 말했을 텐데. 같은 말 반복하게 하지 마. 거짓말하는 게 아니라는 건 이미 그쪽도 알 테고."

아렌트가 고개를 비스듬하게 기울였다.

"기도할 줄 모르는 더러운 놈이 최전선에 서 있다고,

너네 변태 가면이 말 안 해 주던?"

"변, 뭐?"

아인이 얼떨떨하게 묻는 말에 아렌트가 친절히 대답했다.

"변태 가면이라고. 아, 불 뿜는 멧돼지 새끼였던가. 이름이 로저랬지?"

"……."

상상도 못 한 말에 아인은 순간 벙찐 얼굴이 되고 말았다.

자신이 모시던 이를 모욕했으니 화를 내야 마땅하겠지만, 기가 막혀서 차마 그러지도 못한 것이다.

"어쨌든 내가 거짓말하는 게 아니라는 건 그쪽도 이미 알았겠지. 아니면 아직 진정성이 좀 부족한가?"

그러는 사이, 아렌트가 자연스럽게 화제를 돌려 버렸다.

아인 역시 퍼뜩 정신을 차렸다.

"……네 말의 취지는 알았다. 하지만 내가 널 어떻게 믿지?"

"루체에게 칼을 들이밀겠다는 내 말이 아직 믿음직스럽지 못하나?"

"……그렇다."

잠깐 침묵하던 아인이 딱딱하게 대답했다.

"물론 너 따위를 막지 못하실 로저 님이 아니시다. 내가 이 자리에서 어떤 말을 하든 너는 로저 님의 손에 죽게 되겠지. 하지만 지금껏 더러운 빛을 위해 일해 온 네

제안을, 내가 어떻게 믿나."

"그 말도 일리가 있군."

의외로 아렌트는 선뜻 고개를 끄덕였다. 덕분에 아인은 눈살을 찌푸릴 수밖에 없었다.

"그게 무슨……."

"이봐. 내가 재미있는 이야기 하나 해 줄까?"

그의 말허리를 뚝 자른 아렌트가 장난스러운 미소를 지었다.

"아직 우리 쪽도 아무도 모르는 이야긴데. 특별히 그쪽한테 먼저 알려 주지. 아마 당신도 제법 흥미로워할 만한 이야기야."

"……."

뭐라 말하려던 아인은 그냥 입을 다물어 버렸다.

어디 한번 떠들어 보라는 의미였다.

충분히 대화할 자세를 갖춘 아인을 마주 보며, 아렌트는 천천히 말을 이었다.

그리고 잠시 후.

아렌트를 고스란히 담아내는 아인의 눈동자에 차츰 경악이 가득 차기 시작했다.

* * *

아렌트의 이야기가 끝난 뒤.

한참 동안 침묵하던 아인이 가까스로 입을 뗐다.

"네놈, 진심이냐?"

심하게 동요한 아인과는 달리, 아렌트는 그저 태연하게 어깨를 으쓱일 뿐이었다.

"못 믿겠으면 증거라도 보여 줄까? 어차피 곧 내 동료들도 알아차릴 거야. 그 시기를 좀 앞당겨도, 난 상관없는데."

"도대체 무슨 까닭으로……."

황망하게 읊조리던 아인이 문득 입을 다물었다. 방금 꺼낸 질문이 무의미하다는 사실을 깨달은 것이다.

아렌트 폰 에크하르트는 이미 몇 번이나 자신의 목적을 말했다.

"도대체 왜 그런 짓을 하는 거냐. 그분들의 손아귀에서 이 세상을 빼돌리고 싶기라도 한가? 보호와 은총 대신 자유를 선물하겠다는, 그런 대단한 사명감이라도 있나?"

"사명감이라니. 재미있는 소릴 하고 있네."

피식 웃음을 터뜨린 아렌트가 턱을 괴었다.

"잠깐 다른 이야기지만, 당신은 오래 살았지? 엘프 혼혈이니, 적어도 겉보기보단 꽤 나이가 많을 것 같은데."

"……."

"그동안 이 세상을 객관적으로 바라본 적 있어?"

여전히 의미를 알 수 없는 말이었다. 아인은 뭐라 대꾸하는 대신 가만히 그를 바라보기만 했다.

아렌트는 천천히 말을 이어 갔다.

"이곳을 잘 짜인 체스판이라고 생각해 봐. 두 신은 성녀와 영웅, 그리고 자신의 신도들을 말 삼아, 이 세상을 두고 경쟁 중이지. 판돈은 아마 자신의 존재일 테고."

유난히도 선명한 음성이 좁은 결계 안에 또박또박 울려 퍼졌다.

"선택받은, 아니지. 선택당한 놈들은 각자 가진 사명과 역할을 가지고 주어진 자리에서 열심히 싸우는 거야. 그마저도 활동 구역이 제한되어 있어. 니케포르와 성녀는 날 죽이지 못하지만……."

아렌트는 자신의 가슴팍을 손가락으로 톡톡, 두드려 보았다.

"체르니온의 가장 단단한 무기로서 존재하는 로저는, 나한테 서슴없이 칼을 박아 넣을 수 있는 것처럼."

이 전장에는 나름 대로의 규칙이 존재했다.

그리고 세계의 외부인으로서, 누구보다도 빠르게 그것을 파악한 아렌트는 지금껏 이어진 싸움에서 그것들을 실컷 이용했다.

"적을 향해 무기를 휘두르는 사람, 지휘하는 사람, 영웅, 그리고 영웅의 동료……. 좁은 칸 안에서 모두가 발버둥 치는 거야. 우스운 꼴이지."

손가락을 하나하나 꼽아가며 읊던 아렌트가 씨익 웃었다.

"너는 소모품 무기고. 그럼 나는 뭘까?"

"……."

"루체는 날 영웅의 조력자쯤으로 두고 싶어 했던 것 같지만."

견습 기사를 마주하고 있자니, 어쩐지 목이 목구멍이 타들어 가는 것 같았다.

진짜 갈증 때문은 아니었다. 신성력으로 단련된 몸은 육체적 고통에 둔감했다.

그러니 이것은 분명히 심리적 요인 때문일 것이다.

'이 내가……'

인정할 수밖에 없었다.

자신이 지금 저 어린 견습 기사의 기세에 눌려 위축되었다고.

"유감스럽게도 고분고분히 체스판 위의 말이 되는 건 내 성미에 안 맞거든."

차분하기만 한 음성과 얼음을 깎아 만든 것 같은 황금색 눈동자.

그리고 고운 얼굴에 드리운 은은한 미소.

"딱히 재미도 없을 것 같고. 그런 것보다 더 즐거운 게 있는데, 내가 왜?"

그 모든 것에서 뭐라 형언할 수 없는 광기가 느껴졌다.

"세상에서 가장 재미있는 게 뭔지 알아?"

"……."

"잘 짜 맞춰진 판을 뒤집어엎고 행패 부리는 거."

할 말을 잃어버린 아인 앞에서 킥킥 웃음을 터뜨린 아렌트가 느긋한 움직임으로 등을 의자에 기댔다.

"이 정도면 충분히 진정성 느껴지지 않아?"

"……"

"뒷일은 네 믿음직한 상관들에게 맡기고, 넌 그냥 죽기 전에 루체를 향해서 최후의 발악을 하면 되는 거야."

으득.

아인이 세게 이를 악무는 소리가 들려왔다.

끓어오르는 속을 어떻게든 가라앉히려는 노력이었지만, 바로 코앞에 놓인 무표정한 얼굴을 마주하고 있는 한 진정하는 것은 불가능한 일이었다.

터진 잇몸에서 피가 스며 나와 이내 아인의 턱을 타고 뚝뚝 흘러내렸다.

"결심이 섰나 보네."

그 모습을 지켜보던 아렌트가 무심히 말했다.

"딱 한 시간 뒤에 돌아오지. 그때까지 어떻게 하면 효율적으로 루체에게 엿을 먹일 수 있는지 잘 생각해 보라고."

"……"

미련 없이 몸을 일으킨 아렌트가 다시 아인의 입에 재갈을 물린 뒤 결계 밖으로 빠져나갔다.

쿵. 철컥.

문이 둔탁하게 닫히는 소리와 함께 잠금장치가 단단히

걸렸다.

또다시 혼자 남게 된 아인은 아렌트가 떠나간 자리를 한참 동안이나 응시했다.

잘게 흔들리는 호박색 눈동자에는, 아인 스스로도 자각하지 못한 공포심이 배여 나오고 있었다.

* * *

라이오스의 보고에 칸타레스가 놀란 표정을 지었다.

"포로가 입을 열었다고? 이렇게 빨리?"

"예. 그렇습니다. 협조할 의사를 보여서 심문해 기록석에 담은 것을 전달받았습니다."

라이오스가 고개를 끄덕이며 단정히 대답했다.

"아렌트가 직접 설득한 뒤, 아서와 슈타들러 백작이 참관한 가운데에 심문했다고 합니다."

"설득?"

의구심 가득한 황태자의 음성에 라이오스가 단어를 바꿨다.

"……아마 협박이라고 하는 게 옳을 겁니다."

"그렇겠지. 아니면 거래라도 했거나."

칸타레스가 앓는 소리를 냈다.

루카인 왕국에서 사로잡은 이들에게서 뭐라도 알아내기 위해 갖은 애를 쓰고 있었지만, 아직 별다른 수확이 없는 상황이었다.

"추후 필요 이상의 감금이나 고문 없이, 편히 죽음을 맞이하게 해 줄 것을 조건으로 걸었다는 말은 전해 들었습니다만……."

라이오스가 개운치 않은 얼굴로 말끝을 흐렸다.

아무래도 그것만으로 아인을 설득했다는 말은 믿을 수 없었다.

"엉뚱한 짓 한 건 아닌지 잘 살펴보도록. 종잡을 수 없는 놈이니 불안해서 못 살겠군."

"……그리하겠습니다."

잠깐 뜸을 들이던 라이오스가 무덤덤히 대답했다.

짧게 한숨을 내쉰 칸타레스가 화제를 바꿨다.

"슬슬 본론으로 들어가지. 이미 기록석 검토는 끝난 건가?"

"네. 그렇습니다. 저와 다이아나 단장님, 켄드릭 단장님이 함께 확인했습니다."

정자세로 선 라이오스가 천천히 보고를 이어갔다.

"루카인 왕국을 습격한 까닭은, 역시 지하 신전을 파괴하기 위함이었다고 합니다. 전쟁을 거친 뒤 완전히 잊혀졌으나……. 예측했던 대로, 체르니온 교단 내부에서는 계속해서 전승되어 왔습니다. 체르니온교는 그곳을 성녀를 버린 고향이라 지칭했다고 합니다."

"고향이라고?"

칸타레스가 제 귀를 의심하며 되물었다.

"고향이면 고향인 거지, 버린 것은 또 뭐지?"

"성녀는 그 유적이 신전으로 기능했을 때부터 존재했다고 합니다."

잠깐 단어를 고르던 라이오스가 살짝 미간을 찌푸렸다.

"삶과 죽음을 거듭하며……. 육신은 바뀌지만, 매 삶의 기억을 모두 지닌 채 살아온 겁니다. 얼마나 오랜 세월 동안 살아왔는지 정확히 아는 자는 교단 내에서도 정확히 아는 자가 없다더군요."

칸타레스가 질린 표정을 지었다.

"진짜 말도 안 되는군. 설마 그 유적이 신전이었을 때도 성녀였다고?"

"예. 그렇습니다."

의구심 넘치는 음성에도 라이오스는 그저 고개를 끄덕일 뿐이었다.

"그 유적은 모든 신들을 위한 합동 신전이었습니다. 니케포르가 파괴한 네펠레 왕국의 영지와 그 이후 르웰린 왕자님께서 발견하신 여러 유적 흔적들도 모두 비슷한 시설이었습니다. 그중 현재 루카인 왕궁이 있는 자리에 세워진 신전이, 가장 큰 규모였다고 합니다."

여기까지는 대강 예상했던 그대로였다. 라이오스의 말이 이어질수록 점점 황태자의 표정이 묘해졌다.

"전쟁이 시작된 뒤 신전은 폐쇄되었고, 성녀 역시 그곳을 나오게 되었다고 합니다. 그래서 해당 유적이 성녀를 버린 고향이라 불리게 된 것 같습니다."

그러나 라이오스는 시종일관 무덤덤하기만 했다.

"아렌트가 파괴한 곳은 신전의 핵심적인 장소였고, 원래 그곳은……."

영웅의 새파란 눈동자가 황태자를 똑바로 바라보았다.

"아마 제가 직접 입에 담지 않아도, 전하께서는 익히 짐작하셨을 거라 생각합니다."

"……."

천천히 눈을 감은 그는 관자놀이를 꾹꾹 눌렀다. 갑자기 치밀어 오르는 두통을 가라앉히기 위함이었다.

"계속해."

짧은 명령에 라이오스가 답을 내어 주었다.

"체르니온과 루체 님을 함께 모신 공간이었다고 합니다."

"하아아……."

결국 황태자의 입에서 커다란 탄식이 흘러나왔다.

"언젠가 체르니온이 유일신이 되었을 때를 위해, 놈들은 과거의 흔적을 파괴한 겁니다. 그리고……."

잠깐 뜸을 들이던 라이오스가 덧붙였다.

"루체 님이 저지른 일에 대해 보복했을 뿐이고, 지금은 단지 시작에 불과하다……. 포로는 그리 주장했습니다."

"……."

평소라면 사로잡힌 적의 주장 따위는 당연히 거짓이라 받아들이고 들은 척도 하지 않았을 것이다.

하지만 지금은 그런 식으로 외면할 수 없었다.

"포로 아인의 말에 의하면 일을 도모하기 전, 그들은 루카인 왕국의 민중들에게 '진실'을 알렸다고 합니다."

'진실'이라는 단어에 묘한 강세가 들어갔다.

"적들은 극빈층부터 시작해서 농민, 가난한 자들부터 공략했습니다. 과거 풍요로운 시대가 있었으나, 루체 님의 욕심에 의해 세상의 균형이 무너졌다는 내용을 흘렸다고 합니다."

"……."

"부당하게 힘을 갈취한 루체 님은 다른 신들마저도 탄압했고……. 세상을 다시 바로잡기 위해, 체르니온 신이 지금 다시금 나선 것이라고요."

당장 루체 신전의 도움을 받기에도 상황이 여의치 않던 사람들을 선동하기에는 충분한 말이었다.

"놈들은 아주 오랫동안 치밀하게 침투해 왔으며, 그런 식으로 전 왕비와 귀비 역시 체르니온 교에 귀를 기울이게 되었다고 합니다."

"네펠레 왕국에서도 마찬가지였겠지."

"예. 그리고 이번 루카인 왕국 사태 때 체포당하지 않은 자들은 현재 대부분 본단에 합류한 듯 보입니다."

그들은 결국 돌아오지 못할 강을 건넌 것이다.

칸타레스는 착잡하게 얼굴을 쓸어내렸다.

"……원래 체르니온을 모셨던 놈들은 그렇다 쳐도, 이제 와서 투신하는 놈들은 도대체 뭘 원하는 거야? 모든 사람이 행복한 이상향이라도 만들고 싶은 거냐고."

"분명 초대 황제 폐하께서도 그런 이상향을 원하셨을 겁니다."

차갑게 들려온 대답에, 칸타레스가 멈칫했다.

잠시 후. 고개를 든 황태자가 다시 라이오스를 보았다.

"방금 뭐라고 했지?"

"모두가 눈물 흘리지 않고 그저 행복한 세상……. 초대 황제 폐하께서도 그것을 위해 성검을 드셨을 테지요."

칸타레스와 시선을 마주치며, 라이오스가 다시 한번 말했다.

잠시 얼빠진 낯으로 있던 칸타레스가 헛웃음을 터뜨렸다.

"그렇지. 하지만 지금 그대가 하는 말은 꼭, 초대 황제께서 실패하셨다는 뜻으로 들리는데. 악신에게까지 투신하며 발버둥 치는 자가 존재하니."

"불쾌하셨다면 사죄드리겠습니다."

라이오스가 고개를 숙였다.

한없이 정중한 어조였지만, 방금 칸타레스의 말을 딱히 부정하지도 않는 모습이었다.

영웅의 후손과 영웅의 칭호를 이어받은 두 사람 사이에

진득한 침묵이 자리 잡았다.

잠시 후.

먼저 운을 뗀 것은 칸타레스였다.

"난 이상향 따위는 믿지 않아. 그러나 이상향을 추구하면, 좀 더 나은 미래는 만들 수 있겠지."

"……한때는 믿었던 적이 있습니다. 하지만 지금은 아닙니다."

한동안 더 뜸을 들이던 라이오스가 입을 열었다.

"그리고 전하의 말씀에도 동의합니다. 루체 님 역시 한 사람이라도 더 구제할 수 있도록 힘쓰라 하셨고요. 저는 그 가르침을 위해 검을 들었습니다. 저 역시 제 선택에 후회는 없을 것입니다."

정의로운 영웅이 할 법한 대사였다.

동시에 언제나 정의를 추구하는 라이오스다운 말이기도 했다.

'뭐지?'

무표정한 얼굴로 시립한 기사단장은 언제나 그가 알던 라이오스가 맞았다.

그러나 지금 이 순간, 칸타레스는 라이오스에게서 묘한 위화감을 느끼고 있었다.

황태자의 미묘한 시선을 받아들이며, 라이오스가 말머리를 돌렸다.

"기록석 내용은 여기까지입니다. 본단의 위치 등, 교단의 핵심 세력이 기거하는 곳에 대해서는 밝혀내지 못했습니다. 좀 더 심문해 본다고 하지만, 아마 큰 기대는 하시지 않는 편이 좋을 듯합니다."

"……알겠다."

여전히 찜찜함을 거두지 못한 채, 칸타레스가 고개를 끄덕였다.

"아렌트와 아서 경에게도 고생했다고 전해 줘. 그리고 당분간 포로의 증언에 관해서는 발설치 말도록."

"예. 이미 아렌트와 아서, 그리고 슈타들러 백작님께도 함구를 부탁드렸습니다. 기록석은 제가 보관할 예정이고, 서면으로 따로 기록을 남기지 않는 편이 나을 듯합니다."

"그래. 잘했다. 내가 허가할 때까지는 극비로 해 두는 게 좋겠어."

언제까지나 이런 식으로 숨기는 데에만 급급할 수는 없었지만, 지금은 너무 위험했다.

체르니온교와의 싸움을 앞두고 아군끼리 분열할 수는 없었다.

"……일단 그리 처리해 두고. 그렇잖아도 네게 전해야 할 다른 안건이 있다만."

눈두덩이를 꾹꾹 누른 칸타레스가 다시 입을 열었다.

"오늘 루미엘 대신관님께서 폐하와 내게 서신을 올리셨어. 다음 주부터 신전의 병력이 본격적으로 공식 활동을 시작한다더군."

잠깐 입을 다물고 있던 라이오스가 말했다.

"……다소 이른 출정이군요."

"아무래도 그런 감이 없지 않아 있다만, 그래도 지금으로서는 한시라도 빨리 실전 경험을 쌓는 게 좋으니까."

칸타레스가 고개를 기울였다.

"나는 네가 그 사실을 몰랐다는 점이 더욱 의외로군. 병사들을 훈련시키면서 대신전을 자주 드나들지 않았나?"

"그랬습니다만, 다른 일로 바빠서 미처 전달받지 못했습니다. 아무래도 루미엘 대신관님께서 배려해 주신 듯합니다."

"……뭐, 어쨌든. 일단은 실무를 익히는 것을 최우선으로 생각하시는 듯하더군. 당장 그들을 체르니온 교단과의 싸움에 투입하기에는 무리가 있으니, 당분간은 후방 지원을 주력으로 할 거야."

잠깐 눈살을 찌푸리던 칸타레스가 말을 이었다.

"그들의 첫 임무는, 최근 외곽의 무인 신전에서 벌어지는 무차별 파괴 행위에 대해 조사하는 것인데. 혹여 체르니온교가 직접적으로 연관되었다는 흔적을 발견하면 곧장 황실 기사단 쪽으로 임무가 넘어갈 거다."

최근에도 두 건이 더 발생했으며, 범인은 아직 잡히지 않았다. 칸타레스가 짧게 한숨을 내쉬었다.

"포로의 증언을 보아하니……. 아무래도 관련이 없는 것 같지는 않군. 놈들이 일부러 사람들을 들쑤시고 있는 거야."

"……예. 그럴 가능성이 커 보입니다. 대신전 측에도 좀 더 주의해서 움직이도록 부탁드려야겠습니다. 적이 언제 다시 쳐들어올지 알 수 없는 상황이니까요."

잠깐 침묵하던 라이오스가 고개를 끄덕였다.

"혹시 다른 용무가 없으시다면 이만 물러가 보아도 괜찮겠습니까? 송구합니다만, 이후에 다른 일정이 있어서."

"물론이지. 내가 너무 오래 붙잡고 있었군. 그렇지 않아도 바쁜 사람인데."

칸타레스가 짓궂게 씨익 웃었다.

"무려 성검의 영웅이시잖나. 안 그래?"

"……제겐 그저 과분한 호칭일 뿐입니다. 그럼, 이만 물러가 보겠습니다."

고개를 깊이 숙여 인사한 라이오스는 곧장 집무실에서 빠져나왔다.

처음에는 평소처럼 침착함을 가장해 복도를 가로지르던 그였다.

하지만 점차 황태자의 집무실이 멀어질수록, 라이오스의 걸음이 점점 더 빨라지기 시작했다.

라이오스는 뜀박질과 빠른 걸음 사이를 유지하며 순식간에 자신의 집무실로 돌아왔다.

"……."

다른 용무가 있다던 말과는 달리, 라이오스는 한참 동

안 밖으로 외출하지 않았다. 단지 초조한 얼굴로 바쁘게 방 안을 성큼성큼 배회하며 골똘히 생각에 잠겨 있을 뿐이었다.

'대신관님.'

아까 황태자 앞에서는 배려 운운하며 말하긴 했지만, 라이오스는 누구보다도 잘 알고 있었다.

루미엘 대신관이 결코 호락호락한 사람이 아니라는 것을.

그녀는 분명 자비롭고 온화했지만, 한편으로는 누구보다도 까다로우며 강단 있는 사람이었다.

라이오스에게 지금껏 출병 일정을 알리지 않은 데에는 분명 다른 뜻이 있을 터였다.

'곤란하군.'

거기까지 생각이 다다른 라이오스는 우뚝, 움직임을 멈췄다.

지금 당장 자신과 뜻을 같이 할 수 있는 한 사람이 퍼뜩 떠올랐다.

'분명 그분이라면.'

고민은 길지 않았다. 라이오스는 망설임 없이 책상 위의 통신구를 집어들었다.

잠시 후.

몇 번 통신구가 점멸한 끝에 상대방이 통신에 응했다.

-칸 연합입니다. 어떤 용무십니까?

연합장, 헨리의 물음에 라이오스가 단박에 답했다.

"라이오스 드 윈프리드입니다."

-예? 라이오스 단장님이십니까?

헨리가 놀라움과 의아함이 동시에 드러나는 목소리로 되물었다.

놀라울 만도 했다.

라이오스는 좀처럼 칸 연합 측에는 관여하지 않는 사람이었으니까.

그러나 상황을 더 설명하는 대신, 당장 본론부터 꺼냈다.

"갑작스럽게 죄송합니다만, 혹시 부연합장도 계십니까?"

-아르크스라면……. 예, 지금 있습니다.

헨리는 얼떨떨한 와중에도 대답했다.

-혹시 급한 용건이나 전언이 있으시다면 제가 전하겠습니다. 아니면 직접 대화하시겠습니까?

"직접 부탁드립니다. 그리고 가능하다면 연합장님도 함께 들어 주셨으면 합니다."

-……무슨 일이라도 벌어졌습니까?

잠낀 침묵하던 헨리가 심각하게 물었다.

"그런 건 아닙니다만. 두 분의 힘이 필요할 듯합니다."

-연합이 아니라……. 저와 아르크스가요?

헨리는 용케도 라이오스의 말에서 숨은 뜻을 알아차렸다.

"예. 그렇습니다. 그리고 이건 공무나 정식 임무가 아니라, 제 개인적인 부탁입니다."

라이오스가 간단하게 대답했다. 통신구를 쥔 손에 꾸욱, 힘이 들어갔다.

"혹여 나중에 문제가 생긴다면, 제가 책임지겠습니다."

* * *

"너는 도대체 날 뭘로 보는 거냐."

한밤중.

불쑥 찾아온 아렌트를 향해 신경질을 터뜨렸다.

느긋하게 소파에 기대 서류를 읽던 아렌트는 고개도 들지 않고 대꾸했다.

"편리한 파충류."

"너 이 새끼, 진짜 뒈지고 싶은 거냐? 괴짜 백작 녀석의 연구를 돕는 것에는 불만이 없다만, 이건 도대체 뭐 하자는 거지?"

렉시온이 사납게 쏘아붙였다.

"혀 깨물고 뒈지라고 말한 건 네놈이다만, 그 뒷수습을 어째서 내가 하고 있느냐고."

그제야 아렌트는 서류를 덮고 시선을 들어 렉시온을 보았다.

"뒈지라고는 했지만, 죽게 내버려둔다는 말은 단 한마

디도 안 했거든요."

"그러니까 왜 내가······."

"렉시온 님이 제일 한가하시잖습니까. 그리고 렉시온 님만 하실 수 있는 일이고."

깊은 잠에서 깨어난 체르니온교의 신관들은 도망칠 수 없다는 것을 깨닫고, 하나둘씩 자결을 시도하기 시작했다.

그럴 것을 예상한 아렌트는 신관들을 격리한 곳 바로 앞에 렉시온을 경비 삼아 세워 두었다.

덕분에 신관들은 죽음으로 도피하기 직전, 렉시온에게 제압당해 강제로 치료당해야만 했다.

죽음 직전까지 이르렀다가 되살아나기를 몇 차례나 반복하며, 신관들은 점점 정신력이 마모되며 피폐해져 갔다.

인내심이 바닥난 것은 렉시온 역시 마찬가지였다.

저주를 퍼부으며 상습적으로 자결을 시도하는 놈들을 지켜보는 건 썩 정신 건강에 이로운 일은 아니었으니까.

하지만······.

"감시 좀 하라니까, 왜 여기 와서 불평불만이나 늘어놓고 있어요?"

아렌트는 가차없었다.

"이 싸가지 없는 애새끼 같으니······. 백작이 다시 재워 놓고 뭔가 한대서, 수면 마법을 걸어 준 다음에 자리를 비운 거다."

"와중에 시키는 일은 또 잘하신다니까. 그럴 거면서 불평은 왜 해요?"

"……."

조용히 주먹을 말아쥔 렉시온은 한 대 쥐어박을까, 잠시 고민했다.

하지만 지금 당장은 참기로 했다. 짜증이 잔뜩 난 상태에서 쥐어박았다간 자칫 힘 조절을 못 할 수도 있으니까.

"나쁘지 않네요. 그래도 하나둘씩 입을 열기 시작했으니 조만간 재미있는 일이 생길지도 모르겠어요."

느긋하게 등을 기댄 아렌트가 한가롭게 주절댔다. 포로들의 입에서 나온 것들은 대부분 평소 아렌트의 신성모독적 발언들이 영 틀리지만은 않았다는 것을 증명해 주었다.

모든 것을 정리해 하나도 빠짐없이 황궁으로 보내고 있으니, 황태자 역시 제법 생각이 복잡해졌을 것이다.

'아직까지 잠잠한 것을 보아하니, 아무래도 숨기기로 한 것 같은데…….'

귀족들에게도 그 내용이 알려졌다면, 지금쯤 소란이 벌어져야 마땅했다.

하지만 아무래도 칸타레스는 단장들과 함께 입을 다물기로 결심한 듯했다. 그답지 않지만, 또 한편으로는 신성제국의 황태자로서 최선의 선택이었을 것이다.

하지만 뜻대로 되지 않는 것이 인생인 법이었다.

"도대체 뭘 기다리고 있는 거지? 밤마다 뭘 하는 거야?"

렉시온이 못마땅하게 눈썹을 찌푸렸다.

"뭘 하는지는 아직 비밀입니다. 그리고 무언가를 기다리고 있긴 한데……."

잠깐 말끝을 늘리던 아렌트가 고개를 비스듬히 기울였다.

"영 입질이 안 온단 말이죠. 슬슬 때가 된 것 같긴 한데."

"뭐?"

"누가 방해라도 하나……. 아니면 내가 생각했던 것보다 우리 측 사람들이 무능한 건지는 잘 모르겠지만요."

여전히 이해하지 못한 렉시온이 되물었지만 아렌트는 제 할 말만 늘어놓을 뿐이었다.

"분명 효과가 없는 것 같지는 않거든요."

아렌트의 앞에는 노이만 정보상과 칸 연합에서 보내 준 서류가 있었다.

적어도 칼리온 제국 내부에서는 실종자가 늘어나는 추세가 줄어드는 중이라는 내용이 담겨 있었다.

동시에 악적들과 맞서 싸우는 라이오스의 인기는 하루하루 높아지고 있었다.

'솔직히 도박하는 기분이었는데…….'

결과는 생각했던 대로 되었다.

하지만 정작 슬슬 알아차려야 했을 녀석들이 잠잠하다는 게 다소 찜찜했다.

'거기까지는 내가 어찌할 수 있는 영역이 아니지.'

그러나 아렌트는 오래 고민하지 않았다. 여전히 두루뭉술한 대답에 답답해진 렉시온이 다시금 캐물으려던 그때.

"너 진짜……."

책상 위의 통신용 수정구가 조용히 점멸하기 시작했다.

아렌트는 곧장 몸을 일으키는 대신, 렉시온을 빤히 쳐다봤다. 마치 할 말이 있으면 해 보라는 것처럼.

"……됐다. 저거나 받아라."

"넵."

그제야 아렌트는 몸을 일으켜 통신구를 손에 쥐었다.

통신이 연결되자마자 익숙한 목소리가 돌아왔다.

-나다.

워렌이었다.

착 가라앉은 음성에서 아렌트와 렉시온은 뭔가 심상찮은 일이 벌어졌다는 것을 직감적으로 알아차렸다.

"이변이라도 생겼어?"

-왕자와 왕녀 주변을 얼쩡대는 놈들을 제압했다.

워렌에게서 대강 예상했던 답변이 돌아왔다. 렉시온을 한 번 본 아렌트가 물었다.

"그래서, 어떻게 했는데? 인간인가?"

―아니. 정확히는 인간이었던 구울이다. 아무리 찢어도 계속 재생하기에…….

워렌은 제 발아래에 굴려 둔 것들을 힐끗 보았다.

썩은 피 냄새가 불쾌하게 코를 찔렀다.

"일단은 머리만 남겨 놓고 찢어 버렸다."

바닥에는 검붉은 조각들이 흩뿌려져 있었다. 가까스로 형체를 유지하고 있는 것은, 급한 대로 재갈 대신 흙을 가득 채워 둔 머리통 다섯 개뿐이었다.

몸통을 잃은 구울 신관들은 계속해서 뭐라 소리를 지르고 싶어 하는 듯했지만, 입이 틀어막힌 바람에 꺽꺽대는 소리만 가까스로 낼 뿐이었다.

―그것참 웨어울프다운 방식이네.

아렌트가 질린 건지, 아니면 빈정거리는 건지 모를 목소리로 대답했다.

워랜은 시커먼 피가 뚝뚝 떨어지는 구울의 머리채를 잡은 채 물었다.

"고작 다섯만은 아닐 것 같다만. 숨을 붙여 둔 채로 제압해야 하나?"

―여유 된다면 한둘이나 셋 정도만 그렇다고 일부러 생포하려다가 삽질하지는 말고.

늘 그렇듯 시큰둥한 대답이 돌아왔다.

―잊지 마. 제일 중요한 건 왕자와 왕녀를 보호하는 거야.

"나도 안다. 나오기 전에 공작님께 상황을 전달해 뒀으니, 그쪽은 괜찮을 거다."

통신구 너머에서 아렌트가 느긋하게 말했다.

-괜히 사람들 깨워서 소란스럽게 만들지 말고, 사냥은 얌전히 해.

"알겠다."

차분한 목소리와는 달리, 어둠 속의 달처럼 형형히 빛나는 워렌의 눈동자가 지금껏 감춰 왔던 야성을 고스란히 드러냈다.

얌전한 강아지인 척하던 야수가 본성을 드러내는 순간이었다.

* * *

우우우우우!

어두운 하늘에 늑대가 울부짖는 소리가 울려 퍼졌다. 창밖을 내다보던 리에타가 불안하게 말했다.

"오라버니, 괜찮겠죠? 릭이 아직까지 돌아오지 않았는데……."

"괜찮을 거야."

그렇게 대답하는 루이스의 목소리도 영 개운하지만은 않았다.

리에타의 손에는 아직 릭에게 걸어 주지 못한 가죽 목

걸이가 꼭 쥐어져 있었다.

 오늘 밤은 몬스터 떼가 나타날 테니, 저택 밖으로 나가지 말라는 미들턴 공작의 당부가 있었다.

 그의 말을 증명이라도 하듯, 이른 저녁부터 저택 근처는 몬스터를 경계하는 병사들로 가득했다.

 그들 때문에 겁을 먹은 건지, 리에타가 릭이라 이름 붙여준 개도 오늘따라 하루 종일 보이지 않았다.

 "몬스터나 다른 산짐승 때문에 해를 입기라도 한 건 아니겠죠?"

 "괜찮대도. 릭은 덩치도 크고 이빨도 크니까. 어지간한 몬스터는 그 녀석한테 덤비지도 못할걸? 오히려 릭이 오늘이 기회라며 사냥을 나간 건지도 모르지."

 일부러 리에타를 안심시키기 위해, 루이스가 과장된 어조로 말했다.

 그제야 리에타는 조금 염려를 내려놓는 눈치였다.

 똑똑.

 그때, 누군가가 남매가 머무르는 방의 문을 두드렸다.

 "루이스 님. 리에타 님. 잠시 괜찮으십니까?"

 미들턴 공작의 목소리였다. 리에타와 시선을 교환한 루이스가 자리에서 일어나 문을 열어 주었다.

 "숙부님. 어쩐 일이십니까? 오늘은 바쁘실 거라 생각했습니다만……."

 "병사들을 내보냈으니 이제부터는 시간이 꽤 남습니

다. 오늘 밤은 산책도 못 하실 테니, 무료하실 듯하여 찾아뵈었습니다."

루이스를 내려다보며, 공작이 흉터가 있는 무뚝뚝한 얼굴에 잔잔한 미소를 드리웠다.

"괜찮으시다면 저와 다과라도 들면서, 잠시 담소를 나누시지 않으시겠습니까? 요리사에게 특별히 부탁해서 두 분이 좋아하시는 차와 과자를 준비했습니다."

갑작스러운 제안에 두 사람이 눈을 동그랗게 떴다. 거기에 그치지 않고, 미들턴 공작은 다른 미끼를 던졌다.

"그리고 루이스 님께서 마음에 들어 하실 책들도 들여왔습니다. 함께 검토해 보시죠."

"너무 감사하지만……. 숙부님, 혹시 릭이 어디에 있는지 아시나요?"

리에타가 걱정을 가득 담아 말했다.

"몬스터가 나타났다고 했는데, 아까부터 보이지 않아서……."

"걱정 마십시오, 리에타 님. 지금 병사들과 함께 있다고 합니다."

미들턴 공작이 내어 준 대답에 리에타와 루이스의 표정이 밝아졌다.

두 조카를 마주 보며 공작이 천천히 말을 이었다.

"병사들과 함께 몬스터를 토벌 중입니다. 즐거워하는 듯해서 병사들에게도 그냥 내버려두게 했으니, 사냥이 끝나면 곧 돌아올 겁니다."

"신경 써 주셔서 감사합니다, 숙부님."

루이스가 흐린 미소를 짓자 공작이 차분히 대답했다.

"아닙니다. 적적하던 저택이 두 분 덕분에 생기가 도는 듯하여, 제가 더욱 감사할 노릇입니다."

이들을 최선을 다해 지켜내는 것은 왕실을 수호해야 하는 자신의 의무이자, 선왕과 빅토르를 향한 마지막 속죄였다.

"걱정을 접으셨다면, 취침 시간 전까지 이 늙은 숙부와 담소를 나눠 주시겠습니까?"

"기쁘게 그러겠습니다."

"네! 감사합니다, 숙부님."

루이스가 선뜻 고개를 끄덕이고, 리에타 역시 해맑게 대답했다.

* * *

워렌이 지나간 곳에는 그저 고깃덩어리와 핏물만이 그득했다. 그를 추적하던 탐험가, 로드릭이 질린 얼굴로 고개를 내저었다.

"이쯤 되면 원래 형체가 뭐였는지도 모르겠는데."

"거의 고깃덩어리 아냐?"

켄 역시 마찬가지로 질색하며 대꾸했다.

모두가 잠들기까지는 아직 다소 이른 시간이었지만 골목은 그저 조용하기만 했다.

몬스터 떼가 내려왔다며 공작이 미리 사람들을 단속시킨 덕분이었다.

"나 슬슬 비위 상하려고 하는데. 워렌 이 자식, 좀 곱게 죽일 수는 없나?"

불을 피워 살점에 붙이며 로드릭이 투덜거렸다. 구울의 살점이 시커먼 연기와 함께 타오르기 시작했다.

"아직도 안 상했다니, 대단하네. 그리고 배부른 소리 하지 마. 이놈들 적당히 하면 끝도 없이 재생한다고……."

짜증스레 대꾸하려던 켄이 문득 말을 멈췄다. 등 뒤에서 수상한 기척을 감지한 탓이었다.

"……!"

소스라치게 놀란 두 사람이 뒤를 돌아본 순간, 한 쌍의 새빨간 눈동자와 정면으로 마주쳤다.

스릉!

로드릭과 켄이 반사적으로 검을 뽑은 것과 동시에.

"키에에에엑!"

구울이 거대한 낫처럼 생긴 앞다리를 휘두르며 그들을 향해 달려들었다. 먼저 앞으로 치고 나간 로드릭이 검을 크게 내질렀다.

하지만 차마 그의 검이 구울에게 닿기도 전, 예고 없이 튀어나온 시커먼 괴물이 구울을 낚아챘다.

우당탕탕!

어둠 속에서 뒤엉킨 두 존재가 바닥을 뒹굴며 시커먼 피가 튀었다.

"케에에에엑!"

거대한 늑대 아래에 깔린 구울이 비명을 내질렀다. 그러나 워렌은 가차 없이 날카로운 발톱으로 단번에 구울을 찢어 버렸다.

후두둑.

조각난 살점이 검게 죽은 피와 함께 사방에 흩뿌려졌다.

그러나 곤죽이 된 상태에서도 구울은 계속해서 발버둥 쳤다.

심지어 떨어져 나온 다리들은 다시 본체에 합류하기 위해 꿈틀대며 움직이기 시작했다.

그뿐만이 아니었다.

"크르륵……."

"켁. 케엑. 켁."

그림자 속에서 다른 구울들이 하나둘씩 모습을 드러내기 시작했다.

퍼뜩 정신을 차린 로드릭이 외쳤다.

"야, 움직여!"

"어? 어어어!"

멍하니 있던 켄 역시 퍼뜩 정신을 차리고 전장에 합류

했다.

카아앙!

켄의 검과 늑대형 구울의 발톱이 정면으로 맞부딪쳤다.

"뭐야, 이 새끼들은 도대체 어디서 튀어나온 거야?"

켄이 비명처럼 외치자 워렌이 딱딱하게 대꾸했다.

"소환이다. 우리가 방심했어."

우드득.

워렌은 적의 목을 단번에 뽑아 버리며 빠르게 말을 이었다.

"우리 외에 갑자기 찾아들었던 그 외부인들 놈들. 자잘한 마정석을 이곳저곳에 뿌리고 다녔더군."

그것이 매개가 되어, 영지 곳곳에는 인간의 지능을 온전히 갖춘 구울, '기적의 병사' 이외에 괴물형 구울들마저 들끓게 된 것이다.

그림자 속에서 불쑥 존재감을 드러낸 구울이 켄을 향해 달려들었다.

하지만 그보다 워렌이 더욱 빨랐다.

"케에에엑!"

구울이 끔찍한 비명을 내질렀다. 하지만 무의미한 저항이었다.

콰지직.

손아귀로 놈의 두개골을 박살 내 버린 워렌은 발버둥 치는 몸체까지 찢어 버렸다.

피에 흠뻑 젖은 채 워렌이 다시 두 사람을 돌아보았다.

"나는 다른 인간형 구울을 찾으러 가야 한다. 짐승형 개체들은 맡겨도 괜찮겠나?"

"여기서 시간 낭비하지 말고 빨리 가기나 해!"

서걱!

로드릭이 짜증스레 대꾸하며 구울의 목을 베어 냈다.

그사이 달려든 켄이 품에서 작은 화약 덩어리를 꺼내 불을 붙이고, 피를 쏟아내는 구울의 텅 빈 목구멍 안으로 쑤셔 넣었다.

두 사람이 급하게 거리를 벌리는 찰나, 구울의 몸 안에서 화약이 폭발했다.

콰아아앙!

불꽃이 일며 순식간에 구울의 사지가 찢어졌다.

핏덩어리와 살점 조각이 마치 붉은 비처럼 밤하늘 아래에 흩뿌려졌다.

워렌이 잠깐 시간을 벌어준 틈을 타 켄은 전투태세를 마친 상태였다.

"이거 진짜 쓸모 있네. 우리 대장 머리 돌아가는 것 하나만큼은 끝내준다니까."

혀를 내두르는 켄은, 화약을 뭉쳐 만든 작은 폭탄을 손에 한가득 쥐고 있었다.

르웰린의 지시에 따라 준비해 둔 물건이었다.

최근 탐험가들이 체르니온 교단과의 싸움에 투입되며

구울과 조우할 가능성이 커졌다.

하지만 탐험가들은 황실 기사단처럼 압도적인 전투력을 가진 게 아니니, 르웰린은 자연히 그들도 무한히 재생하는 구울들을 상대할 방법을 고민할 수밖에 없었다.

그 결과물이 바로 이거였다.

탐험가들이 막힌 벽을 뚫거나 땅굴을 파는 용도로 사용하는 작은 폭약을 응용해 무기로 개발한 거였다.

"정말 괜찮겠나?"

"이미 훈련도 몇 차례나 했거든. 다른 녀석들도 괜찮을 테니, 넌 네 일이나 해."

꾸역꾸역 밀려드는 구울들을 마주 보며 켄이 씨익 장난스레 웃었다.

"성질 더러운 견습 기사 나리 심부름을 해야 하는 거 아냐?"

"……."

워렌의 얼굴이 딱딱하게 굳었다. 하지만 그것도 잠시, 워렌은 고개를 끄덕이고 바닥을 박차 훌쩍 도약했다.

워렌이 눈 깜짝할 새 담을 넘어 사라지고, 다시 이 자리에는 악취를 풍겨대는 구울과 켄, 로드릭이 남게 되었다.

"크르르륵……."

구울들이 끈적한 침을 흘리며 두 사람을 서서히 포위하기 시작했다.

켄과 로드릭은 침착하게 뒷걸음질 치며 그들과의 거리

를 다소 벌렸다.

"진짜 더럽게 못생겼네."

긴장감을 해소하려 로드릭이 일부러 농담을 던졌다.

켄 역시 자꾸만 뻣뻣하게 굳으려는 고개를 억지로 끄덕였다.

"하여튼 그 망할 사이비 새끼들, 악취미라니까."

그러나 여유는 그리 많지 않았다.

"크르르르륵!"

가장 선두에 선 거미 형태의 구울이 울부짖으며 그들을 향해 쇄도하기 시작했다.

검을 든 로드릭과 화약을 양손에 가득 모아쥔 켄 역시 동시에 지면을 박차고 그들을 움직이기 시작했다.

유난히도 긴 새벽이었다.

* * *

리에타 왕녀와 루이스 왕자가 머물던 영지에서 악신교와의 교전이 벌어졌다.

그 소식은 순식간에 칼리온 제국의 황궁까지 전해지며, 슈타들러 백작의 연구소에 있던 아서와 아렌트 역시 렉시온과 함께 황궁으로 복귀했다.

모두가 잔뜩 긴장한 채 이따금 루카인 왕국에서 전해주는 간략한 통신 보고에만 귀를 기울였다.

특히 르웰린은 답지도 않게 초조한 기색을 숨기지 못한 채 뜬눈으로 밤을 지새울 수밖에 없었다.

워렌과 함께 다른 탐험가들 역시 구울과의 전투에 나섰다는 전언 때문이었다.

마침내 해가 뜰 무렵.

적이 퇴각하며 싸움이 종식되었다는 소식이 날아들고, 또 몇 시간이 흐른 뒤.

드디어 르웰린이 탐험가 연합용으로 사용하는 통신구에도 불이 들어왔다.

미들턴 공작의 영지 쪽에서 걸려 온 거였다.

"……."

통신구 너머에서 들려오는 보고를 멍청히 듣던 르웰린이 다리에 힘이 풀린 듯, 스르륵 자리에 주저앉았다.

"……그거 정말이야? 거짓말하는 거 아니고?"

멍하니 있던 르웰린이 아득한 목소리로 몇 차례나 되물었다.

"진짜지? 진짜 아무도 안 죽은 거 맞지?"

-내가 한가한 놈도 아니고. 그런 걸로 대장한테 거짓말할 이유가 어디에 있어? 피곤해 죽겠는데 똑같은 말 몇 번이나 반복하게 하지 마.

로드릭이 일부러 더욱 짜증스러운 척, 까칠한 목소리로 대꾸했다.

-몇몇 놈은 중상이고, 은퇴해야 할 정도로 다친 놈도

있긴 하지만······. 그래도 생각했던 것보다는 피해가 적으니 다행이라고 해야 하나.

워렌이 혼자서 영지 곳곳을 누비며 가장 위험한 적들을 먼저 처리해 준 덕분이었다.

통신구 너머에서 로드릭의 보고가 계속해서 이어졌다.

─워렌도 크게 다치긴 했다만, 그놈은 워낙 튼튼하니 괜찮을 거야. 마침 왕실에서 파견한 왕실 기사단이 근처까지 와 있대서, 남은 적들은 그쪽에 맡기기로 했어.

"······고생했어."

얼굴을 천천히 쓸어내린 르웰린이 운을 뗐다.

"진짜, 정말로 고생했어."

몇 번이나 되풀이해도 부족할 말이었다.

르웰린의 곁을 지키며 함께 밤을 지새운 아렌트는, 맞은편 소파에 앉아 퉁한 얼굴로 고개를 절레절레 내저을 뿐이었다.

* * *

그날 오후.

칼리온 제국 황궁에서 급히 회의가 열렸다. 갑작스러운 소집에 회의실에 모여든 귀족들은 간밤 있었던 전투에 대해 전해 듣고 경악을 금치 못했다.

심란한 기색을 숨기지 못하는 귀족들을 마주 보며 라이

오스가 차분히 설명을 이어 갔다.

"일곱의 인간형 구울과 대략 마흔 체에 가까운 구울 개체가 토벌되었습니다. 다행히 호문쿨루스에 해당하는 개체는 없었습니다만, 인간형 구울은 모두 온전한 지성을 갖춘 '기적의 병사'의 일종이었습니다. 요양 중인 루이스 왕자와 리에타 왕녀를 납치하거나 암살하려는 시도였을 거라 추측됩니다."

눈을 감고 가만히 듣던 란슬롯 공작이 신음을 흘렸다.

"쉽지 않은 싸움이었을 텐데, 용케 막아 냈군요. 다행스러운 일입니다. 일전에 전하께서 거두신 웨어 울프가 큰 공을 세웠다 들었습니다."

"전하께서 베푸신 은혜가 이리 돌아오는군요. 좋은 일입니다."

누군가가 그리 말하자, 다른 귀족들 역시 동의하며 진지하게 고개를 끄덕였다.

가장 상석에 앉은 칸타레스는 아무런 대답도 하지 않고 그들을 가만히 지켜보기만 했다.

잠시 후, 그가 익히 예상했던 한 마디가 흘러나왔다.

"이것이 다 루체 님의 은덕이군요."

어느 나이 많은 귀족이 습관처럼 읊조린 말이었다. 그러자 모두가 웅성대며 그에 동조하기 시작했다. 심지어 몇몇은 짧은 기도문을 중얼대기도 했다.

익숙한 광경이었다.

그러나 칸타레스는 마음 편히 그 모습을 받아들이지 못했다.

'이런 자들에게…….'

루체와 체르니온이 양면의 동전과도 같은 존재라고, 차마 말할 수 있을 리가.

황태자인 자신이 직접 말한다더라도 이들은 분명 믿지 못할 것이다.

그렇다면, 신성 제국이라는 이름을 근간으로 성장한 칼리온 제국은 어떻게 행동해야 하는가.

'……정말 모르겠군.'

천천히 눈을 감았다 뜬 칸타레스는 그냥 화제를 돌려 버렸다.

"현재는 루카인 왕실 기사단이 추적 중이나, 순간이동 마법에 능한 자들이니 큰 소득은 기대하기 어렵습니다. 도주하다 본단의 위치를 들킬 위험을 감수할 바에야, 분명 자결을 택할 겁니다."

놈들은 스스로를 철저히 도구로만 여겼다. 체르니온 신의 영광을 이 땅에 다시 불러들이는 데 쓰이는, 그런 도구.

"언제 어디서 다시 공격이 개시될지 모르니, 철저히 방비해야 합니다. 오늘은 이만 자리를 파하고, 또 다른 변동사항이 있으면 즉각 전달하겠습니다."

한숨을 꾹꾹 눌러 담으며, 칸타레스는 회의 종료를 선

언했다. 귀족들이 모두 황태자를 향해 고개를 깊이 숙였다.

어쩐지 그들을 보고 있자니 머리가 더욱 지끈거리는 것 같았다.

회의실을 빠져나온 칸타레스는 자연스레 자신의 집무실을 향해 걸음을 옮기기 시작했다.

"도무지 어떻게 해야 할지 모르겠군."

그는 자신의 한 걸음 뒤에서 걷는 라이오스를 향해 툭 내뱉었다. 잠깐 침묵하던 라이오스가 대답했다.

"전하께서는 누구보다도 잘 하고 계십니다. 초대 황제 폐하의 후예다우십니다."

"……현직 영웅에게 그런 말을 듣다니, 영광스럽기 그지없군."

잠깐 뜸을 들이던 칸타레스가 피식 힘 빠진 웃음을 지었다.

"글쎄. 폐하께서는 내가 어린 시절, 종종 애정을 담아 칸이라 불러 주셨다만."

지금 와서 생각해 보면, 별로 어울리는 애칭은 아니었던 것 같다.

그런 별명을 갖기에는, 자신은 지나치게 계산적이니까.

그런 의미에서, 모든 것을 알고서도 동요하지 않고 자신의 일을 하는 라이오스야말로 영웅의 귀감이라 할 수 있을 것이다.

칸타레스는 라이오스를 살짝 곁눈질했다.

'한동안 꽤 동요하는 것처럼 보이더니.'

최근 연이어진 혼란 속에서, 그는 오히려 더 단단해진 것 같았다.

의심은커녕 단 한순간도 성검을 몸에서 떼지 않았다.

라이오스는 그저 제국의 안위를 위협하는 적을 물리치는 데에만 집중하고 있었다.

'어쩌면······.'

사랑하는 사람을 지키기 위해 자신의 숙명을 받아들인 걸지도 몰랐다.

영웅의 자리에 올라 적지 않은 희생을 치렀을 영웅 칸처럼.

더 이상의 대화 없이, 두 사람은 목적지까지 말없이 걷기만 했다.

"들어가십시오."

집무실에 다다르자 한 발 앞으로 나선 라이오스가 직접 문고리를 잡았다.

하지만 문이 열린 순간, 눈앞에 펼쳐진 광경에 두 사람은 동시에 뻣뻣이 굳어 버리고 말았다.

"왜 사람을 보자마자 그런 반응이십니까? 제가 여기에 있다는 게 굉장히 유감스러우시다는 것 같습니다만."

마치 자신이 주인이라도 된 양, 빈 집무실에서 혼자 과자를 냠냠대며 소파를 차지하고 있는 싸가지 없는 견습 기사 때문이었다.

탁.

라이오스가 자신의 이마를 때리듯 세게 짚었다.

"……송구합니다. 진심으로. 나중에 꾸지람하겠습니다."

"……됐어. 하루 이틀도 아니고."

칸타레스가 떨떠름하게 대답했다. 아렌트에게 차와 과자를 날라 주던 제레온이 두 사람을 보며 어색하게 미소 지었다.

"회의 고생하셨습니다, 전하. 그리고 라이오스 단장님."

"고생하긴 했는데, 어째서지. 저놈 낯짝을 보는 것보다야 회의실에서 우중충한 영감들을 구경하는 편이 더 속 편할 것 같아."

그렇게 투덜대며 칸타레스가 집무실 안으로 들어왔다. 황태자와 자신의 상관이 들어오든 말든, 아렌트는 도도한 자세로 앉아서 차나 홀짝일 뿐이었다.

"생각보다 빨리 오셨네요."

"인사는 어디다 팔아먹고……. 아니다. 됐다."

칸타레스는 모든 것을 다 포기해 버리고 상석에 털썩 주저앉았다.

부끄러워서 고개를 푹 숙인 라이오스 역시 아렌트의 맞은편에 앉았다.

아렌트는 그제야 그들을 향해 건성으로 고개를 끄덕였다.

"생각보다 일찍 오셨네요."

"넌 왜 여기에 있는데?"

칸타레스가 약간 짜증을 담아 묻자 아렌트가 어깨를 으쓱였다.

"그쪽 상황 파악하느라, 질질 짜기 직전이었던 어느 왕자님이랑 같이 밤을 꼴딱 새웠거든요. 겸사겸사 보고서도 작성하면서 일도 좀 했는데, 그거 전달해 드리러 왔습니다."

달그락, 견습 기사가 찻잔을 내려놓았다.

"예상하셨겠지만, 탐험가 연합 측이 개입했다는 건 굳이 공표하지는 말아 달랍니다. 이후의 활동에 지장이 있을지도 모른다고요."

그래서 일단은 노이만 정보상의 의뢰를 받아 그 지역에 갔다가 우연히 휘말린 걸로 해 두었다.

수고비는 노이만 상단의 이름으로, 아렌트의 자산에서 전달하기로 했고.

"당분간은 미들턴 공작님이 비밀리에 돌봐주신대요. 치료사든 신관이든 전부 지원해 주신다고 하니 그쪽은 신경 안 쓰셔도 될 것 같습니다."

"워렌은?"

칸타레스의 짧은 물음에 아렌트가 곧장 답을 내어 주었다.

"아마 리에타 왕녀랑 루이스 왕자 옆에서 꼬리라도 흔

들고 있겠죠. 혹시 또 습격해 올지 모르니 당분간 계속해서 두 사람을 경호하라고 했어요. 아, 그리고 왕자와 왕녀에겐 체르니온교가 습격해 온 걸 비밀로 했답니다."

"공작께서 숨기신 건가?"

이번에는 라이오스가 질문을 던지자 아렌트가 고개를 간단히 끄덕여 주었다.

"네. 잠시 담소나 나누자 하고, 차에 수면초를 넣어서 재웠답니다. 그리고 나서 공작님도 직접 전장에 나섰다고 하시더라고요."

숨어서 염탐하던 적을 워렌이 먼저 발견한 덕에, 그들은 습격당하기 전 충분히 대비할 수 있었다.

게다가 경험 많은 미들턴 공작의 침착한 대처 역시 왕자와 왕녀를 지켜내는 데 큰 몫을 해냈다.

두 사람이 편하게 꿈나라를 여행하는 동안, 공작은 필사적으로 싸워 조카들을 지켜낸 것이다.

"그러니 당분간은 그쪽에도 함구하시는 편이 좋겠습니다. 뭐, 빅토르 왕세자…… 가 아니라, 우리 고철 전하께서 알아서 하실 일이죠."

잠깐 침묵하던 라이오스가 운을 뗐다.

"……동맹국의 국왕 전하를 고철이라고 부르면 안 된다."

"고철을 고철이라고 부르는데, 무슨 상관이에요?"

하지만 건방지기 짝이 없는 견습 기사는 그냥 과자를

하나 집어 입안에 쏙 넣을 뿐이었다.

"어쨌든, 우리 쪽에서 제일 재주 좋은 파충류가 나섰어요. 혹시 뭐라도 찾을 수 있을지 모르니, 루카인 왕국 쪽으로 한 바퀴 둘러보고 오시겠답니다."

"파충류라고……."

이번에는 칸타레스가 질린 목소리를 냈다.

"왕실 기사단보다야 렉시온 님 쪽이 훨씬 나을 테니까요. 혹시 잔당이 있다면 쓸어버리라고 말해 뒀어요. 그리고 워렌이 인간 구울, 그러니까 기적의 병사 세 놈을 생포했는데……."

쿠키를 삼킨 아렌트가 말을 이었다.

"그놈들한테는 수면초도 안 통했답니다. 애초에 살아 있는 몸이 아니니 당연한 일이지만. 가능하면 취조라도 해 보려고 했답니다만."

거기까지 말한 아렌트는 살며시 미간을 찌푸렸다.

"차마 그러기도 전에 폭사해 버렸대요. 덕분에 미들턴 공작 영지의 지하 감옥 하나가 박살 났답니다. 다행히 죽거나 다친 사람은 없다고 하지만요."

"폭사? 아, 설마……."

그의 말을 따라 해 보던 칸타레스가 뭔가를 깨달았다. 아렌트는 가볍게 고개를 끄덕였다.

"네. 전에도 비슷한 일이 있었죠. 구울의 시신을 슈타들러 백작님의 연구소로 옮기다 마차랑 같이 폭발해 버렸던 거요. 아무래도 생포당하거나 시신이 넘어가면 일정 시간 뒤에 폭발하도록 되어 있었나 봐요."

워렌에게 붙잡힌 놈들은 머리통만 남은 상태였는데도 사정은 마찬가지였다.

"아마 지클린의 작품이겠죠. 그놈들을 잡아다 취조할 생각은 하지 않는 게 좋을 것 같습니다. 일단은 눈에 띄는 대로 죽여 버리는 수밖에요. 지난번에 신관들을 사로잡은 건 상당히 운이 좋은 일이었던 거죠."

어쩌면 놈들에게서 정보를 캐낼 마지막 기회였을지도 모르고.

거기까지 생각이 미친 칸타레스와 라이오스의 표정이 착잡해졌다.

아렌트의 무심한 목소리가 이어갔다.

"워렌이 눈을 부라리고 있다는 걸 알았으니, 놈들도 굳이 다시 왕자와 왕녀를 노릴 것 같지는 않아요. 앞으로의 싸움에 이용하기 위해서 두 사람을 인질로 잡으려고 했던 거겠지만……."

잠깐 뜸을 들이던 아렌트가 한 손으로는 과자를 든 채 고개를 비스듬히 기울였다.

"이제 와서 무슨 상관이 있겠어요? 어차피 전쟁으로 다 죽여 버리면 그만일 텐데."

"……."

한없이 무심한 어조였지만, 그 안에 담긴 내용은 그저

섬뜩하기만 했다. 입을 꾹 다문 라이오스와 칸타레스를 응시하며, 아렌트가 느긋하게 덧붙였다.

"그놈들 목적은 딱 하나에요. 이 땅에서 루체를 믿는 놈들은 죄다 쓸어버리는 것. 그런 뒤에 자신들만의 세상을 만들고, 이후의 역사에 루체를 악신이라 기록하겠죠."

모든 기록에서 루체라는 이름을 지워 버리고 그 존재를 기억하는 자는 모두 죽인다.

과거 루체가 했던 것처럼.

그것은 곧 루체의 이름 위에 지어진 현 세상의 멸망을 의미했다.

"제발 부탁이니까……."

칸타레스는 자꾸만 뻣뻣하게 굳으려는 입꼬리를 억지로 끌어올렸다.

"아무렇지도 않은 낯짝으로 그런 말 좀 하지 마라. 등골 오싹해지니까."

"제가 딱히 없는 소리 한 것도 아니잖습니까."

그러거나 말거나, 아렌트는 과자를 입에 집어넣으며 무심하게 대꾸할 뿐이었다.

"분명 조만간입니다. 이번 일은 단지 서막에 불과해요."

(배신 기사의 유쾌한 신의 18권에서 계속)